Desfiladero

Beatriz Fernández

Desfiladero

SUMA
de letras

Papel certificado por el Forest Stewardship Council®

Primera edición: febrero de 2023

Printed in Spain – Impreso en España

ISBN: 978-84-9129-735-2
Depósito legal: B-21582-2022

Compuesto en Mirakel Studio, S. L. U.

Impreso en Black Print CPI Ibérica
Sant Andreu de la Barca (Barcelona)

SL 9 7 3 5 2

A todas las almas vulnerables

1

«Ahí tienes la puerta»

Nueva York
23 de octubre de 2015

—¿Ahora?

—¿No tienes tiempo? —me preguntó.

Tenía tiempo. Una tiene todo el tiempo del mundo cuando trata de cumplir sus sueños. Bueno, a no ser que entre en juego el señor Boicot, el cual, en mi caso, suele ser un magnífico jugador. El cabrón conoce mis puntos débiles y se sirve de ellos para limitarme, va en contra de mis deseos con la vaga excusa de que todo lo hace por mi bien. Muy propio de los cabrones.

Pero no. Ni hablar.

Aquella no era una oportunidad para él ni para sus malabarismos. Tampoco para el letrero que nos cuelgan de vagos, atrasados e incompetentes a la mayoría de los españoles (a los jerezanos ya ni te cuento) cuando ponemos un pie en tierra estadounidense. No, no y no. No, porque ocho meses atrás había decidido mudarme sola a Nueva York y emprender un nuevo plan; una estrategia para demoler todas esas estupideces impuestas y creer en algo más. Creer en mí, vamos.

—Suena muy bien —le reconocí—. No tengo nada que hacer hoy.

—¡Maravilloso! Voy a por la separata. Vuelvo enseguida.

Se levantó, salió por la puerta y yo me quedé sentada en un sofá Chester marrón ubicado en el apartamento F de la planta catorce de uno de los casi cuatro mil quinientos rascacielos que adornan la isla de Manhattan. No podía creérmelo. Me sudaban las manos, algo que me ocurría con los nervios que me provocaba el entusiasmo.

Cerré los ojos y respiré hondo.

La habitación parecía silenciosa, pero un zumbido que penetraba a través de la ventana demostraba que no era así. Era un sonido persistente: una mezcla de sirenas, maquinarias que trabajaban sin descanso y pasos apresurados que no llegaban a ninguna parte. Esos ruidos desafiaban un atardecer en calma dibujado con una paleta de colores pasteles en el cielo.

Era la segunda vez que estaba allí. La primera fue un día antes, a la misma hora, a las seis de la tarde. *Book,** fotografías contra una pared blanca, preguntas habituales sobre experiencia laboral, habilidades, aficiones… Todos los ingredientes normales en un casting de una modelo, vamos. Quizá me abrí más de lo necesario, pero lo cierto es que, justo después de hacer el casting, recibí un correo de Motion Models, que era mi agencia en Nueva York.

De: Motion Models Management <info@motionmodels.com>
Para: Lucía Callado Prieto <lucia.callado.prieto.22@gmail.com>
Fecha: 22 de octubre de 2015, 18.30
Asunto: CALLBACK

---

* *Book* de modelo: es una herramienta para conseguir trabajos que consiste en una selección lo más variada posible de fotos de todos los *test shoot* que la modelo ha realizado, mostrando su versatilidad y talento frente a la cámara.

¡Hola, *beauty!*

Tenemos buenas noticias. El cliente de hoy quiere verte de nuevo. Le has encantado y estás como primera opción para el trabajo. Tienes el *callback* mañana. ¡¡Enhorabuena!! Misma hora, mismo lugar. Ponte guapa y gánatelo. Es un *big client*.

Matteo XX
Matteo Simone
Booker

MOTION MODELS MANAGEMENT
www.motionmodelsmanagement.com

De manera que al día siguiente, después de salir a correr por Central Park, comprarme una ensalada en el Whole Foods de la 57th St., volver a mi apartamento para ducharme, vaciarme una ampolla de efecto *flash* sobre la cara y ponerme los tacones y el vestido para los castings (uno negro de Zara ajustado que usaba como si fuera mi uniforme), me presenté a las seis de la tarde en el *callback* con mi mejor sonrisa y el objetivo de conseguir a ese *big client*. (Lo de «big» lo decían porque tenía dinero).

En esta segunda ocasión me abrió la puerta la misma mujer que el día anterior y que parecía ser su asistente. Tendría, tal vez, unos treinta años y vestía un kimono marrón; muy elegante, con el pelo negro recogido en un moño bajo prensado que parecía una bola ocho de billar. La seguí hasta la habitación del *fitting** y me probó dos vestidos bordados de diamantes. Me dijo que eran auténticos. Así que cuando me ayudó a probármelos,

---

* Fitting: prueba de vestuario. Se entiende como *fitting* el proceso de planificación previo a cualquier muestra pública de algún producto de moda.

colaboré con todo el cuidado del mundo. La verdad es que estaba muy nerviosa, tanto que no quería ni moverme, porque, joder, a saber la millonada que costaba cada uno…

Total, que una vez que el *big client* me hizo varias fotos con ellos y dio el visto bueno, me puse de nuevo el uniforme de «modelo que va a un casting» y respiré orgullosa por no haberla liado. Al salir de cambiarme, vi que la mujer se marchaba y entonces el *big client* me comentó el gran interés que tenía en trabajar conmigo. No solo me quería para que fuese la imagen de una de sus marcas (al parecer era un jeque dueño de varias firmas de lujo en Dubái), sino también para que participara en su próximo proyecto cinematográfico.

—¿Un cortometraje? —pregunté asombrada.

—Cuando me hablaste el otro día de que soñabas con convertirte en una actriz, me quedé pensando. Tus ganas, tu energía, el brillo en tu mirada… Me encanta. Me encanta trabajar con gente apasionada. Tengo a otra actriz en mente, no te voy a engañar, pero encajarías muy bien en este personaje y me gustaría que probáramos. ¿Te atreves?

¿Que si me atrevía? Cuando la ilusión no está manchada es un motor de acero inoxidable. Era cierto que no tenía experiencia actuando, tan solo en las funciones de teatro que había hecho en el colegio, pero ¿qué tenía que perder? La vida me había demostrado durante los últimos meses que lo imposible podía hacerse realidad, y quería seguir confiando en ella. Además tenía hambre. ¡Joder si tenía hambre! Hambre de algo nuevo. Hambre de intento. Hambre de triunfo. Hambre de mundo. ¿Quién no lo vive así con veintitrés años? Supongo que los más inteligentes, claro. Pero yo no parecía estar dentro de ese grupo. Venía de un pueblo de Andalucía, de una familia con ideas conservadoras y bolsillos modestos, donde las barreras mentales y económicas habían sido el pan de cada uno de mis días. Ahora por fin empezaba a tener éxito (o lo que yo creía que era el éxito por aquel entonces): un contrato con una de las mejores agencias de modelos de Nueva York, era imagen de marcas con gran reputación, tenía reconocimiento en redes sociales, viajaba por todo el mundo, poseía suficiente dinero en la cuenta bancaria como para costearme sola el alquiler de un estudio y tenía un casting pendiente para Victoria's Secret...

Victoria's Secret, por favor.

Jamás habría imaginado alcanzar esa posición. Yo, que me ponía trabas hasta para hacer una tortilla francesa.

También te digo que no fue nada fácil al principio y me lo tuve que currar mucho, pero ya entraré más adelante en detalles con todo esto: con los rechazos que recibí en mis inicios como modelo, con los infinitos castings, con el menosprecio que recibí, con las pocas personas que realmente apostaron por mí...

No obstante, allí estaba yo, logrando ser autosuficiente.

El *big client* apareció de nuevo sujetando un portátil y las separatas. Era un hombre más bien menudo, con un rostro no muy agradable y unos ojos enormes muy oscuros. Las arrugas que los rodeaban revelaban sus más de cuarenta años.

Me entregó una de las dos copias que tenía y se sentó en un sillón de algodón beige con patas negras metálicas que estaba situado a la derecha del sofá en el que me encontraba. En el centro había una mesa baja y muy pequeña de estilo industrial. Apoyó su portátil en ella y me mostró un PDF que desarrollaba la idea del cortometraje, seguido de su perfil de IMDb y un casting que había grabado con otro chico.

—Lo harías con él —señaló—. Un actor increíble. ¿Lo conoces?

—No...

—Bueno, ya sabrás quién es si todo sale bien.

Asentí fingiendo seguridad, pero pensé que tal vez había metido la pata por no reconocer a ese actor.

—Solo quiero dejar claro... —farfullé—, que como actriz no tengo experien...

—Ya, ya me dijiste. No pasa nada —aseguró convencido.

—Vale..., pues genial. ¿Y sobre qué trata la historia?

—¿Por qué no la lees primero tú sola y luego comentamos? Es lo que hacen las buenas actrices —satirizó—. Tranquila, que ya irás aprendiendo...

Asentí con la cabeza y automáticamente bajé la mirada a la hoja, un poco incómoda después de aquel comentario.

—Bueno, te dejo un rato aquí a solas para que lo prepares —añadió.

Se levantó de la butaca y salió de la habitación cerrando la puerta tras de sí, y a mí se me desbocó el corazón a una velocidad desmedida.

«La vas a cagar, ya verás. ¿Adónde vas? Si tú no sabes actuar... Bueno, pero no tengo nada que perder. Eso es verdad. Pues entonces deja las neuras a un lado, Lucía, que tú ya no estás ahí. Relájate y sigue confiando en ti tal y como lo estás haciendo. Respira y cálmate. Que sí, que vale, que no tienes formación como actriz. Bueno, ni una mierda de formación como actriz, pero ya sabes que las cosas a veces empiezan así... Si esto te ha llegado, será por algo. Así que vamos, ¡con todo!».

Una vez sosegada mi fiera interna, logré zambullirme en la historia. Comenzaba con una discusión de pareja. Ella quería poner fin a la relación y él no. Ella deseaba marcharse de casa y él no la dejaba. Drama, drogas, discusión, chantaje emocional... Como la separata era muy corta y los diálogos breves, me dio tiempo a leerla varias veces, casi a memorizarla, durante aquellos veinte minutos que pasaron hasta que el hombre apareció de nuevo.

—¿Qué tal vas? —Entrelazó sus manos al sentarse.

—Bien...

—¿Preparada para probar? Ah, por cierto, se me olvidó decirte que no te preocupes por el acento. La nacionalidad es irrelevante para este personaje.

—¡Guay!

—¿Te has drogado alguna vez? —Aquella pregunta me cogió desprevenida.

—¿Drogado? No. Nunca. No me…, no. Solo alcohol. —Un gesto de fastidio apareció en su rostro—. ¿Es necesario que me haya…?

—No. No te preocupes. —No parecía muy convencido—. En serio. No pasa nada. Estoy seguro de que tienes el suficiente talento y eres capaz de imaginártelo. Bueno, ¿probamos?

Acepté y comenzamos con una primera lectura en voz alta. Después hubo una segunda, con algo más de intención. Y a la tercera, tal como me indicó, puse todos mis esfuerzos en meterme en la piel del personaje, en conectar con ese miedo a la soledad que a veces nos ata a los demás hasta destruirnos. Esa que nos encierra en una especie de cárcel. Sentí la angustia que genera, el estrés de unas alas cortadas por un amor que no lo es. Pero esa tercera vez, me interrumpió con aspereza antes de terminar la escena.

—¡No me lo creo! Lo siento. Ella está muy drogada. ¡Te lo he dicho! Tienes que sentirlo de verdad.

—¿Sentirlo de verdad?

—Sí. Sentirlo de verdad. En el cuerpo, no en la mente.

—¿En el…?

—Sí. En el cuerpo —ordenó—. A ver, ¿cuál es tu objetivo?

—Mi objetivo…, eh… —balbucí.

—¡Dejarlo! Tu objetivo es dejarlo. Es huir de allí. —Puso la hoja sobre la mesa y separó esta unos metros del sofá—. Mira, vamos a hacer primero un ejercicio simple para conectar con la verdad de las emociones. Es la técnica que mejor funciona en estos casos. A ver, dame el texto y cierra los ojos.

Le entregué la separata y obedecí.

—Tienes que relajarte y conectar con la emoción —prosiguió—. Sentir… Siente el mareo, el vértigo, la rabia… Así, muy bien. Recuerda que estás muy drogada. Puede incluso, no sé…, que la cabeza te pese y te dé vueltas. Si es así, prueba a que caiga un poco, sin fuerza. Así, genial… —Hice caso de las indicaciones hasta que noté que su voz quedaba poco a poco en un segundo plano—. Vale. Sigue conectando con eso. Y no olvides tu objetivo. Dejarlo. Tu objetivo es marcharte de casa. Huir. Quieres irte, pero tu novio está tan enamorado de ti que no te deja. Pero ese es tu objetivo y tienes que intentarlo, ¿vale? Venga, vamos a jugar desde ahí, desde el cuerpo. Intenta huir de la habitación. Vamos. ¡Ya! ¡Ya! ¡Ya!

Hice el amago de levantarme del sofá impulsada por sus gritos, pero noté que me frenaba con las manos y me empujaba hacia atrás.

—Muy bien —exclamó—. Perfecto, así. Recuerda que estás drogada y que tampoco tienes mucha fuerza. Pero sí la suficiente como para intentar huir. Venga, vamos. Otra vez. ¡Ya! ¡Ya!

Cogí impulso de nuevo, esta vez con más potencia, y conseguí ponerme de pie. Él se colocó delante de mí y me agarró de la cintura para impedir que avanzara.

—Venga. Intenta huir —repitió—. ¡Vamos! ¡Saca la fuerza! ¡Ya!

Quise esquivarlo, pero me rodeó con sus brazos y dejó caer todo su peso sobre mí. No esperaba tanta brusquedad. Traté de quitármelo de encima, pero me apretó con más fuerza. Y entonces arrimó su cadera y sentí su polla restregarse contra mi pierna. Una polla dura, ansiosa. Permanecí inmóvil unos instantes, desconcertada, y luego me desplomé hacia atrás, refugiándome en el sofá. Quería desaparecer. Pero entonces él hincó su rodilla en el asiento, me agarró con una mano el brazo y metió la otra por debajo de mi vestido.

—Venga, huye. Tienes que huir —balbuceó mientras trataba de bajarme las bragas.

Me resulta imposible describir lo que sentí. Fue como si un ejército me arrancara todo el poder de cuajo y me aplastara. Opresión. Desorden. Vacío. Mi cerebro era como una masa fría y coagulada.

Recuerdo que me moví buscando liberarme, pero noté que me presionaba con más fuerza el brazo. Deseaba que me opusiera, que luchase. Lo deseaba para inflamarse cada vez más. Y así pasaron algunos segundos, quizá minutos, no podría asegurarlo, hasta que me derrumbé por completo y él decidió retroceder.

—¿Qué te pasa? ¿Por qué no huyes? —gruñó.

Respiraba como un búfalo sediento. Su mirada purulenta me atravesó por dentro.

—Por favor. No… —Apenas me salía voz—. No quiero. Creo que… te has confundido. Lo siento.

—No lo entiendo. ¿Te he molestado? —retornó a su actitud del principio, firme, como si todo aquello hubiese sido parte del casting—. Pero ¡si estábamos practicando la escena! Y lo estabas haciendo genial. Son una pareja, ¿recuerdas? Él la desea y ella huye. —Negó con la cabeza—. Quieres ser actriz, pero…, en fin, me has hecho perder el tiempo. Puedes irte. Ahí tienes la puerta.

Recogí mis cosas en estado de shock y deambulé hasta la salida mientras murmuraba repetidas veces «lo siento». Temía que cambiara de parecer y me forzara a quedarme allí encerrada a solas con él. Nadie sabía que estaba con ese hombre. Tan tarde. Mi agencia ya había cerrado.

Una vez entré en el ascensor, pulsé el botón tres (nunca se me olvidará este detalle) y después bajé el resto de plantas por las escaleras. Comprobé cada esquina, cada puerta, cada rellano hasta que alcancé la entrada.

¿Y si le había dado por seguirme? ¿Y si ese era su plan? Podía haber salido por otro sitio, el apartamento era gigantesco, o llamado a algún cómplice. ¿Quién era ese tipo?

Al salir por la puerta del edificio, me fijé en dos hombres de idéntica nacionalidad, con los mismos trajes, que esperaban en la calle a dos metros a la izquierda. ¿Estaban con él? Giré rápido a la derecha. El corazón me golpeaba el pecho como una maza. Había anochecido. Las calles me engullían. Sentía que las luces y las sombras pasaban a una velocidad incomprensible. De pronto, vi un coche blanco. Avanzaba despacio a mi lado. Me detuve. Se detuvo. Avancé. Avanzó conmigo. La cabeza me explotó. Taquicardia. Un secuestro. ¿Querían secuestrarme?

Comencé a correr. Pasé por unas calles y otras. Sin rumbo, sin fijarme en qué dirección iba. Entonces me topé con una boca de metro y bajé con el pulso acelerado por las escaleras. Una vez dentro, agarrada al asidero del vagón de metro...

«Tranquila. Respira. Nadie viene a por ti. ¿Y cómo lo sabes? Esto te pasa por estúpida. ¿Cómo no te diste cuenta? ¿Qué te pensabas? ¿Que te darían el papel? Baja de las nubes, ingenua de mierda, que solo te quieren porque estás buena. ¿Quién te va a dar una oportunidad a ti? ¿Quién? Olvídate. Tú no tienes talento. Tú no sirves para nada. No eres nadie. Y esto te pasa por seguirle el juego. Me das asco. ¿Quién eres? ¿Quién eres, Lucía? ¿Cómo has podido llegar hasta aquí?».

I
La voz dormida

2
«Clavaíta a ti»

Madrid
26 de mayo de 2014

Estación de Madrid-Puerta de Atocha. Cielos despejados, sensación térmica de diecinueve grados y el estrés me obturaba el recto. Era muy habitual eso de pasarme varios días estreñida perdida. Y, si bien dicen que el ser humano es de costumbres, estaba muy lejos de acostumbrarme a mi maldito dolicocolon.

Joder, cómo lo odiaba.

Me diagnosticaron esta anomalía del intestino grueso en plena adolescencia. Con tan solo doce añitos, después de expulsar grandes cantidades de sangre por el ano, mis padres, alarmados, decidieron llevarme al digestivo: «Fisura anal aguda por estreñimiento crónico debido a un dolicocolon. Mucha verdura, andar media hora al día, dos litros de agua y evitar el estrés». «¿Cuánto tiempo?», pregunté con ingenuidad. «¿Tiempo? Para toda la vida, chica, a no ser que quieras morir de un cáncer de colon».

Desde entonces, con la pancarta de la enfermedad y prevenida por aquel presagio, he llevado a rajatabla todas las advertencias para no sufrir estreñimiento. Todas menos el estrés, claro, que no puedo evitarlo.

Siempre he vivido estresada. La gente no suele notarlo porque aprendí a disimular desde pequeña, metiendo dentro lo que no sabía sacar fuera. Pero en mi cabeza habitaba (ahora también, aunque ya menos) un constante torbellino. Sobre todo cuando se trataba de tomar decisiones sobre el futuro.

Mi futuro.

¿Qué iba a ser de mi futuro?

«Ay, no, no…».

Por eso, imagínate lo que suponía para mí dejar la carrera de Farmacia a medias, romper con las expectativas de mis padres y mudarme a Madrid. Sin dinero. Sin defensa alguna. Desamparada… Por favor, en aquella cabalgata jerezana hacia la capital iban conmigo, cuando menos, cantidades ingentes de cortisol, glucagón y prolactina.

Total, que me bajé del tren aturdida y fatigada, con las caras de chasco de mis padres clavadas en el cerebro y arrastrando mis dos maletas rojo cereza. Maletas que me habían dejado a pesar de todo. Maletas viejas. Viejísimas. Una de ellas tenía la tela rajada, la manija bailaba merengue y una mancha de morfología caprichosa cubría una de las esquinas inferiores. Pero no me importaba en absoluto. Aquellas maletas contribuían a favor de mi huida.

De pronto, oí unos gritos. Procedían de una voz masculina.

—¡Eh! ¡Eh! ¡Eh!

Inevitablemente empecé uno de mis interminables diálogos conmigo misma (ya te darás cuenta de que son habituales).

«¡Qué grito, por Dios! ¡Qué necesidad! ¿Será a mí? ¿Por qué iba a ser a ti, Lucía? Ay, no sé, me han gritado tantas veces por la calle… Sobre todo los obreros. Bueno, y los coches también. Desde pequeña, cuando iba al colegio con mi faldita del uniforme… Lo odio, te lo juro. Me dan ganas de chillarles a todos con todas mis fuerzas y mandarlos a tomar por el culo. Pero nunca me atrevo. Me da miedo que se enfaden y vengan a por mí y me hagan algo peor, cosas como esas que salen en las noticias… ¡Qué dramática eres, Lucía! La que estás liando por un grito. Déjate de tonterías, que no era para ti. ¿Tú crees? Sí, lo creo. Así que no te gires, que vas a quedar mal. ¿Mal, por qué? ¡¡Tú no te gires!!».

—¡¡Eh!! —insistió la voz—. ¡Rubia! ¡Rubia!

«¿Rubia?».

Me di la vuelta.

«Hostias. Que sí. Que es a mí».

—Toma —dijo con una sonrisa de salvador—. Se te ha caído esto.

La voz masculina, ahora, además, con el rostro de un chico moreno de labios muy gordos, me entregó la cazadora.

«Mi chaqueta, joder. ¿En qué momento se me ha caído mi chaqueta favorita? La que me da suerte. Ay, que casi la pierdo. Bueno, pero no ha pasado, Lucía, ya está. Ya, ya. ¡Menos mal que el chico este se ha dado cuenta y me ha llamado! Aunque no me ha gustado nada que me dijera "rubia". Rubia. ¿Rubia de qué, tonto? Que eres tonto. Lucía, ya, para. Respira y sonríe. Así, muy bien. Sé amable. Que te habrá llamado rubia, pues… pues porque eres rubia. Es lo que hay».

Pues sí, soy rubia. Y supongo que me jode, porque me parezco demasiado a mi madre. Toda la vida igual. Toda la vida de Dios escuchando los mismos comentarios: «Ay, Marga, cómo se te parece la niña… De verdad. Si es que es clavaíta a ti. El mismo pelazo rubio, los mismos ojos verdes… ¡Qué asco dais de ser tan guapas! Porque al Callado no se le parece. Pero ni una mijita, vamos. Hijoputa el Callado, tan moreno, si es que no parece ni su padre, el jodío… Que ya podía haber puesto más de su parte, que luego la gente va diciendo por ahí…, pues lo que va diciendo, Marga, ya sabes. La gente, que es muy entrometía y se mete en to».

Por un lado, además de ser rubia y de tener una piel lechosa, soy delgada, aunque esto último depende mucho del grado de distorsión o gilipollez que tenga la persona que lo mire, claro. Llegué a tener uno severo y peligroso, pero ya entraré en detalle con esto más adelante. También tengo una nariz chata y una cara redonda, características que me hacen parecer más joven. No sé si esto será así siempre. Alguna que otra vez me han tomado por una quinceañera y no les ha bastado con pedirme el documento de identidad para creerme. Se piensan que voy por la vida a lo *Atrápame si puedes* o yo qué sé. Y a mí esto me provoca un tic nervioso en el ojo derecho que no ayuda.

Por otro lado, Lucía Callado, o sea, yo, suele hablarse con frecuencia a sí misma. Aún no estoy segura de por qué lo hago, pero es cierto que con frecuencia albergo la sensación de no ser yo misma. De no ser yo aun sabiendo que sí lo soy, quiero decir. Y de tener muchas yoes dentro que se enfrentan las unas con las otras. Por ejemplo, la Lucía que narra ahora esta historia no es la misma Lucía que la vivió. Y no me refiero a la metáfora del paso del tiempo… No. Hablo de identidad. ¿Quién soy en realidad si en cada cambio dejo de ser la que creía? ¿Cuál es mi voz si en mi cabeza escucho varias que discuten entre sí como un matrimonio desavenido?

Tal vez yo sea un matrimonio desavenido…

O un poliamor…

No sé.

Quizá tampoco ayude acumular todo esto dentro. Pero siempre he sido tímida, introvertida, reflexiva y con la obsesión de no llamar la atención. Ya ves. Algo debió de perturbarme mucho para que acabase trabajando como modelo de lencería…

De modo que ahí estaba yo, recién llegada a Madrid. Sin saber si me iba a comer la ciudad o si la ciudad me comería a mí, pero dispuesta a dar ese paso, sí, dispuesta a encontrarme. ¿Dentro de la M-30? Quién sabe… Lo que sí comprendía era que, por primera vez, me atrevía a romper con lo que no quería.

3

«Putas compañeras de piso»

Era la primera vez que visitaba Madrid. Al llegar a la estación de Atocha, seguí las indicaciones que Carlota me había recomendado: busqué el metro, cogí la línea azul celeste hacia Pinar de Chamartín y me bajé en Gran Vía.

Carlota era una de mis mejores amigas de Jerez desde los ocho años, junto a Victoria y Oli. Las cuatro formábamos «el grupo de las Berenjenas». La pandilla era como una baraja de cartas, o como los cuatro colores del parchís. Tan diferentes unas de otras pero tan compenetradas, tan equipo… Sin duda agradecía tener un grupo de amigas así, aunque por desgracia andábamos algo desperdigadas desde que comenzamos la universidad. Victoria estudiaba ADE en Jerez. Oli, Enfermería en Sevilla; en la misma ciudad que yo (bueno, yo ya no). Y Carlota, Medicina en Madrid. Ella era la única que contaba con una economía que le permitía vivir en la capital y estudiar Medicina en una privada. Y yo la envidiaba, la verdad. No por lo de la privada, sino porque le apasionaba su carrera. Desde pequeñita Carlota sabía que quería ser médica. No como yo, que elegí Farmacia por acatamiento y obediencia a mis progenitores. Un despropósito.

Pero todo eso se acabó; ahora mi vida comenzaba en Madrid y, aunque iba a echar mucho de menos a Oli y a Victoria, también me apetecía descubrir mundo y hacer nuevas amistades.

Carlota me abrió la puerta de su apartamento con ímpetu.

—¿En serio esa es tu mudanza para siempre? —gritó señalando mis maletas.

Llevaba un vestido lencero de seda azul brillante y una trenza despeluchada con un minielástico transparente en el extremo a punto de perderse.

—¿Y qué te pensabas que iba a traer? ¿Un camión a rebosar de maletas? —rebatí—. Déjame entrar y no me agobies más, por Dios, que bastante que he llegado a Madrid... —Busqué la pinza del pelo que tenía en el bolso y me lo recogí en un moño—. En serio, no sabes la que me ha liado mi madre...

—La Marga ha debido de echar humo, ¿no?

—Humo es poco...

Nos reímos. Y seguidamente me arrojé a sus brazos buscando un poco de protección.

—Bueno, no te preocupes... —dijo con condolencia mientras me daba palmaditas en la espalda—. Mi armario es tu armario.

Carlota fue la primera a la que conocí en el colegio gracias a un cambio obligatorio de pupitre (bendito cambio). Creo que ya lo he dicho, pero teníamos ocho años por aquel entonces. Ocho años de inocencia y estuches que molaban. El mío era rojo, de *Mulán*. El de mi amiga rosa, de *La bella durmiente*. Recuerdo que cada día me pedía prestados mis rotuladores para meterlos en el suyo. «Pero ¿por qué?», le preguntaba. «Pues porque si no la princesa Aurora se deforma y no va a llegar su príncipe azul».

Ay, cuánto daño nos hizo Disney...

Cerré la puerta a mis espaldas y la seguí hasta el salón. El espacio era pequeño, aunque coqueto y muy luminoso, con dos balcones llenos de plantas secas y una cocina americana separada por una barra. Me sentía como en casa, aunque supongo que también se debía a que nuestra casera era la propia madre de

Carlota, María Fernanda Herrero, que había comprado aquella casa como inversión para su hija.

—Lucía, ¿eres consciente? —preguntó mi amiga espatarrada en el sofá.

Se había levantado el vestidito lencero y ahora se arrancaba con los dedos los pelos de las ingles.

—¿De que estás llenando el sofá de pelo púbico? Qué asco, tía.

—Eeh… Creo que este sofá ha vivido ya lo suficiente como para asustarse por unos pelillos amables. —Sonrió con satisfacción—. De hecho, ayer mismo… —Levantó las cejas repetidamente—. Veinte minutos de comida de chumi más otros veinte de chumbichumbi.

Negué con la cabeza intentando no reírme.

—No, en serio —continuó poniéndose muy seria—, digo que si eres consciente de que vamos a ser compañeras de piso. PUTAS. COMPAÑERAS. DE. PISO.

—Ya, ¿eh?

—Pero ¿no te emociona muchísimo?

—Sí, sí —contesté algo alelada.

—¿Entonces?

—¿Qué pasa?

—¿Y esa cara?

—¿Qué cara?

—¿Tú te has mirado al espejo, Lucía? Si pareces una acelga revenía… A mí no me la das. ¿Qué te pasa?

—Ay, tía, que estoy agobiada —admití sentándome a su lado.

—¿Por qué?

—Porque no sé qué va a ser de mi vida…

—Pero Lucía, si acabas de llegar.

—Ya… —Me llevé la uña del dedo meñique derecho a la boca. La pobre mía era la que más dentelladas recibía.

—Ya verás como te sale algún trabajillo pronto. Estoy segura.

«¿Y si no sale nada? ¿Y si tengo que volver a casa de mis padres con el rabo entre las piernas? Lucía, no pienses en eso. Acabas de llegar. Confía, que estás comenzando tu propio camino. ¿Qué camino ni qué leches? Ni que fuera yo aquí Amanda Jones con su invención para conservar los alimentos. Yo solo soy Lucía Callado Prieto y no tengo ni dinero ni trabajo ni habilidades competentes».

—¿Tú crees, Carloti? —contesté con voz de pollito acongojado.

—¡Que sí! Ya verás. Mañana me pongo contigo a buscar en InfoJobs. Pero ahora acompáñame —concluyó levantándose de un brinco.

—¿Adónde vas?

— He quedado con Gonzalo. Ven, porfi. Ayúdame a ver qué me pongo, que quiero ir guapa.

—Pero ¡si tú estás guapa con cualquier cosa!

—No seas idiota y acompáñame.

—A sus órdenes —obedecí. Y me puse en pie como un sargento.

De pronto, empezó a sonarme el móvil. Mi madre no había dejado de llamarme desde que me bajé del tren. Ignoré de nuevo su llamada.

—Por cierto, he pensado una cosa… —dijo mirando a una de las esquinas del salón—. Tía, ¿no vas a contestar a tu madre?

—Paso… ¿Qué cosa? —corté por lo sano.

Carlota suspiró. No quiso indagar más. Sabía lo que me removía el tema de mis padres.

—Poner un minibar Smeg allí.

«¿Un minibar Smeg? ¿Para qué queremos un minibar Smeg teniendo una nevera enorme a dos metros? Qué tontería, por favor».

—¿Un minibar para qué, tía?

—Pues para cuando vengan los invitados —aclaró, como si aquello tuviera toda la coherencia del mundo—. Porque otra cosa no, pero vamos a tener muuuchos invitados. Muchos. Y debemos estar preparadas para la ocasión. Tú tranquila, que lo pago yo. ¡Ah! —De repente levantó un dedo—. Y también hay que habilitar esta otra zona para hacer ejercicio, que este mes he adelgazado dos kilos, pero me he quedado fofa. Tengo el culo como un huevo poché. Poché no, lo siguiente. Cagoentó. ¿Por qué me gustará tanto comer? Todo sería más fácil si tuviese un cuerpo de Victoria's Secret. ¡Y ya está! Punto pelota. Pero no… —Apretó los puños como una niña pequeña y golpeó su cuerpo—. ¡Cuánta injusticia para mi humilde persona!

—Pero si estás muy bien, tía —alegué.

—Bien gorda es lo que estoy. Pero ¿sabes qué voy a hacer? Ya lo tengo todo pensado. Voy a comprarme cuatro pantalones de la talla 38 y tú me vas a esconder el resto de los que tengo. Así me obligo. ¿Vale? Que estás delgadísima, perra. ¿Cómo lo haces? Quiero tus piernas. ¿Me las das?

—Eres boba…

Y con este desasosiego, el de ella por querer adelgazar y el mío por la incertidumbre de un futuro inexistente, nos dirigimos hacia su habitación con olor a vainilla donde se probó diez conjuntos que fue dejando amontonados sobre la cama hasta que al fin se decantó por el segundo: un vestido negro vaporoso por encima de las rodillas y un lazo en la cintura; lazo que se ató y desató cuatro veces hasta asegurarse de que contorneaba su figura al máximo, al límite del ahogo.

—¿Estoy guapa? —preguntó metiendo tripa y mirándose al espejo.

—Te vas a ahogar. —Me reí.

—Calla, idiota. ¿Estoy guapa o no?

—Guapíííisima.

—Gracias.

Cogió una máscara de pestañas de la mesa del escritorio y se dio otra capa sobre las tres que ya llevaba, realzando aún más, si se podía, sus enormes ojos negros. Carlota llevaba el pelo liso y castaño oscuro por debajo de la cintura. No se cambiaba de peinado desde los trece años, debido a un episodio traumático que aún la perseguía en forma de pesadilla durante las noches. Y es que resulta que su primer novio, er Manué, la dejó el mismo día en que ella se animó a hacerse un cambio de look por primera vez: un corte por debajo de las orejas y a capas para dar volumen. De manera que decidió no volver a cortárselo nunca jamás, solo las puntitas, convencida de que fracasaría en el amor si no conservaba el pelo largo. Las Berenjenas a veces la tentábamos y le decíamos que tendría que raparselo al cero para superar aquel trauma, como si forzar lo que uno naturalmente no siente pudiera aliviar el dolor de los golpes pasados.

—Pues que sepas que tengo un pálpito con este chico —dijo.

—Un pálpito en el coño es lo que tienes —contesté.

—Eso siempre. —Nos reímos—. Pero, de verdad, creo que estoy enamorada. Esta vez es diferente.

Pero todas las veces habían sido diferentes: con Carlos, el arquitecto maniático; con Xavi, el gallego; con Pedro, el primo de su prima segunda; con Marcos, el vecino enigmático; con Jerome, el de las vacaciones de verano en Escocia; con Michel, el empotrador; con Giuseppe, el italiano del Erasmus; con Lucas, el del bigote grande que tocaba la armónica…

Lo cierto es que Carlota ansiaba hallar a su media naranja tanto como yo encontrarme fuera de mí. ¿Acaso no se trata del mismo juego? Hoy lo pienso y me parece una locura; tratar de completarte con piezas ajenas, como si fuésemos un puzle defectuoso, como si existir no fuera ya suficiente. Pero, entonces, yo andaba muy perdida. Y tampoco estaba familiarizada con la inteligencia emocional. Qué va. A mí me habían inculcado que ir al psicólogo era para locos, inadaptados o depresivos egoístas sin motivos. Porque, claro, es mucho más sensato cargar con una mochila llena de piedras y decir: «Venga, tía, no te rayes, que todo pasa… Sal a hacer cosas, bébete algo…, pero no te quedes a solas contigo misma, que eso es lo peor. ¡Aah! ¡Ya lo tengooo! ¿Por qué no llamas a ese imbécil que te pisoteaba? Está bueno y, total, pa echar un polvo…, ¿qué más da? Pero no llores, anda. Déjate de dramas. O, si no, dale al diazepam».

Y así vas, hasta que un día todo te sale por donde menos lo esperabas y ¡boom!

Zambombazo.

Allí estábamos las dos, juntas de nuevo. Aunque no sabía si aquel apartamento en mitad de la calle Pez podría ser un refugio antibombas, ya sentía que podía llamarlo hogar y eso que aún no había terminado el primer día. Carlota era un lugar afable y cariñoso entre todo lo incierto.

4
Alas de mariposa

A las siete y media de la mañana siguiente, mi móvil había sonado ocho veces seguidas. No me hizo falta mirar la pantalla para intuir que era mi madre: la única persona capaz (descartando bancos y compañías telefónicas) de tocar las narices llamando sin parar. Ocho veces seguidas. «¿En serio, mamá?». Me sacaba de quicio su capacidad de insistencia.

Mamá

Hoy

¿Qué pasa, mamá? Estoy durmiendo 07.31

Estamos en el hospital 07.32

Aquella respuesta era lo último que me esperaba. Sentí que se me helaba el cerebro. Me incorporé rápido en la cama y la llamé.

—¿Se puede saber por qué no coges el teléfono cuando te llamo? —preguntó encolerizada.

—¿¡Qué ha pasado!?

—Lucía, te he hecho una pregunta. ¿Por qué no coges el teléfono cuando te llamo? Te llamé ayer cinco veces para saber si habías llegado bien. Esta mañana, ocho.

«Ya, ya me he dado cuenta».

—Vale, mamá, ¿me puedes decir qué ha pasado? —repetí más inquieta.

—Tu padre, hija…, que se despertó esta mañana con el corazón acelerado y no podía respirar. Nos tuvimos que venir pitando al hospital. Qué angustia, de verdad. Hubo un momento que pensé que no llegábamos. —Exhaló—. Nos acaba de decir el médico que tiene pinta de ser un cuadro de arritmia por estrés. Y no me extraña, después del disgusto que nos has dado…

Me separé el móvil de la oreja, cerré los ojos y apreté la mandíbula. No me podía creer que me estuviera culpando del estrés de mi padre. ¡Si aquel hombre siempre estaba estresado! Metido en la farmacia veintiséis horas. Igual que mi madre. ¿Qué pretendían? Que no aceptaran que su hija quisiera tomar un camino diferente no era mi problema. Era el SUYO. Porque mi objetivo ahora era…, ¿mi objetivo? ¿Tenía yo algún objetivo?

—De verdad, Lucía, que no te entiendo… ¿Qué se te habrá perdido a ti en Madrid? ¿A Madrid…, para qué? ¡Si lo tienes todo aquí! Cuentas con la farmacia de papá para trabajar en cuanto termines la carrera, carrera que tú elegiste y que te estábamos pagando…, no sé si se te ha olvidado o qué. ¿Sabes el esfuerzo que estamos haciendo? Y tú tienes la poca vergüenza de dejar la universidad así, por un capricho. No valoras nada. ¿De qué vas a trabajar ahora? Dime, a ver. ¿De qué?

Noté que las orejas se me entumecían. Cada palabra que salía de su boca era un puñal que me perforaba sin piedad. No quería seguir escuchándola. No podía.

—¿Me puedes decir cómo está papá? —supliqué.

—Pues preocupadísimo… —gimió—. ¿Cómo va a estar? Y muy decepcionado contigo. ¿No has escuchado lo que te estoy diciendo? ¿Puedes hacer el favor de acabar con esta bromita de mal gusto?

—Mamá, no es ninguna bromita. Es mi vid…

—¡Ya está bien, Lucía! ¡Ya está bien de ser tan egoís…!

Colgué.

Sí, colgué.

Colgué por no tener que decirle que se fuera a tomar por culo. Colgué porque estaba cansada de sus quejas, porque no quería seguir siendo una sombra de papá. No quería su farmacia ni su dinero ni sus deberías. Colgué por no escupirle toda la culpa que me atosigaba sin ser culpable. Colgué por desconfianza hacia mi ira contenida y mi incertidumbre desbordada. Colgué porque, por encima de todos esos motivos, necesitaba descolgarme de ella.

Me levanté de la cama, abrí las persianas con ímpetu, me recogí el pelo y examiné mi nueva habitación. No me importaba que fuera diminuta, pero, madre mía, ¡qué jaleo de muebles! Parecían estar allí acoplados por miedo a la soledad: *feng shui* regulero, complicidad cero. Aunque era gratis (de momento). Así que a caballo regalado, no le mires el diente. Límpialo si lo tiene.

Y eso hice: me planté delante del armario con una bayeta mojada y me puse a limpiar mi nuevo hogar. Limpié las puertas de madera abombadas, el suelo, la barra, las perchas, los pomos y hasta los cinco cajones por dentro. Todo con una minuciosidad forzada mientras batallaba contra la vocecita chillona de mi cabeza que me decía que Margarita Prieto (mi señora madre) lo hubiera hecho mucho mejor que yo. «Ya está bien, coño. Un mojón pa la Marga y otro pa sus métodos de doña Perfecta. Lucía, escúchame: vas a poder sola y te las vas a apañar a tu manera, por tus ovarios poliquísticos».

A continuación hice la cama y amontoné en una esquina todos los bártulos que Carlota había dejado esparcidos por el suelo: ropa sucia que olía a noches de alcohol y sexo, cinco tacones desparejados, un atlas de anatomía, cinco sujetadores, maquillaje, tres sobres vacíos de natillas dietéticas… Una vez despejado el terreno, qué alivio, comencé a colocar mis cosas. Lo primero que colgué fue mi chaqueta favorita, la que casi pierdo: vaquera azul clarito con el rostro de Frida Kahlo en la espalda. Una ilustración con una leyenda que había pintado yo.

«Pies, ¿para qué los quiero si tengo alas para volar?».

Jo… Yo también deseaba volar, como Frida, solo que aún no había encontrado mis alas. Y mira que llevaba años buscándolas… desde los nueve, por lo menos, sí. Ahí fue cuando comencé a dibujar mariposas. Las pintaba a todas horas en los cuadernos, en la ropa, en una de las paredes de mi habitación, en las servilletas de los bares… Tenía, además, un libro enorme solo de mariposas y con él aprendí a pintarlas de todos los tipos y en todas las posiciones: mariposas abiertas, mariposas de perfil, mariposas isabelinas, mariposas auroras, mariposas monarcas, mariposas alas de pájaros, mariposas con sus amigas mariposas…

Aquellos animalitos me hacían sentir comprendida. Ellas no tienen alas ni aprenden a volar a las primeras de cambio, sino que necesitan un proceso de transformación. Pasar de huevo a oruga, de oruga a crisálida y de crisálida a mariposa. Tal vez yo era aún una oruga, pero, oye, una oruga con esperanzas.

Cuando terminé con la primera maleta, me enfrenté a la segunda. Y, al abrirla, captó de inmediato mi atención la hucha rosa con forma de cerdo que había llenado con mi último trabajo como recepcionista en la peluquería de Dolores, una amiga de mis padres. La hucha fue un regalo de mi padre al cumplir los dieciocho, junto a una libreta de contabilidad y un paquete de bolígrafos BIC. Imagínate mi cara cuando abrí el envoltorio, casi lloro de decepción.

Aunque debía haberlo intuido: mi padre era rata como él solo. De los que supuran por el cuello cada vez que les toca pagar y consideran «un tremendo despilfarro» salir a tomar café fuera de casa porque ha calculado que le cuesta hasta quince veces más caro que si lo hace en casa con cafetera de émbolo. Sí, así es él. Nunca he visto a mi padre comprarse ropa nueva, comer en restaurantes, viajar o ver un espectáculo. «Anda ya, ome. ¿Pa qué?», diría él.

Y a mí eso, oooh, me provocaba tal irritación que me salían hasta sarpullidos por el cuerpo. No podía con él, de verdad. No podía, porque yo, Lucía Callado, iba por ese mismo camino, el de convertirme en una rata más del bando Gil (junto al tío Mariano y al abuelo Agustín). Qué faena.

Saqué el cerdo de cerámica de la maleta, le di un beso en los morros y lo coloqué en la estantería.

Ay, qué tonta, qué tonta.

¡Ya lo sé!

Sé que tendría que haberlo roto a martillazos y salir del bando Gil de una vez por todas, a cámara lenta, con «The winner takes it all» de ABBA de fondo y toda la pesca, pero aquel cerdo guardaba seiscientos euros dentro. ¡Todos mis ahorros! No, no. Tenía que protegerlo, que Madrid era muy caro, eso me habían dicho. Una ruina, comparado con Jerez o Sevilla. El golpe podía esperar…

En cuanto a mi nuevo cuarto…, bueno, de revista de interiorismo no era, pero quedó bastante más acogedor cuando terminé de limpiar, ordenar y colocarlo todo, y me sentí más que satisfecha.

5
Y síes que se quedan ahí...

Sufro lo que se denomina «ansiedad de rendimiento». Es decir, a veces me presiono tanto que me bloqueo como Windows 10 en un PC antiguo y no consigo hacer lo que me había propuesto. Recuerdo aquella vez que me invitaron a pintar un mural en el colegio y al final tuve que dejarlo porque me reventó el barómetro de tanta autoexigencia. ¡Qué mierda! Y solo porque no confiaba en mi capacidad para terminarlo. ¿Cómo es posible? Dejar de hacer algo que estás haciendo ahora por temor a no poder realizarlo luego. Si es que hasta cuesta entender el concepto de lo absurdo que resulta. Es como estar comiendo un sándwich vegetal teniendo hambre, consciente de que lo quieres, pero decidir dejarlo a la mitad por pánico a no ser capaz de comértelo entero. ¿Qué tipo de broma pesada me gasta la mente?

Ya, yo también reconozco la incongruencia cuando salgo de mí y miro el asunto con perspectiva. Allí se me hace todo más fácil (desde fuera siempre parece todo más sencillo): percibo el boicoteo, el disparate y la vanidad de creerme importante en este universo infinito. Pero, claro, luego regreso a mi complejo «ultramundo personal», con tendencias, creencias, patrones adquiridos y mierdas de esas, y me vuelvo a bloquear.

En fin, que llevaba una semana en Madrid y continuaba preocupada porque «tenía que buscar trabajo, tenía que buscar trabajo». Pero me sentía tan inquieta que en vez de ponerme en marcha, me comía las uñas y me reventaba granos en el espejo. Y mientras tanto seguía estresándome porque «no tenía trabajo, no tenía trabajo». Me pasaba veinticuatro horas del día encerrada en casa, porque, si salía, me invadía esa sensación infernal de estar perdiendo el tiempo. Y para qué queríamos más.

Carlota apareció por el salón para corroborar este hecho.

—Lucía, entiendo que estés agobiada, pero llevas cinco días… No, mentira, una semana ya, Dios cómo pasa el tiempo, una semana encerrada en casa. ¡Si es que solo has salido para ir al supermercado! Ni te has quitado esa… mierda que llevas puesta, hipermanchada, por cierto. —Levantó el labio izquierdo en un gesto de desagrado.

«Esa mierda» era una de las camisetas de propaganda que los laboratorios farmacéuticos le regalaban con frecuencia a mi padre y que me había traído a Madrid por si me daba por pintar en casa. En vez de con pintura, la fui decorando con lamparones de comida.

—Estoy bien —contesté con voz de ultratumba y el portátil apoyado en las rodillas.

Mi amiga husmeó entre mis gestos con incredulidad. Acto seguido se sentó a mi lado en el sofá y se fijó en el paquete de cereales con chocolate que había sobre la mesa. Se inclinó hacia él. Se retiró. Se inclinó de nuevo. Había contradicción en sus movimientos. Al final lo agarró, culpable.

—Pero ¡¡si está vacío!! —renegó.

—Pues claro. ¿Qué quieres? Si te los comiste ayer.

—Es verdad… —Bajó los hombros desencantada y yo volví a mi ordenador—. Oye, Lu.

—¿Qué? —contesté sin mirarla.

—¿Qué haces?

—Estoy con el currículo buscando trabajo en InfoJobs.

—¿Te apetece que hagamos algo esta noche?

—No puedo, tía. Necesito ganar dinero, no salir a la calle a gastarlo. —Bando Gil a saco.

—¡Pero invito yo! Y, además, ya sabes que aquí tienes casa gratis hasta que encuentres trabajo…

—Lo sé. Y te lo agradezco infinito, de verdad, pero tampoco me puedo mantener en Madrid mucho tiempo si no encuentro algo. Que, además, con esta crisis… Está complicado el tema, eh. La gente se está yendo fuera de España. Que si Alemania, que si Suecia, que si Irlanda… —Cogí carrerilla—. Y te hablo de gente con estudios universitarios acabados, másteres, nivel alto de inglés, ¡todo! Y yo, nada.

—Ya, ya… —confirmó—. Tía, ¿y no te has planteado estudiar otra cosa?

—¿Otra cosa?

—Sí. ¿No hay nada que te guste?

«¿Nada que me guste? Pues por gustar me gusta leer, pintar, escribir, ver películas, escuchar música…, pero esas cosas son hobbies, todo el mundo lo sabe. Porque, para poder dedicarte a eso, hay que tener un don especial. ¿Un don especial, Lucía? Sí, el don del artista. ¿Qué es el "don del artista"? Pues no sé. ¿No sabes? No, no sé, pero te aseguro que YO no lo tengo».

—Pues no sé, Carlota, no lo tengo claro… Pero no quiero estudiar una carrera para tener un título universitario y un futuro digno. Quiero encontrar algo que me motive de verdad, que me inspire. Sé que todas las profesiones tienen lo suyo y que ninguna es perfecta, pero quiero despertarme por las mañanas con ilusión y decir: vamos, Lucía.

—Te entiendo… —apoyó—. Bueno, al menos ya sabes lo que no quieres.

Contraje unos centímetros el cuello bajando la barbilla y la miré con cara de gato asqueado.

—No me consuela.

—Tú confía en ti porque eres una tía superválida e inteligente.

Asentí.

«Una tía superválida e inteligente. Sí. Inteligente. Muy inteligente. ¿Inteligente tú, Lucía? Pues sí… ¿Y qué es ser inteligente para ti, si se puede saber? Pues no sé…, en el colegio nos hicieron un test de inteligencia y no me salió mal. Y luego he sacado un nueve de media en Bachillerato y de las mejores notas de la promoción de Farmacia. Ya…, pero eso ha sido porque no has faltado ni un solo día a la facultad. El resto de tus compañeros salían a divertirse. Tú no. Tú siempre en primerita fila y luego en la biblioteca a base de Red Bull. ¿Red Bull te da alas? A ti lo que te dio fue reflujo y acidez de estómago, amiga. No sé si te has olvidado ya de eso… Joder, es verdad. Soy constante, pero no inteligente. ¡Nada inteligente! De hecho, soy bastante tonta, lo que pasa es que le pongo empeño. Aunque a lo mejor hay otro tipo de inteligencia, ¿no? No creo que todas las habilidades dependan del coeficiente intelectual… No sé. A mí, por ejemplo, se me da bien escuchar. Mis amigas me lo dicen siempre. Por eso me cuentan todos sus dramas. Me encanta entender por qué actuaron así o asá. Sin embargo, a veces sus historias me llegan demasiado y me quedo muy triste. ¡Y no puede ser! Que bastante tengo con lo mío. Debo aprender a que no me afecte».

Volviendo a mis años de universidad, he de reconocer que me perdí muchos momentos bonitos por las ansias de tener una carrera, ser alguien de provecho y todo ese bla, bla, bla… Momentos como pasear por las preciosas calles de Sevilla, disfrutar de conciertos con mis amigas, ir a visitar a Carlota a Madrid o follar con Hugo. Ay, Hugo… Cómo me gustaba ese hombre. Por Dios. Qué guapo. Tenía una cosa… tierno pero con rebeldía. La rebeldía justa y necesaria (la que yo no tenía) para que no te coma la vida. Conocí a Hugo una tarde en la biblioteca tras derramar accidentalmente un café sobre sus apuntes de Biología molecular. Te juro que pensé que me mataba (yo lo hubiese hecho), pero, para mi sorpresa, comenzó a reírse hasta que no pude evitar soltar una carcajada. Tuvimos que salir de la sala para no seguir molestando a los demás estudiantes, que empezaban a mirarnos mal, claro, por el ataque de risa que nos dio… Total, que invité a Hugo a un café a modo de disculpa y desde ese día comenzamos a quedar por las tardes en la biblioteca para estudiar juntos.

Y entonces la biblioteca se convirtió en la excusa perfecta para vernos cada día y provocar una tensión sexual de mil demonios. Madre del amor hermoso. Aquello era insostenible. Un día, Hugo me propuso ir a tomar unas cervezas. Respondí que sí. Nos fuimos a un bar y acabamos en su casa, bebiéndonos el uno al otro. ¡Buah! Es que había mucha humedad acumulada, imagínate. Y fue tan fascinante esa noche (y las noches siguientes) que al final hui como una cobaya alegando que no era el momento. Para ser sincera, temía engancharme. Desviarme de lo que de verdad importaba: los exámenes de los cojones de una carrera que decidí no acabar.

Así que de inteligente nada, vamos. Pero nada. Y para colmo Hugo acabó saliendo con Gloria, un encanto de pelo rizado. Me enteré de que la conoció en Tarifa, y allí surcaron las olas y disfrutaron sin reloj que consultar en la gloria del mar y del sol. Cómo no…

—¿Te acuerdas de Hugo? —le solté a Carlota de pronto, después de mi silencio. O más bien ruido, porque mi cabeza no había dejado de funcionar.

—¿Hugo? —contestó Carlota desconcertada—. ¿El *surfer*? ¿Qué pasa? ¿Sigues pensando en él? Pero si hace ya más de un año de eso, ¿no? Y tampoco tuvisteis nada serio…

—Sí, pero fue muy especial para mí… Hugo era disfrutón. No le pedía mucho a la vida.

—Yo tampoco… Poder comer infinitos Schoko-Bons sin engordar y un hombre que me quiera. Pero la vida no me lo da. ¡No me lo da! —Torció la boca y levantó los hombros—. ¿Y por qué no le escribes?

—¿Para qué?

—¿Para qué va a ser? Pues para quedar.

—Pero es que no quiero quedar con él.

—¿Ni siquiera para un chumbichumbi?

—Que no, no es eso.

—¿Entonces? No entiendo.

—Hugo es como un «y si…».

—¿Un «y si…»?

—Sí, uno de esos que se quedan ahí en tu cabeza solo porque no pudo ser, porque no supiste verlo… No sé, siento que Hugo quedó atrás, pero no puedo evitar pensar qué sería de mi vida hoy si hubiese actuado de otra manera. No solo con Hugo, sino con muchas más cosas, ¿sabes? Llevo toda mi vida escuchando frases tipo: «Si eso está para ti, te llegará». Ya, pero ¿hasta qué punto vamos creando nuestro destino con las decisiones que tomamos? Te puedes dejar llevar, sí, pero ¿cómo sabes que ese dejarte llevar es lo que en realidad quieres para tu vida?

—¿Haciendo una lista de pros y contras?

Arrugué la nariz, disconforme. A continuación me mordí un pedazo de uña y miré por la ventana buscando respuestas. Entonces me acordé de una frase que había leído hacía poco en un libro: «Los problemas sociales y personales son el resultado del miedo a la intuición». ¿Conseguiría algún día dejar de temer a la intuición?

—¡Claro! ¡¡¡Es eso!!! —grité, tal vez en un tono demasiado efusivo.

—¡Qué susto, Lucía! ¿Qué pasa?

—¡Que me acabo de dar cuenta de que Hugo es mi intuición!

—Pero ¿qué dices, chalada? Ja, ja, ja.

—Ja, ja, ja. Que sííí. Mira… —Levanté las manos como el que va a dar una conferencia.

—A ver, la chamana… —vaciló.

—¡Calla! Escucha. Me refiero que Hugo… o sea, cuando pienso en él, que era un tío que se arriesgaba cuando hacía falta, me avisa. Hugo me avisa. Es como que me dice: «Lucía, confía en ti. Y, si te equivocas, no pasa nada. Pero no puedes vivir para contentar a los demás. Ocúpate de contentarte a ti misma y verás como al final se pone todo en su sitio». Por eso esta semana he pensado tanto en él. Porque sé que he decidido bien. No puedo vivir para complacer a mis padres. Tengo que buscar qué quiero y qué le da sentido a mi vida, aunque me equivoque.

—Pon un Hugo en tu vida —sentenció desplomándose en el sofá.

—Gran eslogan.

—Tatúatelo.

—¿Te imaginas?

—No. Pero lo que sí que me imagino es que tú y yo vamos a salir esta noche.

Entonces se levantó con rapidez, encendió la tele con Los 40 Principales, subió el volumen a niveles contraindicados para los oídos y empezó a quitarse la ropa como si llevara encima un cargamento incómodo y pesado.

—¿Es necesario que te quedes en coño? —grité.

—Sí. Muy necesario. —Zarandeó las manos en el aire y comenzó a bailar sin vergüenza—. ¡Pachamamaaaa! ¡Pachamamaaaa! ¡La buena de la Pachamamaaaa! Esta noche se perrea duro, niña.

—Vale, pero con una condición —dije con el dedo en alto.

Bajó el volumen con el mando mostrando interés.

—¿Cuál?

—Que no me lleves a esas discotecas que me llevas siempre.

—¡No seas muermo! —Volvió a subir el volumen.

—¡Algún pub chulo! —insistí—. Por favor, ¡donde se pueda hablar por lo menos y haya música guay!

—¿Para qué quieres hablar? Ya hemos filosofado bastante. Un buen perreo es lo que te hace falta.

Pero insistí un poco más porque Carlota era fácil de convencer. Muy fácil. Y, cuando por fin cedió, me quité los pantalones y me puse a bailar con ella. Bailamos sin parar, por el suelo, por encima del sofá, por la barra de la cocina… hasta que nos faltó el aire y sudamos y nos dimos cuenta de que ya era hora de arreglarnos para que no se nos hiciera demasiado tarde.

Y todo esto sin saber que aquella noche conocería a la persona que cambiaría mi vida por completo.

6

«En clave midi»

Salimos de casa y nos dirigimos a la calle de la Corredera Baja de San Pablo esquivando cuerpos. Si por mí hubiese sido, habría elegido otro trayecto menos atestado, menos chillón, pero aquella calle, además de conectar con la mayoría de los bares de la zona, tenía un DIA abierto hasta las once de la noche donde se podían comprar chicles Orbit. Carlota se negaba a salir de fiesta sin chicles Orbit. Y no le valía cualquiera. No. Tenían que ser los Orbit White Sugar Free de menta suave. Un hábito (más bien un reglamento) que comenzó años atrás después de que, una noche de borrachera, un exnovio le dijese que le olía la boca a perro.

De manera que Carlota entró en el supermercado directa hacia su diana como si la hubiesen lanzado desde una cuerda de arco. Mientras tanto yo, con mi tendencia perseverante al aislamiento y limitada por la fatiga que me suele provocar tanto follón, decidí quedarme en la acera de enfrente esperando. Me tocaba elegir un lugar al que ir, por lo que aproveché ese tiempo para buscar «bares de copas» con el móvil. Y allí me perdí un buen rato en un rastreo inútil que hizo que me diera cuenta de lo gilipollas que soy, pues apenas conocía Madrid.

Bravo, Lucía.

—¿Qué? ¿Adónde vamos? —preguntó mi amiga al salir, con ganas de que empezara la noche.

—Vamos a fluir con el universo —disimulé.

—¿Cómo que a fluir con el universo? ¿Qué dices, tonta?

—Que síí. Que vamos caminando hacia allí y ahora vemos. —Señalé la misma calle en dirección hacia la rotonda de Bilbao y avancé dando grandes pasos con falsa decisión. Tan falsa que en una de las zancadas me falló el maldito tobillo y di un traspié.

—¡Uyyy! ¡Uy, uy, uyyy! —Rio Carlota—. ¿Qué haces? ¡Que casi boquinas!

—Es que soy tonta —gruñí—. No sé en qué momento te he hecho caso poniéndome esto. ¿Cuánto miden? ¿Ochenta centímetros de aguja? No puedo andar. ¡No soy persona!

—Estás ideal —sentenció orgullosa de su asesoramiento.

—Ideal…, lo que tú quieras. Yo me siento jodida. ¿Cómo voy a bailar con esto?

—No te quejes más, pesada. Ahora con una copa se te quita todo.

Puse cara de niña de siete años incomprendida y avancé más despacio. No podía evitar quejarme. Solía hacerlo cada vez que dejaba fuera de juego a mi presentimiento colocándole esparadrapos en la boca. O sea, la mayoría de las veces. Tanta obediencia por miedo a no cumplir lo que se esperaba de mí.

Tanto parche.

Tanto pegote.

«¿Hugo? ¿Dónde estás, Hugo?».

—¿No hay nada por aquí que esté guay? —dije intentando sosegar mi propio desengaño.

—Pero ¿tú no querías fluir?

—Se me han quitado las ganas. A tomar por culo.

—¡Joder! Pero ¿tanto te duelen? ¿En serio?

—Escalofríos. Terrible. Muerte.

—¿Y si vamos al Madrid Me Mata?

—Ja, ja. Qué broma tan divertida. Me parto contigo —apostillé con sorna.

—Que no, idiota, que es un bar que está a dos minutos andando de aquí. Es de tu rollo, con esa música antigua que te gusta tanto. Vamos, anda, así dejas de joderme un rato.

Acepté con convicción y seguí a Carlota por el empedrado de la Corredera Alta de San Pablo hasta que llegamos a nuestro destino. La sala estaba abarrotada y casi me dio un soponcio al entrar. No obstante, no sé si fue por la energía del lugar, la decoración, los objetos tras la vitrina o la música de los ochenta (bueno, en realidad creo que fue la música, siempre era la música)… que en cuestión de pocos minutos me transformé en otra Lucía. Una que se puso a bailar sin parar. A cantar como una desquiciada, loca de contenta, como si la vida empezara y acabara en cada estrofa, cerrando los ojos, soltándolo todo.

«¿Soltando qué, Lucía? Y yo qué sé. Todo».

Carlota también. Además, ella pedía copas y chupitos a mansalva con esa ansia que tenía siempre de que la noche se alargara al máximo. «Yo no quiero chupitos», le dije. «Tú sí quieres chupitos», me contestó. Así que me dejé llevar (no me las voy a dar de víctima). Y entre risas y bailes, acabamos con una tajada de tres pares de narices, de pota en el baño, neuronas muertas en la almohada y resaca de dos días.

Pero antes de que lleguemos a todo ese declive, déjame que te cuente el momento que marcó la noche (decir la vida sería demasiado pretencioso, aunque ya lo he confesado así unas líneas antes).

Sucedió justo al acabarnos la primera copa de ron con Coca-Cola, pues a Carlota se le antojó fumar un cigarrillo. Total, que cuando salimos fuera, me agarró de la mano y me arrastró hasta la esquina que cortaba con la calle de la Palma. Allí se fumó su cigarrito y después sacó de su bolso un pintalabios *nude* mate y un espejito plegable con luz LED incorporada. Sus ojos negros e inquietos cobraron un protagonismo inusitado con tal iluminación mientras se pintaba sobre pintado.

—¿Te pongo un poco a ti también? —preguntó insaciable.

—Vale —contesté.

Levanté la barbilla para recibir con gusto el *nude* mate y en ese momento, en ese justo momento, una mujer muy elegante y de aire enigmático se detuvo en seco al verme. Fue un movimiento evidente. Quiero decir, fui consciente de cómo frenó y cómo se quedó allí, en la calle de la Palma, analizándome sin reparo a pocos metros de distancia.

—Guapísima. Estás guapísima —dijo Carlota—. Toma, mírate.

Agarré absorta el espejito e hice como que me miraba, aunque nada más lejos de la realidad. Mi mente rumiaba sin parar ante aquella nueva figura. ¿Quién era? ¿Por qué me observaba así? La mujer enigmática llevaba un vestido negro por debajo de las rodillas, con mangas largas transparentes y tacones de aguja negros, casi tan altos o más que los míos. Tendría unos cuarenta años, pelo negro corto, labios finos, muy finos, pintados de rojo, un enorme lunar en el lado derecho de la barbilla y unas gafas de pasta negra de innecesario tamaño para sus ojos redondos. Disimulé. Miré a Carlota. Y, unos segundos más tarde, comprobé de nuevo que, joder, la tía seguía allí, enchufada. Como un búho, pero sin girar la cabeza doscientos setenta grados. Qué va. Qué giro ni qué giro. Directa. Empecinada. Por lo que busqué refuerzos en mi amiga.

—No mires, ¿eh? —musité incómoda.

—¿Qué pasa? —preguntó Carlota abriendo los ojos.

—Que hay una mujer ahí detrás…, pero, por favor, no mires, no sé qué le pasa, tía, pero no para de mirarme.

Carlota se dio la vuelta haciendo una pirueta torpe hasta que consiguió fisgonear.

«Maldita sea, Carlota».

—Hostia, sí. Descaro máximo —ratificó.

—¿¡Verdad!? Eeeh… ¿Qué cojones hace, tía?

Y en ese momento la mujer enigmática avanzó. Hostias. ¿En serio venía hacia nosotras? Joder que si venía…

—Perdona que te moleste —me abordó con entereza—. ¿Eres modelo?

—¿Cómo? —contesté atónita.

—Que si eres modelo.

—¿Modelo?

Al instante una sonrisa tonta apareció en mi rostro. Me sonrojé, encantada con su apreciación, y entonces olvidé lo arisca y descarada que me había parecido antes. ¿Yo, modelo? Desde luego era todo un halago.

—¿¡Verdad que podría serlo!? —reafirmó Carlota con orgullo—. Mira que se lo digo siempre…

Sonreí con vergüenza.

—¿A qué te dedicas? —preguntó.

—Pues… estaba estudiando Farmacia, pero al final…

—¿Farmacia? Ay, qué graciosa. No te pega nada… —juzgó, extrañada, sin dejar de examinar mis facciones al detalle.

—¿No? —Reí algo nerviosa.

—¿Cuántos años tienes?

—Veintidós.

—¿Y te llamas?

—Lucía.

—¿Lucía qué más?

—Callado.

—¿Española?

—Sí. De Jerez.

—¿Y tus padres?

—De Jerez también. ¿Por qué? —No entendía a qué venían tantas preguntas.

—No pareces española. Tan rubia, con esos ojos verdes…

—Ah, ya, es que salgo a mi madre, que es muy rubia —le recalqué.

—Y tu abuela también —añadió Carlota.

—Sí. Mi abuela también.

—Y tu tío, el hermano mayor de tu madre.

—Sí, sí, y mi tío —reafirmé.

—Pero tu tía Tere no.

—No. Mi tía Tere no. De hecho, mi tía Tere tiene el pelo supernegro y cortito, así como el suyo… —Señalé la cabeza de la mujer—. La llamaban siempre el patito feo, porque lo tenía grueso y se le ponía todo estropajoso y como hinchado. Pobre. Mi abuela siempre terminaba cortándoselo. Qué horror.

Se hizo un silencio. Uno muy incómodo. De esos que sabes que algo no ha cuajado. Y luego la mujer añadió:

—Mi nombre es Rebecca Ricci. Soy dueña de Vernet, una de las mejores agencias de modelos de España.

Miré a Carlota de reojillo. Su cara era un poema.

—Llevo doce años trabajando en esta industria —prosiguió— y no suelo equivocarme si descubro eso que debe tener una chica para ser modelo. Cuando te he visto…, bueno, hacía tiempo que no me sorprendía así. Tú lo tienes. —Sacó una tarjeta de su bolso—. Te dejo la dirección de la oficina por si quieres pasarte. Estaré en la agencia a partir del miércoles de la semana que viene. Chao, bellas. Disfrutad de la noche.

Nos despedimos, sonrió sin llegar a enseñar los dientes y siguió su camino dejando atrás el eco de sus tacones.

—Eeeh…, Lucía, ¿esto acaba de pasar? —bramó Carlota tan asombrada como yo.

—Estoy flipando.

—¡Es que es pa fliparrr! Es lo típico de las películas. Te paran por la calle y boom, te conviertes en modelo profesional. Qué locura, ¿no? Algo habrá visto en ti, seguro. Que esa gente entiende.

—¿Tú crees? —pregunté algo incrédula.

—¡Por supuesto! ¡Tenemos que celebrarlo! Que ya tienes trabajo.

—Pero ¡si aún no sabemos ni quién es esa mujer, Carlota! ¿Y si es una estafadora?

—¿Estafadora de qué, Lucía? ¡Por favor! Esa mujer no tenía pinta de parar a chicas por la calle para estafarlas. Esa sabía de moda. Te lo digo yo. ¿No te has fijado en el vestido que llevaba?

—No. ¿Qué pasaba con el vestido?

—Supertendencia. Una de las piezas de la última colección de Balenciaga. En clave midi.

—¿Qué es el clave midi?

—El clave no. En. En. En clave.

—Bueno, eso.

—Significa por debajo de las rodillas —aclaró—. Y el bolso también; vamos, no todo el mundo puede permitirse un Chanel.

—¿Llevaba un Chanel?

—Vamos que si lo llevaba… ¡Un Chanelaco!

—¿Y cómo sabes que es auténtico, listilla? —rebatí—. En Turquía hacen buenas imitaciones.

Carlota me miró y, sin atisbo de duda, me respondió:

—Lucía, hazme caso que me he fijado bien y entiendo de esto. Déjame la tarjeta. Ya verás. Busca en internet, que vamos a salir de dudas.

Le di la tarjeta y abrí el buscador de mi móvil.

—¿Qué pongo?

—Vernet Management —respondió.

—Ber, ¿cómo? ¿Con «b» de Bernardo?

—No, no. Con «v» de Valencia.

—Vale. ¿Qué más?

—Management.

—Con «sh», ¿no?

—¿Cómo va a ser *manashment*? ¡Por Dios, Lucía!

—¡Y yo qué sé! —me defendí —. Venga, dime cómo es.

—Management. «M-a-n-a-g-e…».

—Vale, vale. Ya. Aquí está.

Pinché en la web.

—¿A ver…?

Cargando…

—¿¡A ver!? —insistió.

—Me estás poniendo nerviosa, Carlota.

—¿Yooo?

—Sí, tú. ¿Quién va a ser? ¿No ves que está cargando?

—¡Qué lento es tu móvil!

—Vale. Aquí está.

Y bien que estaba: Vernet Management en negrita en lo alto, encabezando portadas de *Elle, Vogue, Bazaar, Vanity Fair…* Campañas de Dior, Tom Ford, Gucci, Saint Laurent… Apartados de *Women, Men, Icons, Special bookings.*

Nos miramos, atónitas.

—Pues sí que parece profesional, sí… —admití.

—Joooder. ¡Nivelaco, eh! —confirmó Carlota—. ¡¡Ay, mira, mira!! Por Diosss. Si esta es la que hizo el anuncio de la colonia que uso. ¡Qué guay! Me flipa esta modelo. Es una de las que desfila para Victoria's Secret. ¿Cómo se llamaba…?

—Ni idea…

—Que sí, tía, que es superconocida. ¿Cómo no te va a sonar? ¡Ay, joder! Que no me sale el nombre ahora…

—A mí no me suena de nada.

—Lucía. —Alzó la cabeza y me miró muy seria.

—¿Qué pasa?

—Ya puedes empezar a comprarte revistas de moda como una cabrona. Vamos, mañana mismo te pones a estudiar. Yo te ayudo, no te preocupes, que, además, tengo en casa varias de las últimas ediciones. ¡Qué ilusión, por favor! ¡Esto es increíble! ¡Que vas a ser modelo, Lucía! ¡Modelo profesionaaaal! La semana que viene te ha dicho que vayas, ¿verdad? Ya verás. La Ricci esa va a flipar. Ahora, eso sí, hay que buscarte un buen *outfit*. Y hacerte la manicura. No puedes ir con esas uñas mordidas…, pero, tranquila, que yo me encargo, conozco un sitio donde las hacen de puta madre.

Y así, sin tener ni puta idea de tendencias ni de bolsos auténticos, con unos tacones de aguja que me desviaban el sacro, aprendiendo lo que quería decir «en clave midi», mirando mis uñas mordidas y con un cargamento de Orbit White para camuflar la borrachera en ciernes, comencé a ser modelo sin saberlo. Con las copas encima, mi amiga y yo celebramos el comienzo de mi próximo declive.

7
Tortilla a la mamarracha

Aquella semana, antes de acudir a la agencia, no dejé de darle vueltas a la idea de convertirme en una top model famosa. ¡Y tanto que lo hice! Por más que intentara autoconvencerme de que lo hacía por necesidad económica o que le garantizara a Carlota, con gestos de descreída hacia sus comentarios idílicos, que esas cosas solo ocurrían en las películas, yo también fantaseé.

Estaba cansada de verme tan lejos de «lo posible». Hasta el mismísimo de que todo me resultara inalcanzable. ¿Por qué no? ¿Por qué a mí no? En algún momento tenía que empezar a soñar… A ver, no me refiero a que convertirme en modelo fuese mi sueño (no lo había deseado hasta cincuenta y tres horas antes, vamos), sino a soñar con algo más que heredar la farmacia de mi padre: nuevas oportunidades, aventuras, dinero, independencia, viajes, éxito…

Ay, éxito.

Qué bien me sonaba esa palabra.

Sentía un cosquilleo en el estómago cada vez que la escuchaba y me veía como a una mujer triunfadora, conquistando objetivos que demostrarían que podía, que yo sí era capaz de llegar alto. Hasta entonces, tal y como me habían hecho creer, no era más que una paleta con acento de pueblo, sin estudios universitarios finalizados ni trabajo ni salidas. Un despropósito de persona que tendría que deslomarse si quería alcanzar un futuro brillante.

Así que sí, la idea del éxito me avivaba el clítoris. Gustito. Del bueno. Y eso está genial. Siempre y cuando sepas lo que significan esas cinco letras, claro. Como estaba muy lejos de saberlo, y como en el fondo tenía miedo, mucho miedo, todo ese pack me arrastró por el lodazal del menosprecio, la dismorfia, la manipulación, los trastornos alimentarios y los insultos (buenas dosis de culpa y vergüenza que a día de hoy sigo arrastrando).

Sin embargo, en aquel momento, y por primera vez, Rebecca Ricci y sus gafas de pasta negra desproporcionadas habían visto algo en mí. No cabía en mi pecho más esperanza.

Estaba tumbada en la cama leyendo revistas de moda cuando Carlota irrumpió en mi habitación sin previo aviso, como de costumbre.

—Lucía, ¿te estás mordiendo las uñas?

—No. —Mentí apartando la mano de la boca y depositando el trocito de uña sobre la lengua—. Era solo un pellejito que tenía aquí que...

—Pero ¿qué dices? Si te he pillado —aulló—. Aguanta y no la cagues, tía, que hoy es el día. ¿A qué hora vas a la agencia?

—Esta tarde a las cinco.

—¿Estás nerviosa?

¿Que si estaba nerviosa? Estaba que me iba a dar un telele.

—Un poquito, la verdad...

Se sentó a los pies de mi cama sin descolgarse del hombro el bolso de Louis Vuitton (de imitación) y miró las siete revistas que tenía desparramadas. Penélope Cruz estaba en la portada del último número de septiembre de *Vogue*, con un corte de pelo *pixie* y vestida de rosa con motivo del cáncer de mama.

—¿Te vas a poner al final lo que dijimos? —me preguntó.

—Sí, sí.

—¿Y de zapatos?

—Había pensado en los tuyos del otro día… porque los únicos que tengo son los del Primark, que además están reventados. No puedo ir con eso.

—No. Desde luego no puedes ir con esos. —Miró reflexiva al techo—. Pero… Yo me pondría otros.

—¿¡Otros!? —estallé—. ¿Por qué otros? ¿Otros? ¿Qué otros? ¡Si no tengo más!

—No puedes ir con los mismos. La Rebecca Ricci se va a dar cuenta, fijo.

Levanté las cejas con asombro.

—Eeh… Estás de coña, ¿no?

—Nop.

—Pero ¿qué más da que repita, tía? ¡Que son unos zapatos!

—Es moda, chica. —Se llevó las dos manos a la cintura y se marcó la pose de su vida—. Repetir en la moda es… como si un médico cirujano extirpa el testículo equivocado a su paciente. ¡Negligencia!

—¡Por Dios! Ja, ja, ja. ¡Qué exagerada eres!

—Tú hazme caso y no repitas —me aconsejó.

—¿Y entonces qué hago ahora, Carlota? Dime qué hago. No tengo tiempo de buscar nada. Qué estrés.

Cambios de última hora. Sofoquina. Decidir sin tiempo: pesadilla para mis dudas.

—Relax…

—¿Cómo que relax? Si estaba yo aquí muy tranquila y has venido tú con…

—¡Calla, coño! Y lo segundo: tengo otros negros preciosísimos casi de la misma altura, sin plataforma, con hebilla.

—¿Sí? —Respiré.

—Son de & Other Stories.

—¡Perfecto! Esos.

¿De & Other Stories? Por favor. Mi amiga se había vuelto toda una experta en tendencias desde que vivía en Madrid. Ahora leía blogs de moda, revisaba alfombras rojas y comprendía qué *outfit* era el más apropiado para cada ocasión. Nada que ver con épocas anteriores, vamos. Que si nos hubieras visto a las Berenjenas con catorce, quince, dieciséis y hasta diecisiete años… Madre mía. Éramos una mala imitación de chonis atrevidas, solo que, en vez de intimidar y ganarnos el respeto, dábamos pena. Y, cuando llegaba la noche (todo se acentúa por la noche), salíamos como cobayas alocadas deseando parecer leonas: pelo rizado con litros y litros de espuma caducada, *eyeliner* en zigzag hasta las orejas, cara láctea por las densas capas de maquillaje, collares de bolas doradas desgastadas, pantalones de campana remolcando toda la basura de las calles… Un cuadro que no se veía en los museos.

No obstante, aquello había quedado muy atrás para mi amiga Carlota, ya que, aparte de instruirse y dominar la jerga al dedillo, se le daba bien la moda. Naturalmente bien. Tan bien que combinaba prendas que jamás habrías imaginado que pudieran llevarse juntas y la jodía parecía sacada de una editorial de revista del gremio.

Y yo, en cambio, pues…, bueno, me apañaba… Lo que pasa es que tener estilo es como hacer una tortilla de patatas. Primero, te tiene que gustar. Y segundo, por muchos libros de recetas que compres o infinitos tutoriales que veas en YouTube, si no posees ese don natural, las primeras veces (y puede que toda la vida) parecerá que has derramado líquido amniótico sobre patatas esputadas. O, lo que es peor, te quedará un mazacote vulcanizado que al introducirse en la boca aniquilará tus enzimas digestivas hasta que no te quede otra que armarte de valor y tragar, y tragar… y tragar… ¡Ay, nooo!

Además, Carlota llevaba varios años en Madrid y he de decir a mi favor que crecer en Madrid es otra movida. En la capital te puedes permitir el estilo *boho*, *boyfriend*, hípster, *sporty*, *grunge*, urbano-chic, ponerte la chaqueta de tu tatarabuelo y decir que es *vintage* o una bolsa de basura en la cabeza y hacerte pasar por un artista moderno.

En Jerez de la Frontera no.

Ni de coña, chavala.

Porque en Jerez de la Frontera, si te pones un pantalón rosa y una camiseta roja, te etiquetan de mamarracha. Sombrero, de diva. Leggings y deportivas, chandalera cutre. Gafas sin graduación, carajota. ¡Ya te digo yo que no! Porque atreverse a innovar en Jerez es ser un flipao de pacotilla, un pinfloi (adaptación de Pink Floyd como insulto por la parafernalia que llevaban), y, sin duda, te ganas un puesto fijo en el rincón de los inadaptados.

—¿Adónde vas? —le pregunté a Carlota al ver que se levantaba—. ¿Tienes clases ahora?

—Toxicología humana clínica y forense —contestó poniendo la voz dos tonos más grave que la suya habitual—. A la que no voy a llegar si no salgo ya. ¿Qué hora es?

—No sé. Pero corre, anda.

—Mi cuerpo me lo impide.

—¿Por?

—Buff… Resaca máxima, tía. —Dobló la mitad del tronco hacia adelante y dejó caer los brazos al suelo como una muñeca de trapo. Su espesa melena castaña quedó del revés, tapándole toda la cara. Y el bolso de imitación se cayó al suelo.

—¿Y eso?

—Culpa de Gonzalo.

—¿Qué pasó?

Se reincorporó.

—Tía, pues que estábamos de fiesta en B12… Y a las dos, como Gonzalo ya se quería ir, le acompañé fuera para despedirme, aunque con la esperanza de que me dijese que me fuera a dormir con él a su casa, claro… Pero un mojón pa mí. Porque me dijo de repente que no sabía si quería estar conmigo. Y me lo soltó así, como si nada.

—¿En serio?

—Hay que tener pocas neuronas para… De verdad. Y encima luego me da un beso y me dice que no me preocupe. ¿¡Que no me preocupe!? ¡Será imbécil! ¡Que no me preocupe!

—¿Y qué le contestaste?

—Le mandé a tomar por culo y le hice un corte de manga con el dedo. Pero después entré dentro, me pillé una cogorza de campeonato y volví a casa llorando y rezando en voz alta, suplicando a Dios que volviera conmigo. ¡Qué desastre! ¡Todo mal!

Estaba escuchando atentamente a mi amiga cuando un hedor fétido me sacudió por dentro. Bufff. ¿Qué cojones? Mi bulbo olfativo gruñó. ¿A qué mierda olía?

—Carlota, ¿te has tirado un cuesco?

—Ji, ji.

—¡Por Diosss, qué peste! —le grité estupefacta—. En serio, ¡estás podrida! ¿Qué mierda tomaste ayer? ¡¡Es una combustión!! ¡Qué asco! Me has dejado toda la bufa aquí.

Zarandeé los brazos para apartar el olor y me levanté apresurada a abrir la ventana.

—Bueno… Me piro, vampiro.

—Vete, vete ya de aquí, anda. Cerda.

—Sí, si ya me iba. —Rio—. Llámame en cuantito salgas de la agencia, ¿vale? Va a ir genial. Confía en ti. Eres la mejor. ¡Te quierooo!

Mucha tendencia y mucho *outfit*, pero hay cosas que ni Madrid cambia.

Al final, esas son las mejores.

8

Las polas

A las 15.42, después de disimular con maquillaje los siete granos que me habían salido en la mejilla derecha, me fui de casa y cogí la línea 2 de metro hasta Príncipe de Vergara. Llevaba puesto el *outfit* sugerido por Carlota: un *total black* de pantalón y body de mangas largas, cinturón con hebilla dorada, pendientes de aro tan pequeños como elegantes, bolso bandolera de Michael Kors y zapatos de & Other Stories (había buscado la marca en internet antes de ponérmelos y ahora ya la conocía).

Bien, a las 16.21 me hallaba delante de la puerta de la agencia, presa de una tremenda excitación, dispuesta a dar el paso. «Espera, Lucía, adecéntate un poco antes de llamar. Ponte recta. Hombros hacia atrás. Coloca bien el bolso. Eso. Perfecto. Y, ahora, sonríe. O no. Mejor no sonrías. Ponte seria y cuando te abran, sonríes, que si no va a quedar muy falso. Nadie se pone a sonreír cuando va por la calle a solas o cuando está esperando. Aunque no sé por qué. ¿Qué tiene de malo sonreír? Deberíamos hacerlo todos y así dejaría de ser raro. Porque es así, vamos. Todo aquí va de encajar, de no salirse del círculo de lo "normal". ¿Qué es lo normal? No lo sé, pero ¡qué de estupideces y prejuicios tenemos dentro! A mí a veces me vienen recuerdos y me dan ganas de abrir el pecho y reírme a carcajadas por la calle. Aunque, claro, estoy segura de que, si lo hiciera, mucha gente pensaría que estoy como una puta cabra. Y supongo que me importa lo que piensan los demás, porque si no lo haría… Pero no soy capaz… A ver, Lucía, céntrate, coño. Deja ahora las neuras a un lado. Te quedas seria y, cuando abran, sonríes. Y punto. ¿¡Y palabras!? ¿Qué vas a decir? No te has preparado ningún discurso… Mm… Pues estaría bien que, antes de nada, te mostraras agradecida. O sea que dijeras: "Rebecca, gracias por la tarjeta". Y luego puedes añadir: "Me lo he pensado y me gustaría ser modelo". Sí. Y quizá ella, con su aire enigmático, me pregunte: "¿Por qué quieres ser modelo, Lucía? ¿Qué te atrae de este maravilloso mundo?". Y entonces le diré: "Pues…". ¿Pues qué, Lucía? ¿Qué le vas a decir? ¿Que siempre ha sido tu sueño? ¿O que en realidad la moda te la refanfinfla y que lo que deseas es salir de esta cárcel de vida en la que te sientes? Bueno, a ver, cárcel tampoco… Que lo que anhelo es descubrir mi lugar. Bueno, lo que sea. ¡Joder! Es que si le digo la verdad y me ve tan desesperada, igual no me coge. Nadie quiere a una persona desesperada… No. Tengo que mostrar serenidad. Con interés pero serena. Y sonreír, lo justo para que no te tomen por loca. Venga, que sí, que vale, pero llama ya, coño. Y que sea lo que Dios quiera».

Para mi sorpresa, me abrió la puerta una chica de unos dieciocho años, muy delgada, pelo negro y cara de ángel, que me sonrió con timidez y, sin decir nada, se sentó en un sofá negro situado en la pared izquierda de las cuatro que conformaban aquel recibidor. También había otras tres chicas que, por sus modos y posturas, parecían estar esperando igual o más que la primera.

—¿Vienes al casting? —preguntó la que se hallaba sentada más a la derecha, de piel negra y ojos oscuros.

—No, no —contesté—. Vengo a ver a Rebecca Ricci.

—Ah. Está dentro reunida con el *scouter** de Nueva York. Ahora saldrá.

---

* El scouter de modelos es una persona que ayuda al *booker* de una agencia a localizar posibles modelos con potencial.

—Vale, gracias. —Sonreí.

«¿*Scouter*? ¿Qué será "scouter"? *Scouter*. Suena a moto… ¡Lucía, por favor! ¿Cómo va a ser una moto? ¿Por qué piensas en esa tontería? ¡Y yo qué sé! Pero Nueva York suena increíble. Ay, sí, ¿te imaginas ir a Nueva York? Con todas las películas que han sucedido allí… *Olvídate de mí, Tienes un e-mail, Serendipity*… ¡Buah! ¡Qué increíble tiene que ser! Y qué imposible también… Lucía, baja de las nubes».

—¿Quieres sentarte? —preguntó la misma chica. Y antes de que yo contestara, ya había cogido su bolso negro de Alexander McQueen para ponerlo en el suelo y hacerme un hueco en el sofá.

—No, no. Estoy bien —rechacé.

Por lo que volvió a coger su bolso y a ponerlo donde estaba antes.

«Mierda. En realidad sí que me quiero sentar. Porque me duele todo: los pies, la espalda, el cuello… ¡Jolín! ¿Y si le digo que me haga un hueco de nuevo? No, ahora ya no, Lucía. Ahora te aguantas. Que van a pensar que eres tonta. Bueno, ¿y qué más da que lo piensen? La gente cambia de opinión y no es malo. Todo fluye, todo cambia, nada permanece…, ¿no? Pues ea, yo también. No como me decían siempre mis exnovios en las cartitas de amor: "No cambies nunca". Ñi, ñi, ñi. ¿No cambies nunca? Hostia, pero si lo más natural del mundo es cambiar. No quedarte igual para hacerle la vida fácil a los demás, ¿no? Que al final siempre es una misma la que se jode. Como yo ahora, aquí de pie con este dolor infernal. Y todo por el apuro. ¿Qué apuro? A tomar por culo ya. Vamos, Lucía, que esta es tu gran oportunidad para demostrarlo. Dile: "Oye, que al final he cambiado de opinión y me voy a sentar. Ji, ji. Ja, ja". Te ríes muy simpática, te sientas tan a gusto y que piense lo que quiera».

—¿¡Lucía!? —escuché de pronto.

Me giré y vi a Rebecca Ricci entrando en la sala, conquistándola más bien, como una abeja reina en su colmena. Sí. Este sí que era su hábitat natural, no asaltando a chicas por Malasaña a lo *True Detective*.

—Qué alegría que hayas venido. Lucía Callado, ¿verdad?

¿Se acordaba de mi nombre? Joder, eso era buena señal. O buena memoria… Asentí con la cabeza y respondí al saludo con un talante impecable y una sonrisa de diez, pero mi maniobra no tuvo éxito. Nada. No le llegó. Al menos, no de frente. Si acaso algunas partículas sueltas de perfil…, de perfil porque ella ya estaba atareada con la atención puesta en las demás.

—Chicas, ¿quién va a pasar primero? —preguntó diligente.

—Yo. Voy yo —La chica negra, la que me había hecho el hueco que nunca ocupé por no poder controlar mis pensamientos rumiantes, levantó la mano.

—A ver, Belinda. Levántate que te vea —exigió Rebecca cruzándose de brazos y poniendo morritos.

Belinda se levantó y dio dos pasitos al frente con frescura y desparpajo. Me sacaba un palmo de altura. O más. Me fijé en su piel brillante, sin granos ni poros ni marcas; en sus pómulos marcados; en sus perfectas cejas delineadas. Había aire en aquella mirada tan densa. Un rostro nada esquivo, de esos que uno puede leer con transparencia y que invitan a que les cuentes tus secretos más íntimos. Belleza gravitacional.

—Belinda, esos pantalones no te estilizan nada —apuntó Rebecca—. ¿No lo ves? Te hacen caderona y es justo lo que tenemos que evitar, porque tus brazos son muy delgados, desproporcionados respecto a tus muslos y cadera. ¿No tienes otros?

Belinda negó con la cabeza. Sus ojos mordían.

—Y el pelo… —prosiguió Rebecca—. ¿Qué te has hecho hoy en el pelo? Lo tienes descontrolado, mujer, parece un nido de pájaros. ¡Por favor! Vete al baño y arréglatelo como puedas, que yo no entiendo nada de ese pelo que tenéis. Ay, de verdad, chicas… Que parecéis nuevas. Entra tú primero, cariño.

Señaló a cara de ángel. La muchacha se levantó apocada aunque ágil y caminó directa hacia la puerta de cristal por la que había salido Rebecca antes.

—¡Sin la chaqueta! —añadió—. ¿Adónde vas con la chaqueta? Y la camiseta metida por dentro. Que se vea bien lo delgada que estás.

Cara de ángel se quitó con premura la chaqueta de cuero mientras sostenía su *book* entre las rodillas y se metió la camiseta básica gris por dentro de unos *jeans* negros elásticos. Me fijé en sus muslos. Eran finos como los fideos que de pequeña me preparaba mi abuela los domingos, la mitad de los míos. También los de Belinda. Y los de las otras dos chicas que estaban sentadas. De repente, me sentí en desventaja.

—Chicas, la siguiente preparada ya. Que este señor viene desde Manhattan y no tiene toda la tarde. Tú, Lucía, cariño. —Me colocó la mano sobre el hombro sin llegar a mirarme—. Pasa conmigo por aquí.

No me dio tiempo a asimilar lo que había sucedido en ese corto espacio de tiempo cuando ya me vi caminando por un pasillo, con dos de los cinco dedos derechos de Rebecca empujándome la espalda, hasta que llegamos a otra sala. Rebecca parecía agitada, como recién salida de una clase de spinning que por problemas técnicos había tenido que suspenderse a la mitad dejando a todos sus participantes excitados. Más tarde descubriría, entre otras muchas cosas y casi ninguna positiva, que aquel era un estado crónico de su persona.

—Bonitos tacones —apuntó.

—¡Muchas gracias!

«Bien. Minipunto para el equipo de Carlota».

—Siéntate, por favor —me ofreció.

La sala era enana, aunque bastante desahogada para dos personas. Tan solo había tres sillas de polipiel marrón encajadas alrededor de una mesita de madera y una báscula para medir peso y altura en una de las esquinas. Las paredes blancas, despejadas por completo y sin adornos, combinaban con la luz que penetraba desde la única puerta de cristal que había en la sala y que daba a una terraza particular, propia de un ático madrileño.

—¿Qué tal estás? —me preguntó—. Me alegro mucho de que estés aquí.

—¡Muy bien! ¿Y tú?

—Supongo que has venido porque te interesa en ser modelo…

—Ajá… —contesté con una sonrisa.

Y entonces ella sacó del bolsillo de su blazer negra un cigarrillo electrónico y comenzó a vapear. Olía a palomitas rancias.

—¿Estás haciendo algo más ahora mismo?

—¿Algo más? —Fruncí el ceño.

—De trabajo o de estudios, me refiero.

—Ah. No, no, nad…

—O sea que tienes disponibilidad completa.

—Completísima.

—Genial. —Vapeó—. No sé si sabes que los castings y trabajos aquí suelen salir a última hora. A veces nos avisan con varios días de antelación, pero muchos son en el mismo día. Por eso te preguntaba, porque la disponibilidad es fundamental cuando empiezas…

—Pues tengo disponi…

—… si no, es muy complicado conseguir que una modelo que comienza de cero trabaje. Que ya de por sí lo es, no te voy a mentir. Hay muchísima competencia y no es nada fácil. Hay que implicarse.

—Ya. Me imagino…

—Pero ¿sabes cuál es la ventaja? Que Vernet es una de las mejores agencias de España, querida. Tenemos contactos internacionales con todas las agencias del mundo. Y te aseguro que no cogemos a ninguna chica si no creemos que puede triunfar.

Tú tienes algo diferente, algo muy especial. Eres sensual y posees unos rasgos atípicos para ser española. Eso gusta.

Sonreí por dentro (aunque creo que por fuera se notó). Especial y naturalmente sensual… me gustaba esa idea. Nadie me lo había dicho antes.

—Lucía, si estás interesada de verdad y confías en mí, podemos lograr grandes cosas juntas. —Dio otra calada al vaper. Esta vez fue tan larga que pensé que se ahogaba. Pero qué va. Alzó la barbilla con elegancia y echó una nube gigante de humo con un dominio impecable—. Me dijiste que tenías veinte años, ¿cierto?

—Veintidós.

—Eres un poco mayor para empezar en la moda. Lo sabes, ¿verdad? —Pues no. No lo sabía—. Pero pareces mucho más joven.

—La verdad es que siempre me lo dicen —reforcé su opinión para compensar mi desventaja—. En las discotecas aún me piden el DNI, ¿te lo puedes creer?

—Claro, porque tienes cara de niña. —Sonrió—. Así que tendremos que mentir.

«Pero ¿qué más da la edad si aparento menos?».

—Una modelo con más de veinte años no vende. Nadie la quiere. Hazme caso.

«Vale. Ya me ha contestado».

De pronto se levantó, me observó unos segundos y dijo:

—Voy a avisar a Rolando, el otro *booker**, a ver si puede venir a medirte. Supongo que llevarás lencería mona debajo de la ropa para hacer las polas…

«¿Polas? ¿Qué es eso? ¿Lencería mona? ¿Para qué? ¿Qué llevo de lencería? Mierda. MIERDA. Me cago en mi

---

* El booker representa a la modelo ante los clientes (diseñadores, firmas, marcas, fotógrafos, etc), dirige su carrera profesional, gestiona su agenda, sus trabajos, cachés, contratos y toda la logística.

puñetera vida. ¿Cómo se me ha ocurrido ponerme un sujetador roto con el aro blanco de plástico saliéndose de su sitio? Sujetador gris con… Ay, madre, las bragas blancas de abuela. Las bragas amarillentas, holgadas y con pelotillas de abuela. Si es que…, de verdad, Lucía, hija. Eres cutre como tú sola. ¿Adónde vas? ¿ADÓNDE VAS? Ahora no te queda otra que apechugar. O inventarte una excusa; que no te funciona la lavadora, por ejemplo. No. No cuela ni de coña, que unas bragas se pueden lavar a mano… ¡Ay, qué cagada…! Cagada máxima».

—¿Lencería mona? —disimulé—. Ehh… Pues… es que…

—Bueno, déjalo, no te preocupes. Mejor te pasas mañana por la mañana que la luz será preferible para las polas.

«Uf…». Menos mal. Me había librado.

—Genial. —Respiré aliviada.

Pero ¿qué carajo serían las polas? Debía de ser algo importante. Tenía que preguntárselo.

—Quiero empezar a moverte ya, Lucía —me aseguró Rebecca con determinación en la voz—. Justo tengo un par de clientes que aún no han cerrado el casting y creo que les vas a encajar muy bien. Pero necesito las polas para eso. Sin ellas no hacemos nada.

—Claro, claro. Sin problema. Mañana me paso para las polas.

—Perfecto. Vente a eso de las once. Tal como vas vestida ahora, pero tráete también un par de camisetas básicas. Una blanca y una negra. Y lencería mona. Básica. Negra. Sin encajes. ¿De acuerdo?

—De acuerdo.

Se acercó a mí, me agarró de los codos fingiendo un abrazo, uno reducido, e hizo el gesto de darme dos besos dejándolos en el aire. Sí, luego me daría cuenta de que esa era su firma: aparentar afecto mientras maquinaba con impudicia cochina su estrategia para atrapar al rival más débil, que era yo, solo que aún no lo sabía, claro…

—Aquí estaré, sin falta. —Sonreí, me despedí con la mano y salí de la agencia.

Carlota

En línea

Hoy

Oye, ¿sabes lo que son las polas? 17.05

¿Las polas? Pero ¿en qué contexto? 17.06

Que Rebecca me ha dicho que mañana
tengo que venir a hacerme polas. 17.06

Déjame pensar… 17.07

OK 17.07

He buscado en Google y creo que ya lo tengo.
¿No serán unas polaroids? 17.11

Bingo.

9

«Fingers crossed, darling»

No sé si conoces la sensación de mirarte a los ojos en el espejo durante un rato largo y darte cuenta de que estás viendo a una completa desconocida. Yo empecé desde muy pequeña con esa afición. Me plantaba delante del espejo del baño de casa y me retaba a mí misma. Me gustaba observar cómo las pupilas se adaptaban a la luz cambiante o sumergirme en los pigmentos verdes del iris. Me preguntaba en bucle: «¿Quién soy? No me reconozco. ¿Cuánto hay de mí en mi reflejo?».

Por supuesto no le contaba esto a nadie. Apenas tendría diez años cuando el jueguecito comenzó y temía que mis padres me tomaran por majareta y se deshiciesen de mi amigo el espejo para intentar evitar mayores desvaríos. Menos mal que aposté por seguir creciendo con la esperanza (aunque a veces esta se durmiera) de encontrar por ahí a otros majaretas con los que poder compartir tal disparate.

Sin embargo, aquella mañana, encerrada en el baño de la que sería mi nueva agencia de modelos, después de que Rolando me hiciese mis primeras polas, me enfrenté al espejo como si me sometiera a una acusación, a un ajusticiamiento en privado donde yo, y solo yo, era jueza, abogada, jurado y verdugo.

Me había sentido tan incómoda delante de la cámara que no me hacía falta ver cómo habían quedado las fotos para confirmar que yo no servía para modelo. Asimismo he de decir que los comentarios de Rolando tampoco ayudaron a calmar la situación: «Lucía, eres guapa, pero debes adelgazar. Tienes demasiadas curvas y queda ordinario. Necesitamos que bajes ese volumen. La cara tan redonda tampoco favorece a la cámara. He probado todos los ángulos y nada… Y, además, debes relajarte. Estás muy tensa y la cámara lo ve todo. Vas a tener que practicar muchísimo delante del espejo. Aprender también a sonreír con los ojos porque cuando abres la boca estás más fea».

De modo que allí me encontraba, delante de aquel espejo analizando las curvas ordinarias, la cara redonda, una sonrisa que me afeaba… cuando escuché que alguien llamaba a la puerta del baño. Tres golpecitos muy suaves que sentí como codazos en el pecho.

—Está ocupado —contesté con la voz entrecortada.

Me subí los pantalones, me puse la camiseta, tiré de la cisterna para justificar el tiempo de más que había permanecido confinada en el baño y salí. Una chica a dos metros de la puerta, de piel clara y pelo oscuro muy rizado, me recibió con una sonrisa. ¡Qué sonrisa tenía! Me fijé en su labio superior que hacía una curva ascendente y en la precisa abertura de su boca, que le permitía enseñar hasta las muelas. Dientes blancos y alineados a la perfección. Dientes que parecían un cartel antiguo de Profidén. De esos que ponía «Sonría segura». ¿Cómo no iba a estar segura con esa sonrisa?

—*I'm sorry* —se disculpó.

Le contesté con un gesto amable (la chica no tenía la culpa de tener una sonrisa tan perfecta) y después atravesé el pasillo que conectaba el baño con la sala principal. Sonaba «The Hills» de The Weeknd cuando entré y distinguí a Rebecca en una mesa rectangular de acero y vidrio tecleando abstraída en su ordenador. Tan concentrada que no reparó en mi aparición ni en el alboroto que estaban provocando mis tacones en el parqué. Como no quería entorpecer su trabajo, odio que me interrumpan cuando estoy concentrada y no quería que se enfadara, deambulé por la sala buscando estímulos con los que entretenerme hasta que me avisaran.

Me había imaginado la agencia de Rebecca Ricci como el despacho de Miranda Priestly en *El diablo viste de Prada:* un espacio sofisticado y minimalista, jugando con el blanco y el negro y con fotografías en las paredes en homenaje a la filosofía de lo visible. No estaba muy lejos de ser así. Nada lejos. En aquella sala espaciosa y de techos altos todo era blanco. Las paredes, los marcos, las lámparas, hasta las rosas blancas estaban dentro de unos jarrones blancos; porque había tres jarrones llenos de flores, eh. ¡Qué barbaridad! Seguro que las pedía ella a una floristería. Eso no podía ser un regalo. Y bien que hacía la Ricci, oye, que como dicen los sabios: primero tienes que cuidarte a ti misma. Fue una lástima que luego descubriera que, por donde pasa Rebecca, no crece la hierba.

Vislumbré en una de las paredes varios estantes donde se mostraban unas tarjetitas (más tarde me enteré de que se llaman *composites**) de las modelos representadas por la agencia Vernet, bien colocaditas a una misma distancia de cinco centímetros entre ellas. En otra de las paredes, lo mismo, pero con modelos masculinos. Me aproximé solo a las mujeres por puro masoquismo, con ellos no necesitaba compararme.

Escogí una tarjeta al azar: Alyson K. Su cara estaba enmarcada en una portada de *Vogue*. En el borde inferior estaban sus medidas:

---

* El *composite* en el mundo del modelaje es una tarjeta de presentación en papel que se utiliza como herramienta para mostrar el potencial a la hora de optar a un trabajo, pues lleva impresas las mejores fotos del *book*, junto a las medidas y la manera de contactar con la modelo.

Height 184cm. Bust 85cm. Waist 60cm. Hips 90cm.
Shoe 40EU. Hair Brown. Eyes Brown.

Alyson K me sacaba diez centímetros de altura. La solté y cogí otra: Candice Lowe. Esta aparecía en la portada de *Harper's Bazaar*. Medidas:

Height 182cm. Bust 80cm. Waist 58cm. Hips 88cm.
Shoe 39EU. Hair Brown. Eyes Blue.

Candice Lowe, con su pecho pequeñito antigravedad, nada ordinario, y sus piernas delgadas, la mitad que las mías.

Y otra tarjeta más: Sharon. Con un retrato precioso en primer plano sonriendo. Sharon me sonaba. ¿De qué conocía a Sharon? ¡Claro, coño! ¡Era la chica con la que acababa de cruzarme en el baño! La que no le afeaba nada sonreír.

En fin, que tras inspeccionar los treinta *composites* o más que había allí expuestos, comprobé que todas gozaban de un físico apto para ser modelo. ¿Qué hacía yo allí? Veía muy lejos poder conseguir trabajo con semejante competencia… Lejos no, lejísimos. Debía tener muchos pajaritos en la cabeza para pensar lo contrario.

Ya ves. Aquellas fotografías eran espectaculares. Y pensé que Lucía Callado jamás sabría posar así. ¡Si se había puesto histérica solo con unas polas, donde no tenía ni que moverse! Que no, que no. Que ella no estaba acostumbrada a que le hicieran fotos, que las únicas que se hacía era cuando iba de fiesta con sus amigas o en los cumpleaños, bodas y esas cosas. Ahí sí salía bien, pero porque iba piripi, claro, y esto era otra cosa.

De repente tuve un mal presentimiento, como una gacela en la sabana antes de que las leonas salgan de la maleza para perseguirla. Estaba a punto de salir corriendo de la agencia y dejar atrás aquella historia imposible, cuando un grito de Rebecca me zarandeó y frenó mis intenciones.

—¡Lucía! Acércate, cariño, acércate. Que tengo buenas noticias. —Me dirigí a ella dando pasitos muy cortos con los tacones para no caerme, pero lo más rápido que pude.

—Dime.

—Vale, sí, perfecto, dos semanas… —Hablaba con el ordenador—. Querida, tengo un casting para ti.

—¿¡Un casting!?

—Sí. Acabo de mandar tus polas a I. C. y les has gustado muchísimo. No suelen citar a muchas chicas a no ser que de verdad vean posibilidades. —Me sonrió y me guiñó un ojo.

—¿En serio?

«Joder, Lucía. I. C. ¡Qué pelotazo! ¡Que I. C. la conoce todo el mundo! Ya te digo. La conoce hasta mi madre. Ay, mi madre… ¿Y si me ve en las fotos? ¿Te imaginas? Me muero, vamos. Aunque en algún momento tendré que contárselo, que con lo recatada que es ella, como se entere de que trabajo como modelo, me mata… Seguro que se avergüenza de mí por aprovecharme de mi cuerpo para ganar dinero. Y de su genética. Porque me estoy aprovechando de su genética. ¡Uff! Bueno, no te preocupes ahora por eso, Lucía. Céntrate en lo importante. I. C.».

—Sería para un trabajo de dos semanas de contrato. Tres «k».

—¿«K»?

—Tres mil euros.

¿Cómo? ¿Tres mil euros?

Espera.

¿¡¡¡Tres mil putos euros!!!? O sea, ni en sueños me hubiese imaginado ganar tal pastizal en un primer trabajo. Menos aún saliendo de la crisis en la que estábamos todavía… «Ay, Dios mío. ¿Te imaginas que me cogen? ¿Lucía Callado independizada? Por favor». Con tres mil euros podía vivir dos meses más en

Madrid pagándole el alquiler a Carlota. Con tres mil euros podía ir a ver *El Rey León* en Platea A, comprarme bragas sin pelotillas, cambiar la almohada que me estaba descuartizando el cuello, sustituir el champú del Mercadona por uno ecológico a ver si lograba eliminar la caspa, ponerme hasta el culo de aguacates... Joder. Con tres mil euros...

Vamos, podía hasta reconstruirle la dentadura a Rolando si algún día me daba por contratar a un sicario para que le diera un sustito y le hiciera tragarse sus dientes. Dios. Odiaba a Rolando (creo que no lo había dicho antes). Empecé a odiar a Rolando desde el minuto uno, sus comentarios desafortunados durante las polas me hicieron sentir cada vez más insegura. Me disgustaba su pelo rubio con ricitos tontos y su boca fina y diminuta que tanto parloteaba. Menos mal que se cambió de agencia un mes más tarde. Tal vez tuviese una mejor oferta, o vete tú a saber por qué...

—Pues lo que te decía, *darling*. Que tienes el casting esta tarde. A las cuatro.

—Ah, ¿esta tarde? ¡Qué bien! ¿Dónde? —pregunté conteniendo la euforia.

—Espera, un segundo, que te imprimo toda la información para que la tengas. Sé muy puntual. Y vete con la misma ropa que tienes puesta ahora. Maquillaje natural, tal como estás, lo que quieren es verte a ti. Los granos sí. Los granos tápatelos. —De nuevo un comentario que me agujereó la cabeza, pero traté de neutralizarlo porque volvía a tener un poco de esperanza. Una impresora colocada en un mueble, debajo de la mesa, comenzó a sonar—. Recuérdame que luego te pase el contacto de un buen dermatólogo que hay aquí en Madrid. De momento, vete al casting esta tarde. Nos dirán algo mañana.

—¿Mañana?

—Sí, mañana. Mañana es viernes y el trabajo empezaría el lunes de la semana que viene. Así que sí o sí tendrán que darnos una respuesta. —Me entregó la hoja con la dirección—. Toma.

¿El lunes de la semana que viene? O sea, ¿podría estar trabajando en tres días? ¿Así, de repente? ¡Bendita locura! No era posible.

—Avísame en cuanto salgas de allí —señaló—. Mándame un wasap, porque estaré reunida y no podré responder si me llamas. Tengo a una chica nueva que viene desde Nueva York y a otra desde Brasil. Tienes mi número en la tarjeta, ¿verdad?

—Sí, sí. Lo tengo.

—Venga. Pues hablamos luego. —Rebecca se levantó ágil, me sonrió encantadora y se despidió de mí con un abrazo (de los suyos)—. *Fingers crossed, darling!!!!*

10

Como pollo sin cabeza

Carlota

En línea

Hoy

Carloti, 15.51

¿Estás? 15.51

Dime. 15.52

Tengo un casting ahora para I. C. 15.52

¿¿¿En serio??? :O :O 15.52
¡¡Qué fuerte, tía, para I. C.!! 15.52
Te lo dije. ¿Ves? Te lo puto dije. 15.52
¡¡Tú lo vales!! De aquí a nada te vemos en los carteles
grandes de Nuevos Ministerios. 15.52

No flipes, anda, que solo es un casting… 15.53

¡Ay, ay, que voy a tener una amiga famosaaa! 15.53

Qué idiota eres, jajaja 15.53

¿Te van a llevar a las fiestas guais con los
celebrities? 15.53

Pero qué me estás contando, ¿¿qué fiestas?? 15.53

¡¡Que sí!! ¡Que las modelos van a esas fiestas! 15.53
¿¿¿Me llevarás??? 15.53
Puedo hacerme pasar por tu fotógrafa particular. 15.53

Sí, con tu cámara instantánea rosa de mini
polaroids. 15.54

Cuela fijo. Jajaja 15.54

Jajajaja 15.54

Jajajaja 15.54
Pues yo estoy muy agobiada... 15.55

¿Por? 15.55

Me acaba de escribir Gonzalo. 15.55
Ha resucitado la rata. 15.55

Rata inmunda. 15.55
¿Y qué te ha dicho? 15.55

Que lo siente por haber desaparecido, pero que no está
preparado para una relación... 15.56
Pero, vamos..., mi amiga Leticia me ha dicho que lo vio el
otro día tonteando a saco con una en la discoteca, y que
luego salieron juntitos de la mano... En fin..., no sé...

Estoy cansada emocionalmente si es que eso existe,
jajajaja 15.56

Y ¿por qué sigues hablando con él si no te hace bien?
Con todos te pasa lo mismo. 15.56

Ya... Y me he hecho esa pregunta treinta veces. 15.56
¿Sabes a qué conclusión he llegado hoy leyendo un libro
de estos de autoayuda que me dijiste? 15.56

¿Cunnilingus? 15.56

Jajajajajajajajaja 15.57
Exactamente. 15.57
Eso y que pienso que yo sola no puedo, que necesito
a alguien para poder ser feliz y que mi vida esté
completa... Soy tonta 15.57

No eres tonta 15.57

Sí, y al final voy a terminar en el poyete, jajajajaja 15.58

(El poyete era un banco de piedra que había cerquita de
una iglesia en Jerez, donde se sentaban un grupo de mujeres
mayores que se habían quedado solteras y veían pasar su vida,
fracasadas. Sí, porque para ellas, su existencia solo tenía sentido
si se casaban y formaban una familia. Es lo que les habían inculcado... Como a mi amiga).

Carlota

En línea

Hoy

Jajajajajaja el poyete, qué horror. 15.58

Tía, tengo que entrar en el casting. Luego hablamos. Te

quiero <3 15.58

Suerteeeee <3 15.58

Una vez en la oficina, di mi nombre a la recepcionista y le indiqué que venía al casting. Ella descolgó el teléfono, pulsó un botón y me dijo que esperara en uno de los asientos que había en la entrada. Cinco minutos más tarde, apareció una mujer de pelo rizado con camisa blanca ancha y gesto alegre, que me condujo por unos pasillos laberínticos hasta llegar a una sala destartalada y llena de burros con ropa colgada en perchas. Allí me presentó a la estilista, una señora de unos sesenta años, que me probó unos *shorts* vaqueros, una camiseta gris de tirantes de lo más básico y unas chanclas de dedo. También me proporcionó un coletero y me indicó que por favor me hiciese un moño alto, lo más alto posible. Después fuimos al estudio, que, como la mayoría de los estudios fotográficos, era un espacio amplio con techos muy altos, necesarios para desplegar trípodes, flashes, reflectores, sombrillas, fotómetros y demás atrezos. Tenía la peculiaridad de un fondo blanco y curvo entre la pared y el suelo. Estaba prohibido pisar el suelo sin unos patucos azules desechables, exceptuando, claro está, a la modelo.

Olía a paredes recién pintadas. Cerré los ojos e inhalé todo lo que mi aparato respiratorio me permitió, tratando de tranquilizarme.

—Hola, Lucía. Soy Julián, el fotógrafo.

Tres personas se me acercaron a la vez mientras yo me entretenía esnifando bálsamo.

—Encantada —contesté estrechándole la mano.

—Ana, directora creativa.

—Encantada, Ana. —Sonreí.

—Lucía, estilista.

—¿Lucía? ¡Anda, como yo! —pegué un grito desmedido, fuera de lugar.

El comportamiento típico de una persona ansiosa que se agarra a lo más usual como si fueran sincronías de otra dimensión que le ayudan a convencerse de que todo va a salir bien. Menos mal que Lucía (la otra, no yo) sonrió afable y dijo:

—¡Qué bueno!

—Lucía, por favor, ponte justo detrás de esa marca en el suelo. ¿La ves? —me indicó Julián con mucha amabilidad.

—Vale. Sí, sí —respondí posicionándome en el lugar que me señalaba.

Y entonces me dio el foco de frente. La cámara apuntaba hacia mí. Todos estaban mirándome. Dios, qué poco me gustaba que me miraran. Era como si cada ojo tirase de mí con una cuerda de fuerte potencia que me arrebataba la autonomía. Vamos, la autonomía y la naturalidad. Me sentía como una muñeca Pinypon, con su pelo y sus zapatitos de «quita y pon» (que otros quitaban y ponían a su antojo).

Pues eso, allí estaba yo histérica sobre una marquita que habían hecho con cinta aislante blanca (pero no tan blanca) en el suelo, evitando sacar a flote mis neuras. «Inspira y espira, Lucía. Inspira y espira. Relaja los músculos de la cara. Vigila, que te está temblando el moflete derecho. Inspira y espira».

—Relaja un poco las manos, que las tienes agarrotadas —escuché decir al fotógrafo.

—¡Vale! —contesté—. ¿Así?

—Mejor, sí. —Flash—. Los brazos sueltos. No hagas ninguna pose. —Flash—. Las piernas menos separadas... —Flash—. Y la cabeza, gírala cuarenta y cinco grados hacia la derecha. Sin mirar a cámara.

—¿Sin mirar a cámara? —Flash. Flash.

—Exacto. Sin mirar. —Flash. Flash.

—Pero ¿no miro nunca? —Flash.

—Nunca. —Flash. Flash. Flash—. Vale. ¡Lo tenemos!

—¿¡Ya!? —pregunté incrédula. Pero si no me había dado tiempo ni a posar. No podía ser—. Pero... mi cara... —expuse—. Es que... no me ha dado...

—No, no te preocupes por la cara. Las fotos son sin cabeza.

—¿Cómo?

Tortazo.

—Que las fotos son sin cabeza.

—¿Sin cabeza?

—Sí. ¿No te lo han dicho en tu agencia?

—No...

—Son fotos para la web y las cortarán por debajo de la nariz.

Miré con suspicacia en un intento de constatar si aquel individuo me estaba tomando el pelo. Pero en cuanto comprobé que Julián iba en serio, sentí una incomodidad espantosa. Solo deseaba agarrar un mazo y atravesar el suelo para esconderme agazapada, pero finalmente utilicé el mazo para romper el hielo.

—Vamos, que lo que me van a hacer es una «operación gamba» —bromeé con sorna.

Al ver que todos se rieron, decidí seguir golpeando.

—Menos mal que por lo menos me reconocerá mi madre y podrá venir a verme al hospital en el posoperatorio. —Más risas—. ¿Y la guillotina..., dónde tenéis guardada la guillotina? —Carcajadas a tope.

«Fenomenal, Lucía. Te los has ganado. ¿Tú crees? Sí, sí. Los chistes han sido malísimos, pero están todos dentro. Ahora respira y para. Hay que saber parar. Que más no es bueno».

Con el orgullo de haber salido airosa de la situación, me despedí del equipo y me marché de la oficina. Si bien me había quedado en shock por eso de que me fueran a cortar la cabeza en mi primer trabajo como modelo, enseguida vi las ventajas en caso de que me eligiesen: no tendría que lidiar con la tensión incontrolable de mis movimientos delante de una cámara, compartiría espacio con un equipo amable, sería un paso más para independizarme de mis padres y tendría dinero para sobrevivir dos o tres meses en Madrid. Le mandé un wasap a Rebecca de que todo había ido OK.

¿Qué más podía pedir?

Recé. Recé mucho para que me cogieran.

11
Modelo internasioná

Rebecca Ricci me llamó el viernes como había dicho para comunicarme que me habían seleccionado para el trabajo de I. C. ¡No me lo podía creer! Cuando me dio la noticia, la euforia anuló todas las emociones negativas. Me habían confirmado el primer casting, había conseguido trabajo; mi plan de ahorro podía comenzar.

Busqué corriendo a Carlota, que estaba repanchingada en el sofá viendo la tele, y, al contárselo, gritamos juntas durante más de diez segundos. Después fuimos a mi habitación y envolvimos el cerdo de cerámica en una toalla. El gran momento había llegado. Nos pusimos de rodillas, yo con un martillo en las manos, Carlota con gesto expectante, y sin pensármelo dos veces le arreé un castañazo al cerdo que lo reventé a la primera. Guardé el dinero en un monedero y esa misma noche invité a mi amiga a cenar. Le hablé de los pormenores del casting y de sueños como los del cuento de la lechera, y ella trató de explicarme sus sentimientos hacia Gonzalo, las ganas que tenía de verlo y escribirle, a pesar de que sabía que todo lo relacionado con él le haría daño…

Pasaron muchas más cosas durante los dos meses siguientes. No solo hice buenas migas con el equipo guillotina (bellísimas personas), sino que un dermatólogo me quitó los granos, un peluquero me hizo un corte fashion por debajo de las orejas y me compré unos tacones y un conjunto de lencería para las nuevas polas. Ahora había dos *bookers* nuevos trabajando en la agencia, Gustavo y Flavio, bastante simpáticos y respetuosos. Fue Flavio quien me hizo las polas esta vez. Y nada que ver. Dónde va a parar. De modo que, para alejarme del resentimiento, pensé que Rolando pagaría su karma en algún momento de la vida. Al tiempo, Rolando.

En fin, que aparte de las polas, hice dos sesiones con dos fotógrafos que Vernet había organizado para preparar mi *book* de modelo. La inversión para estas sesiones me resultó excesiva. Mil euros. Por Dios. Pero Rebecca me aseguró que eran buenos profesionales (era cierto) y que sin *book* no podía moverme. Necesitábamos esas fotos para presentarlas a los clientes y así poder conseguir más trabajos. También me explicó que, cuando fuera conocida como modelo, los fotógrafos querrían hacer sesiones de intercambio conmigo y ya no tendría que pagar. Pero de momento… me tocaba soltar billetes y apostar por el principio de mi carrera, con confianza. Tenía motivos para hacerlo. Ya ves. Y más cuando recibí la última noticia: una de las mejores agencias de Milán estaba interesada en representarme.

—¿¡¡A Milán!!? —dijo Carlota mirándome sorprendida cuando se lo conté—. Pero… Pero ¿cuándo te vas?

—En septiembre —respondí más agitada que ella.

Soltó el tenedor en el plato de macarrones con atún y tomate frito que se estaba zampando a una velocidad de campeonato y gritó:

—¿¡En septiembre!? Pero ¡si eso es dentro de seis días!

—Sí, es lo que me acaba de decir Rebecca, que una de las agencias más top de Milán quiere que vaya allí. Y necesitan que sea ahora porque es la temporada fuerte de trabajo… —Me faltaba aire de lo contenta que estaba—. Por lo visto es una oportunidad bestial, ya que allí se hacen muchos castings. Milán es la cuna de la moda mundial. Y me puede abrir muchas puertas. Incluso las de otras ciudades como París o Nueva York… Estoy que no me lo creo, tía. Pero también un poco agobiada porque…, joder, es que tendría que irme ya. Y han dicho que mínimo tendría que estar tres meses para que dé tiempo a que los clientes me conozcan y conseguir buenos trabajos… Allí tendría que pagar el alquiler, pero me quedaría en un apartamento con otras modelos. Pero no me puedo costear también el de aquí, así que si quieres alquilar la habitación lo entenderé. Tengo que ver qué hago con mis cosas… si las meto en un traste…

—Lucía, para, para. ¿Me estás jodiendo? O sea, acaba de salirte la oportunidad de ir tres meses a Italia para convertirte en una modelo internacional, con posibilidades de pegar el pelotazo y viajar por el mundo, conocer a hombres modelos e italianos, guapísimos e ¡¡ITALIANOS!!, y ¿estás agobiada por la habitación? *Aqua in bocca!* —La miré con ojos de cordero degollado—. Ya te dije que mi madre se niega a alquilar a desconocidos. Y que yo no busco compañera de piso, sino buena compañía para mi soledad, que es muy distinto.

—Y encima ganas dinero, perraca —bromeé.

—Bueno, es la excusa de mi madre para darme dinero sin sentir que me consiente. Pero me consiente. Y yo me dejo consentir, todo hay que decirlo.

Pinchó todos los macarrones que pudo, abrió la boca de forma desmesurada y se los metió, llenándose los morros y la barbilla de tomate. No sé cómo no se le desencajó la mandíbula. A continuación masticó con ahínco, hasta que se los tragó todos. En menos de ocho segundos.

—Pues eso, boba, que los meses que no estés aquí, no me tienes que pagar. Y quédate tranquila que, si vuelves, seguirás teniendo un sitio aquí. Vamos, que si hace falta te quedas en el sofá.

Solté el aire apelmazado en mis pulmones.

—Gracias, de verdad.

—Nada de gracias —respondió mientras bajaba con un vaso de agua la bola de pasta que tenía aún en el esófago—. Me lo cobraré cuando vaya a visitarte. Porque me vas a acoger cuando vaya a Milán, ¿no? ¡Qué guay, joder! ¡Nos vamos a Milán! —Cogió su móvil que estaba encima de la mesa—. Venga, dime una fecha y miramos, que así saco ya el vuelo.

—Pero ¿adónde vas? ¿Te quieres esperar? —Me senté a su lado en el sofá, mordiéndome las uñas—. Cuando esté instalada, te aviso y lo miramos. De momento lo único que sé es que la agencia me paga el apartamento por adelantado y que viviré con más chicas.

—¡Qué bien! Y entonces ¿Rebecca?

—¿Qué pasa con Rebecca?

—¿Qué gana ella si tú te vas?

—Pues porque es mi agencia madre. Todas las modelos tienen una agencia madre, que es la que siempre se lleva comisión, estés donde estés. Y luego ya puedes tener todas las agencias que quieras. O sea, no en el mismo país.

—Ajá. Entiendo. Pues qué bien, tía. Y que te paguen por adelantado.

—Sí, la verdad es que sí. Luego me lo van descontando de los trabajos que consiga. Si consigo, claro, que si no…

«Si no, deuda…».

—Tú confía. Ya verás que todo va a salir bien. ¿Qué tienes que perder?

—Nada… —suspiré. Y miré al techo buscando esperanza—. Ahora, eso sí. Me ha dicho Rebecca que tengo que adelgazar.

—¿En serio?

—Sí. Milán es más estricto con esta cuestión. Y hay más competencia.

—Jobar… Pues yo había hecho macarrones de sobra por si querías…

—Pues va a ser que no.

—Bueno…, forma parte de tu trabajo. Si eres modelo, tienes que estar muy delgada.

—Ya… —reafirmé—. Oye, ¿y tú cómo estás con lo de Gonzalo?

—Fatal. Estoy en el hoyo. Ayer le escribí y…

—¿¡Le escribiste!?

—El masoquismo es lo mío.

—Pero ¿qué le pusiste?

Apretó la boca para contener la risa.

—Pues que no entiendo cómo no quiere estar con una tía como yo.

—Ja, ja, ja. ¿En serio le has dicho eso?

—Sí. Ja, ja, ja. —Negó con la cabeza, algo avergonzada—. Le mandé un tochaco que ha debido de flipar lo más grande… porque ni me ha contestado el cabrón. Pero ¡es que ya estoy harta! Siempre me pasa lo mismo, Lu. Todas mis relaciones están destinadas al fracaso. Todas las Berenjenas habéis tenido una relación larga en algún momento. Todas menos yo, que me duran tres meses. Como mucho. Al final va a tener razón mi hermana Martina: soy un desastre sin remedio.

—A tu hermana no le hagas ni puto caso, Carlota —bufé—, que siempre proyecta sobre ti sus frustraciones…

—Mi hermana se va a casar.

—¿¡Y qué!? ¿Tú crees que de verdad es feliz con Borja? Si se les ve amargados a los dos… Reprimidos y fingiendo complicidad. Y luego Borja se va de putas…

—Ya… ¡qué asco de tío! Me cae tan mal…

—Por eso. Tú no eres como tu hermana ni tu madre. Y tus relaciones fracasan porque en el fondo sabes que no quieres eso. Deseas algo mejor.

—Nunca lo había pensado así… —Me miró meditativa.

De repente escuché que me llamaban al móvil. Me lo había dejado en la habitación, dentro del bolso. Corrí a por él. Era Rebecca Ricci. Descolgué.

—¡Hola, Rebecca!

—Lucía, ¿cómo tienes este jueves?

—Este jueves es mañana, ¿no? —me aseguré.

—Sí, eso, mañana.

—Bien. ¿Por qué?

—Una modelo se ha puesto enferma y necesitan sustitución para una editorial con *Cosmopolitan*. Te voy a proponer, ¿vale?

—¡Genial!

—Sí, necesitamos fotos para tu *book* con urgencia.

—¿Y las sesiones que hice con los fotógrafos que me recomendasteis para mi *book*? Son de hace tres semanas. ¿No han mandado las fotos aún?

—Sí, ya las mandaron —confirmó.

—Ah, ¿sí? ¿Y qué tal?

—Horribles.

—¿Horribles? —Me quedé estupefacta.

—Sí. No me gustan nada.

—¿Y eso?

—Hay un par de ellas que se salvan, pero no me sirven…

—¿Ninguna? —insistí.

«Joder, que me gasté un dineral…».

—No. Ninguna. Se te ve gorda.

Sentí una punzada en el estómago. Pero no dije nada. Nunca decía nada. Y esos comentarios se iban acumulando…

—Las fotos en sí están chulas, pero tú no sales bien. Tienes que adelgazar, Lucía. Te estoy presentando a las mejores agencias del mundo. Es importante, ahora más que nunca, que estés a tope.

—Ya…

—Te lo dije desde el principio: en esta industria hay que ser fuerte.

«¿Yo no soy fuerte? ¿De verdad no soy capaz de ser modelo?».

—Lo sé… —musité

—¿Estás cenando?

—¿Cómo? —No entendía a qué venía. Eran las cuatro de la tarde.

—Que si estás cenando.

—¿Ahora? No…

—No, no digo ahora, digo por las noches. Que si estás cenando.

—Ah, sí…, claro. No mucho, a ver, depende de…

—Pues deja de cenar y sal a correr todos los días a partir de ahora. Cómprate infusiones de cola de caballo y algún drenante en la farmacia. Tómate esta oportunidad en serio, Lucía, y haz lo que tengas que hacer para estar bien. Estoy confiando en ti, ya lo estás viendo. Te estoy moviendo todo lo que puedo.

—Ya, sí, lo sé… Vale, voy a intentar adelgazar todo lo que pueda para Milán.

—Genial. Bueno, te dejo que tengo lío. Ahora te confirmo si lo de mañana sale. Estate atenta al móvil.

—Vale. Gracias.

—Chao, bella.

—Chao.

Colgué y me quedé varios minutos mirando por la ventana. No sabía cómo sentirme. Por un lado, la rabia me carcomía por dentro. Me había gastado mil euros en unas sesiones fotográficas para nada. ¿Por qué no me lo había dicho antes? Pero, por otro lado, me sentía culpable por no haber sabido estar a la altura. Tenía que adelgazar si quería ser modelo. ¿Cuánto? Pues lo que ellos considerasen, claro, que para eso eran los que entendían. Yo me veía delgada, pero no era suficiente para la industria. Ya me lo había dicho Rebecca, que yo no parecía una modelo. No tenía la altura suficiente y, además, tantas curvas no eran elegantes, se acercaban a lo ordinario. Así que las palabras de Rolando ese primer día de las polas eran política de empresa… Rebecca las soltaba igual, como quien no quiere la cosa.

Salí de mi habitación a toda prisa y entré en la de Carlota. Necesitaba alguno de sus chicles para calmar la ansiedad que me acometía y que no me diese por comer. No podía picotear en ese momento. No podía. Pero, por mucho que buscaba, no encontraba los malditos chicles. Ni por su mesa atestada de papeles ni por sus bolsos de imitación ni por su mesita de noche con preservativos y uñas postizas y envoltorios de bombones… Nada. Empecé a agobiarme. La habitación olía diferente, como a sorbete de fresa. Mi amiga había comprado unas velas aromáticas con forma de piña, unas velas rosas con un olor intensísimo que se te metía por las fosas nasales y te trastornaba hasta la existencia. Horroroso. O quizá era yo la trastornada.

—¡¡¡Carlota!!! —grité—. ¿Dónde mierda están tus chicles?

—¿¡Qué!? —gritó ella.

—¿¡Que dónde están tus chicles!?

—¿¡Qué chicles!?

—¡Los que tienes siempre!

—¡No me entero de lo que dices! ¡Ven aquííí!

Me asomé por el pasillo.

—Los chicles. ¿No tienes chicles? —pregunté exasperada.

—¡Qué va! Se me acabaron justo ayer —contestó.

Maldita sea.

Derrotada, volví a mi habitación y me tumbé en la cama deseando ver las horas galopar como un caballo que huye de un incendio. Necesitaba que el reloj marcase las once para sentir así el sueño y conseguir dormir sin cenar. Las once por lo menos. Pero nada. Las agujas se movían lentísimas y yo no podía dejar de pensar en comida. Era una situación exasperante. Cuanto más me lo negaba, más ganas tenía. No sé si era por hambre o rebeldía. O ambas cosas. El tema es que logré aguantar sin comer hasta que por fin el cielo se puso oscuro y Malasaña encendió sus farolas.

No entiendo el tiempo, de verdad. No entiendo cómo se las apaña para estrecharse y dilatarse a su antojo. De pronto estás inmersa en una conversación con tus amigas sentaditas todas muy monas en una cafetería y, cuando te quieres dar cuenta, han pasado cinco horas. Han volado, más bien. ¿Cómo puede ser? Si acabábamos de llegar...

En fin, que eso fue, exactamente, lo que me sucedió aquella tarde en casa. Pero al revés. Porque la tarde se me hizo eterna. Inacabable.

Y así empecé el camino hacia mi carrera como modelo internacional. El pistoletazo de salida. Menudo pistoletazo. Yo buscaba una fuerza que no tenía. O lo que se suponía que era fuerza para Rebecca y otros muchos (no estaba sola en esta manera de actuar).

Porque, según ella, ese era el camino más apropiado: el sacrificio sin cuidado, dignidad, belleza o vulnerabilidad. ¿Y quién era Lucía, al fin y al cabo, para negarlo? No tenía otra referencia ni guía... Nada. Y sin darme cuenta me fui metiendo en sus fauces en un intento de acallar el hambre.

12
Plan de ocultación

Quedaba un día para emprender el viaje a Milán. Me debatía entre llamar a mi madre para hacerle partícipe de la nueva aventura o trazar un plan maquiavélico con el que evitar la discordia.

Margarita Prieto era una mujer atractiva y cobarde. Más productiva y avispada que su marido, mi padre, pero sometida a un destino cutre. Cutre por dejar a un lado sus aspiraciones. Cutre por dejar pasar la oportunidad profesional de trabajar como veterinaria (su devoción por los animales era sorprendente) para ayudar de administrativa en la farmacia del Callado. Y así, con los años, una queja constante fue ocupando sus días, acompañada de frecuentes ataques de nervios que resolvía atiborrándose de ansiolíticos.

Yo no quería parecerme a mi madre. Tampoco a mi padre. Pero eran las voces de mi madre las que me perseguían, las que jalaban de mí. Y su melena rubia. Su maldita melena rubia, limpia y brillante, que no dejaba de recordarme que yo era su hija, su única descendiente, su mayor decepción. No quería ser como ella y no me bastaba con el corte de pelo al estilo *bob*. No. Es más, si me lo hubiese teñido de negro, habría sido peor. Hay cosas que es mejor tener bien cerquita, aunque jodan, pues así es más fácil que le recuerden a una lo que no quiere ser. Yo no quería ser cobarde ni deseaba vivir achantada como mi madre. Lo de encontrar el atrevimiento ya era otra cosa. Quizá, si me enfrentaba a ella y la hacía partícipe de mi nuevo rumbo profesional, el conflicto se resolvería.

De modo que agarré el teléfono y la llamé. Sin mucho convencimiento (más bien ninguno), pero la llamé. No me corté ni un pelo.

—Por fin, hija —saludó.

—Hola, mamá.

—¡Ya te vale!

—¿Qué pasa?

—¿Cómo que qué pasa, Lucía? Llevo tres semanas llamándote y no me coges el teléfono. Menos mal que tu amiga Carlota habla con su madre, como es normal, y me va poniendo al día.

Mi madre y María Fernanda, como ya sabes, se conocían desde hace bastante por nuestra amistad en el colegio.

—Es que no he parado… —mentí.

—Pues ya podrías haber parado para hablar con tu madre, ¿no? ¿Qué excusa es esa?

«Una excusa de mierda, mamá. Una excusa que no me creo ni yo, pero la verdad es que no me apetece hablar contigo. ¿Para qué? ¿Para que me insistas en que vuelva a Jerez? Que ya te he dicho que no voy a volver. Y si te llamo es porque quiero decirte la verdad».

—Pero es que es verdad, no he parado… —mentí de nuevo, por inercia—. Estoy trabajando en una tienda.

«¿Qué haces, Lucía? ¿Qué tienda? ¿Por qué coño dices eso? ¿Tú no querías dejar de ser cobarde?».

—¿Una tienda? ¿Una tienda de qué? —bufó.

—De ropa —improvisé.

—¿De ropa?

—Sí, estoy muy contenta. Me pagan muy bien. Superbién.

—Mira, Lucía, no te entiendo. Dejas los estudios y te vas a Madrid para trabajar en una tienda de ropa. ¿Tú estás tonta o qué te pasa?

Hubo un breve silencio.

«Pues si te dijera que ahora soy modelo y que mañana me mudo a Milán… Se lo tienes que decir, Lucía. Ay, no, no puedo. No lo va a entender. Le va a dar un jamacuco… Uno de verdad. Y, si no le da, es capaz de venir a buscarme a Madrid. ¿Tú crees? Ah, sí. Claro que lo creo. Pues podría esconderme. ¿Esconderte? ¡Claro! En un hotel. ¿Cómo te vas a ir a un hotel? Pues yéndome… Ya. Y ¿cómo vas a saber el día exacto? Lucía, por Dios, deja de pensar en eso. Céntrate. ¿Se lo digo entonces o no? No. Ni de coña. Olvídate».

—Sí, soy tonta, mamá —vacilé.

—Tonta de remate. Luego no quiero que vengas llorando, eh, que mira que te lo estamos advirtiendo. Que la cosa está fatal en España y tú tienes la suerte de tenerlo fácil. No sé por qué te empeñas en hacerlo difícil.

—¡No me empeño en hacerlo difícil!

—¿Entonces?

—Solo quiero ahorrar y encontrar algo que me motive, que me inspire de verdad…

—¿Que te inspire de verdad? —aulló—. La inspiración es para los artistas, Lucía. Tú no eres artista. ¡Baja de las nubes, por Dios bendito! Que no tienes estudios. Que no tienes nada. ¿Qué vas a hacer? ¿Pasarte años trabajando en una tienda de ropa sin un contrato fijo, sin una seguridad? Esto es absurdo.

—Absurdo será para ti, mamá. Pero es mi vida. Así que ¿me dejas continuar, por favor?

—Eres idiota, niña.

Solté una carcajada. De estas nerviosas que se escapan sin querer. Porque a mí se me escapa todo cuando me pongo nerviosa. Nerviosa de impotencia.

—¿Ahora te parece gracioso? —preguntó cortante.

—No. No me parece gracioso… —Cerré los ojos para concentrarme al máximo. Tenía que aguantar aquella risa amarga como fuera.

—Solo espero que recuperes el sentido común lo antes posible.

—Vale, mamá. Muy bien. Me tengo que ir.

—Pues nada, tú a lo tuyo, como siempre.

—¿A lo mío cómo?

—Que no te cuesta nada pensar un poquito en los demás y ser menos egoísta.

—Claro, yo no pienso en nadie…

—¡¡Llevo un mes sin saber de ti, Lucía!! Tu padre con arritmia y Coco malito. Y tú ni te has dignado a preguntar. ¿Eso es pensar en los demás?

Coco. Mi pobre Coco. ¿Estaba malito? Me sentí fatal. Me dieron ganas de coger un tren a Jerez y abrazar al perro. Joder, Coquito. Con su pelo rizadito de caniche marrón. Con su patita que a veces rascaba mi puerta por las noches para dormir conmigo. Coquito, que ya estaba mayor. Doce años para un perro es mucho. Muchísimo. Quise preguntarle a mi madre más sobre el perro, mostrarle mi preocupación, pero me bloqueé y, joder, no me salió nada.

—¿No piensas hablar? —gruñó.

—No sé qué decir, mamá… —contesté compungida.

—Ala, pues nada, hasta luego. Cuando te parezca, me llamas. Yo no pienso hacerlo más. Se acabó.

Cuando colgó, lancé el teléfono con furia sobre mi cama. El aparato rebotó, más de lo que esperaba, y cayó de un golpe al suelo. «Joder. Joder. Ha sonado a roto. ¿Me lo he cargado? Uff, menos mal que no. ¿Te imaginas que se hubiese rajado la pantalla? ¡Me muero! Que bastante tengo ahora con preparar las cosas para el viaje, como para que se me rompiese el móvil y tener que comprarme uno nuevo. Un móvil nuevo. ¿Dónde? ¿Dónde busco yo ahora un móvil? Tendría que gastarme más dinero aún… ¡Qué putada! LUCÍA, PARA. Que no se te ha roto el móvil. Todo está bien. Para ya. Pesada. Qué agobio. Lo sabía. No tendría que haber llamado a mi madre, ¿por qué mierda la habré llamado?… En fin, ahora no se me puede olvidar hablar con Carlota cuanto antes para que no le diga a su madre que me voy».

Porque nadie podía saber que me iba. Bueno, nadie que pudiera tener algún tipo de relación con mi familia o con Jerez. En Jerez las noticias corrían rápido. Muy rápido. Es algo así como que la hermana de menganita, que es prima de fulanito (el que siempre sale a correr por la avenida con su perro a las ocho de la tarde), tiene, por lo visto, un amigo que vive en Madrid y que es el hijo mayor de Triana, la de la frutería de la esquina, la que tiene los mejores tomates. Pues resulta que alguien le dijo a Triana que la hija del Callado es ahora modelo profesioná y vive en Milán ganando un dineral. Ea. Así de rápido podría llegarle la información a mi madre. A tal velocidad que al final ni te enteras de cómo ha sido posible, pero, sí, te han descubierto.

Salí diligente hacia la habitación de Carlota con el propósito de contarle mi plan de ocultación (cuanto antes lo hiciese, mejor), pero vi que tenía la puerta cerrada. Me pareció raro. Ella no cerraba nunca la puerta para dormir, a no ser que estuviera con alguien…; lo cual era muy probable, teniendo en cuenta que había llegado tarde. Yo había escuchado sus tacones por el pasillo sobre las cuatro de la mañana. No me apetecía pillarla con el maromo que fuese en plena faena.

Frené mis impulsos.

Todavía no eran ni las diez de la mañana, podía esperar.

Me dirigí a la cocina y saqué de la nevera tres huevos para un revuelto que puse bajo el chorro de agua para evitar bacterias. Separé las yemas al romperlos, las tiré a la basura, y dejé las claras sobre un cuenco. Sentí que el estómago me hablaba en su idioma de protestas y gruñidos huecos; y eso me animó. Me animó porque significaba que lo estaba haciendo bien, sí. Tal y como me decía Rebecca, sí. Sin cenar, sí. Desayunos y comidas solo con proteínas, sí. Adelgazando para Milán, sí. Como una buena profesional que se toma su trabajo en serio. Sí, sí, sí.

Pero por la mañana no. Por la mañana me podía permitir mi revueltito de claras más dos rodajas de piña, porque la piña eliminaba líquidos, como las cápsulas diuréticas que me había comprado en la farmacia.

Total, que coloqué la sartén más pequeña que teníamos y vertí un chorritito de aceite que restregué con papel de cocina para reducir su cantidad a lo mínimo posible. Una vez se puso caliente, eché las claras y esperé unos segundos hasta que el revuelto de huevo cogió color e intenté voltear la masa con una espátula. Maldita sea. Faltaba aceite. Supongo que mi subconsciente gritaba que ciento treinta y cinco calorías por una cuchara de oro de oliva era demasiado…

Y entonces los huevos se pegaron y froté la sartén con la espátula de acero inoxidable, rápido y fuerte, rápido y fuerte. Tan fuerte que arranqué lo negro. Por lo que negro en los huevos. Huevos jaspeados. Por culpa de la sartén. No de mi ridiculez. Por supuesto que no. Era la estúpida sartén, que estaba ya vieja y chocha y era inservible como yo, sin dones especiales ni un futuro digno.

Escuché a Carlota reír por el pasillo. Una risa complaciente. Como yo había cerrado la puerta que comunicaba la cocina con la entrada al apartamento (lo hacía para comer a solas y evitar los posibles juicios), no pude ver a Gonzalo. Bueno, en ese momento no sabía aún que era él, pero sí un minuto más tarde, cuando Carlota apareció en la cocina despeinada y con uno de sus vestiditos lenceros.

—¿Con quién estabas tú? —pregunté curiosa, con tono pícaro.

—Ay, Lu… —resopló abochornada.

—¿Qué pasa?

—Era Gonzalo…

—¿En serio?

Carlota se recogió la melena en un moño desgarbado y suspiró.

—Al final me contestó ayer al mensaje. No te conté nada porque sé lo que me ibas a decir… Pero es que me mandó un texto superbonito. Decía que de verdad quería estar conmigo, que ahora sí deseaba intentarlo. Y que va a dejar de mentir por mí.

—¿Y qué le has dicho? —Ya sabía la respuesta.

—Le voy a dar una oportunidad… —asintió con la voz quebrada—. No sé si la estoy cagando, porque no confío nada en él, la verdad, pero… No sé, tía. Te juro que he pensado mucho en si vuelvo con él porque no deseo estar sola o porque le quiero de verdad. Soy incluso consciente de que puedo encontrar a un hombre mejor para mí… Alguien que no me mienta…, pero es que me gusta mucho. Y quiero darle otra oportunidad. A ver si él puede ofrecer algo distinto… —Me quedé callada un rato largo, mirando a mi amiga y tratando de ordenar en mi mente los pensamientos para usar las palabras adecuadas—. ¿No dices nada?

—No sé, Carloti… Creo que Gonzalo tendría que reflexionar de verdad. No sirve de nada que diga que va a dejar de mentir por ti. Tiene que hacerlo por él mismo. O sea, está bien si quiere cambiar, pero no que lo haga por ti. Porque al final tú quedas en deuda con él. Y luego te dirá: yo hice esto por ti, así que tú tienes que hacer esto por mí… ¡Eso es una mierda!

—Jo… —Se dejó caer en el suelo abatida.

—Y lo importante aquí es cómo te sientes tú. Si estás con tanta ansiedad es porque algo no va bien…

—Ya...

—Aunque, bueno, esto te lo digo a ti y a mí misma.

—Lo sé. Todos tenemos nuestro tendón de Aquiles —remató.

—Será talón, ¿no? Ja, ja, ja.

—Duele lo mismo... —Metió la cabeza entre las rodillas y se la rascó con sus uñas largas—. ¿A qué hora sales mañana? No quiero que te vayas...

—Por la mañana. Tengo el vuelo a las once... —Hizo un puchero con la boca—. Que te tengo que contar, por cierto, porque estoy un poco agobiada... —Me levanté y me acerqué a la ventana. Necesitaba oxígeno.

—¿Por? ¿Qué te pasa?

—Porque mis padres no saben que me voy —aclaré.

—Y ¿no piensas decirles nada?

—Si es que se lo iba a decir hoy a mi madre, tía, pero se ha puesto histérica, y... yo qué sé, no he podido, no he sentido que fuera el momento... Por eso necesito tu ayuda. —Me miró con toda su predisposición—. Tu madre no se puede enterar de que trabajo como modelo.

—Pero si ya te dije que no se lo voy a de...

—Ya, pero si ahora me voy... O sea, no se puede enterar de que me he ido. Y si le da por venir aquí a Madrid... pues hay que inventarse algo para que no sospeche.

—No te preocupes por eso, Lucía. Relájate. Que si mi madre viene son dos días. Si me pregunta, me invento cualquier cosa y listo. Que estás con una amiga o lo que sea.

—Vale, sí, por favor. Algo convincente.

—Que sííí. Relájate, que todo va a ir bien. —Cogió el mando de la tele y la encendió—. ¿Te apetece que veamos una peli? ¡¡Nuestra última peli!!

—No seas dramática. Ja, ja, ja. Que en Navidades estoy de vuelta. ¿Qué peli?

—¿*Orgullo y prejuicio?*

—¡Qué pesada con esa! Si ya la hemos visto tres veces desde que estoy aquí. ¿Por qué no *Her?* Me han dicho que está genial y no la he visto.

—Yo tampoco, pero paso de verla —renegó.

—¿Por qué?

—Justo lo que me faltaba, saber que puedo enamorarme de un sistema operativo. No, por Dios. Que yo me veo capaz…

—Ja, ja, ja. ¡Anda ya! —Negué con la cabeza y cogí una moneda que vi sobre la mesa—. Venga, pues a cara o cruz. ¿Cara o cruz?

—Vale. ¿Cara o cruz?

—Yo cara.

—Yo cruz.

Unooo, dooos y tres.

13
«Blackbird» I

Cuando me subí al avión, le mandé un mensaje a Carlota con un «gracias por ser mi amiga y estar en mi vida» y todas esas intensidades que te nacen cuando vas a volar y tienes que decir algo solemne y sentido por si se cae el avión. Después cerré el pitorrito del aire acondicionado (que me molestaba), me abroché el cinturón, tiré de la cinta para ajustarlo hasta que noté que me rozaba el hueso de la cadera y puse el móvil en modo avión. Después, mientras el resto de pasajeros se acomodaban y la niña sentada a mi lado se bebía un zumo de piña y jugaba con su peluche de oso panda, me llevé las dos manos en forma de pinza alrededor de la cintura para comprobar su estrechez. Me calmaba notarla así, cada vez más estrecha. Era como si, en ese instante en el que me tocaba el cuerpo, una voz dulce me hablara: «Muy bien, Lucía. Lo estás haciendo muy bien». Pero, si por el contrario notaba una mínima hinchazón en el abdomen, esa misma voz se volvía ronca y me culpaba y machacaba con pensamientos destructivos.

La báscula también se convirtió en otra de mis rutinas esa última semana. Cada mañana y cada noche (y cada vez que a mi ansiedad le daba por asomar el lomo), me subía a ella para cerciorarme de que los números bajaban. En seis días conseguí adelgazar dos kilos con un menú de huevos duros, verduras, rodajas de piña y rúcula aliñada con limón. Había descubierto por internet que la rúcula era una hortaliza recomendada para las dietas hipocalóricas y la simple acción que tenía que hacer mi cuerpo para digerirla provocaba una quema de calorías mayor que las que propiamente tenía (25 kcal por cada 100 gr, con 0,66 gr de grasa y 3,65 gr de hidratos de carbono).

¿Un alimento que adelgazaba? Milagro.

De manera que, en vez de emplear tiempo en comprar y analizar revistas de moda, me dediqué a estudiar la información nutricional de los alimentos. Y así fue como, en muy poco tiempo, me hice experta en valores energéticos. Necesitaba ese control para sostenerme y, al fin y al cabo, de eso trataba esta profesión: de estar muy delgada. Cuanto más, mejor. Sin límites.

Total, que como esa mañana no había desayunado, y llevaba una semana al mínimo, comprobé que la talla 36 me quedaba grande y me sentí feliz pensando que con eso ya estaba preparada para pisar Milán. Ingenua, y yo pensaba que lo estaba haciendo bien.

Dos azafatas y un azafato se distribuyeron por el avión con su coreografía de brazos para mostrar cómo salvar vidas en caso de accidente o pérdida de presión mientras una voz en off, bastante desagradable, daba las explicaciones. Me puse los auriculares con música a todo volumen y cerré los ojos.

Lo sé.

Sí, lo sé.

Sé que no es correcto y que tendría que haber escuchado a las azafatas, pero ya me había leído cinco veces la hoja plastificada con las instrucciones. Lo juro. No es que tuviese fobia a los aviones, pero no podía dejar de imaginar todas las formas posibles de morir en uno. Prefería no seguir en ese bucle. No continuar pensando qué pasaría si... o qué pasaría si no...

Así que me aislé un ratito del peligroso mundo exterior y me dejé llevar por mi canción favorita de los Beatles: «Blackbird». «Blackbird» sonaba en bucle, vibraba en cada célula de mi cuerpo, me llenaba de esperanza. Podía sentirla en los pies, en las rodillas, en el estómago, en las ganas de llegar. Y en efecto aterricé; sin quitarme el cinturón de seguridad en todo el vuelo.

Porque, aunque me costara admitirlo, arrastraba desde pequeña la torpeza de buscar una seguridad utópica. Como si se pudiera hacer de la vida un lugar infalible, con personas y proyectos definitivos, sin margen para el error. No, Lucía. Vivir es fracasar hasta el acierto. Sembrar hasta en el agujero. Supongo que por eso «Blackbird» era mi canción favorita, la que presentía mi parte más luminosa. Aunque mi otra parte, la más oscura, aún no entendiese muy bien por qué.

Take these broken wings and learn to fly.

«Toma estas alas rotas y aprende a volar».

II
La voz callada

14

Malpensa y acertarás

La mañana de mi primer día en Milán amaneció oscura. O eso intuí yo cuando salí del aeropuerto de Malpensa. Hacía mucho frío y llovía fuerte, con ese enojo que suelen traer las frustraciones o todo lo que una se niega a aceptar o esperar; ansias por la inmediatez en una realidad distorsionada. No me faltó tiempo para pensar que era un presagio de mala suerte que se produjera aquel terrible temporal justo cuando pisaba por primera vez esa ciudad. Más tarde descubriría que no era raro que en Milán, durante sus inviernos, hubiese esos días con cielos de metal.

Llevaba la dirección de mi nueva agencia apuntada en dos pósits: uno de ellos pegado en la parte trasera del pasaporte, que guardaba en mi riñonera de cuero negra (comprada por cinco euros en una tienda *vintage* de Malasaña), y el otro (el de por si acaso) dentro de un sobre a buen recaudo en la mochila negra de Asos que cargaba sobre mis hombros. La maleta grande era la misma con la que llegué a Atocha unos meses atrás, la de la tela pachucha de color rojo cereza, que no quedaba glamurosa ni *vintage*, pero no estaba la cosa para más gastos.

Me acerqué a la oficina de información turística y compré un mapa de la ciudad. Usar el móvil en el extranjero sin wifi no entraba dentro de mis posibilidades. En 2014 corrías el riesgo de llevarte una sorpresa en la factura por la itinerancia de datos y todo ese lío que había. De manera que abrí el mapa antes de salir a la calle (no al completo, pues el largo de mis brazos no alcanzaba para tal extensión) y tracé la ruta más conveniente para poder llegar a mi destino: tenía que coger un autobús hasta la Stazione di Milano Centrale; después el metro, línea M2, hasta Cadorna, cuatro paradas; hacer transbordo a la M1, otras cuatro estaciones hasta Amendola; y finalizar andando unos siete minutos más o menos. En total creo que fueron unas dos horas de trayecto, si no recuerdo mal, durante las cuales no me despisté ni me extravié. Sí, señora. Un desplazamiento impecable del que me sentí muy orgullosa. Ahora, eso sí, con el pelo chorreando, una contractura en la paletilla de mil demonios y las diez uñas de las manos mordidas.

Pero allí estaba Lucía, a las puertas de su gran oportunidad, dándose tironcitos de las mangas del jersey para disimular el desastre y deseando que el «yo puedo» grabado en la frente no se diluyese por sus habituales incertidumbres.

En efecto tenía ganas y una tremenda y desbordada ilusión. Ilusión por descubrir un nuevo mundo, aires distintos, corrientes insólitas… Ilusión por conocer otras culturas, pensamientos modernos; a personas con las que poder compartir y dar rienda suelta a mi verdadero «yo», aunque este aún anduviera patizambo, algo enclenque y sin entender siquiera su propia naturaleza. Esa Lucía, recién aterrizada en Milán, no dejaba de pensar: «Pues tendré que explorar mundo, descubrir qué quiero, quién soy, quién quiero ser; porque toda la gente parece tenerlo muy claro. Sí, sí, todos parecen tener la mollera muy bien amueblada, sin bajonazos, sin titubeos, con sus opiniones infalibles y sus dudas descifradas. Todos menos yo: tan insegura, tan majarona, tan traspapelada… Una sin identidad con la manta liada a la cabeza. Eso es lo que soy. Pero ¿qué le vamos a hacer? Tengo que probarme, es un reto. No me voy a quedar de brazos cruzados ni conformarme con lo que me toca ni seguir el camino que otros quieren para mí. No. No, porque me ahogo. De verdad que me ahogo. No me queda otra que averiguarlo…».

Llamé al telefonillo con firmeza. Un toque largo, sin recato, y enseguida se oyó un clac que me indicó que disponía de escasos segundos para empujar la puerta de entrada al edificio. Una vez dentro, vi a mi izquierda otra puerta, entreabierta, con un letrero que ponía RECORD MODEL. Era allí. Ya estaba. ¡Bien! Me peiné el pelo mojado con los dedos isquémicos del frío, respiré profundo y me lancé.

Mi nueva agencia italiana era enorme, mucho más que Vernet. Ni comparación, vaya. Tan solo la entrada tenía el mismo tamaño que mi agencia de España entera, incluida la terraza a la que Rebecca salía a fumar, y también el baño de la sala del fondo (la sala de las polas) con el espejo que detestaba, tanto o más que las mismas polas. Por cierto, ese espejo también parecía que lo odiaban las demás modelos, porque aseguraban que las luces, «las jodidas luces esas, joder» (así lo decían), te engordaban, te sacaban estrías y arrugas de más, celulitis… y todo ese sinfín de cosas de las que una modelo debe huir como si fuera el mayor pecado mortal. Y todo porque alguien tuvo la ideíta de que aquel arsenal era motivo de menosprecio hacia la mujer. Así lo dictaminó ese alguien… Y así lo creímos todas. Yo, Lucía Callado, la primera.

Pero a lo que iba, mi nueva agencia era descomunal. Olía a glamour, y a negocio próspero. Desde la puerta, avancé varios pasos arrastrando mi maleta hacia una cristalera ubicada al fondo, que comunicaba con otra sala de tamaño similar, donde se podía distinguir una mesa rectangular con capacidad para hasta doce personas. Alrededor de la misma, diez cabezas concentradas ante las pantallas de los ordenadores, tecleando y con los teléfonos a punto de sonar.

Vislumbré de pronto a una mujer rubia de aspecto joven que se me acercaba, parecía una asistente. Me detuve en seco para esperarla. Cogí aire y sonreí.

—*Sorry, what are you looking for?* —me preguntó en un inglés con acento italiano.

—*I'm Lucía Callado. From Spain* —contesté con un inglés básico y sin ocultar mi acento español, pues yo, como sabes, no tenía ni idea, aunque ya me había puesto a estudiar nociones básicas.

—*Are you a model?*

—*Yes, yes. Model.*

Me repasó con la mirada el cuerpo entero, como intentando descubrir algún atisbo de modelo en mi ser (no sé si lo encontró). Acto seguido detuvo sus ojos en mi maleta vieja y, a continuación, me hizo un gesto con la mano para que la siguiera. A través de un pasillo muy largo, llegamos a un cuartucho sin ventanas lleno de estanterías hasta el techo, con baldas repletas de carpetas grises y negras, además de un montón de papeles sueltos. Aquello parecía un antiguo despacho abandonado, como esos lugares que quedan desvalidos y sin un para qué. Tal vez porque nadie supo verlo y por ello los desechan. A menudo a la diferencia le toca pagar un peaje.

—*Take off your clothes and wait here, please* —me pidió la chica, que llevaba un bonito vestido largo.

Después salió y cerró la puerta tras de sí. Así de frío. Así de seco.

«¿*Take off your clothes?* Eso quiere decir que me quite la ropa, ¿no? *Take off. Take off* era un *phrasal verb* de esos… ¿Tú crees? Eso parece… ¿Qué otra cosa te van a pedir?».

Dejé mi mochila sobre una pequeña mesa de madera que había, quité la cara de merluza que se me había quedado y me desnudé. En esta ocasión, bajo el conjunto *total black* de pantalón y jersey que me ponía de uniforme (desde que era modelo vestía siempre con el mismo estilo) llevaba una lencería muy mona de Oysho. No obstante, me sentía muy confusa encerrada en aquella habitación. Y ya te digo yo que ni la lencería más espectacular del mundo me hubiese ayudado a sostenerme firme y segura. Porque no se trataba de belleza, sino de…, a ver, no sé muy bien cómo explicarlo.

Era como si de pronto un avión me hubiese escupido sin paracaídas a un lugar desconocido, exento de bienvenidas, brusco, donde la sutileza parecía haberse perdido hacía mucho tiempo, quizá por interés de algunos o repetición de otros; métodos normalizados con el ojo del corazón cerrado… Y allí Lucía Callado, turbada, desorientada y desnuda, estaba esperando a ser examinada. Sabía que en aquel examen final solo había una respuesta: «apta o no apta». Y no era agradable esa sensación.

Por eso, tras olfatear mis axilas, comprobar de nuevo el estado de mis uñas mordidas y ensayar distintas poses con el cuerpo que solo me hicieron sentir aún más tonta, busqué con urgencia una silla donde sentarme. Pero allí no había ninguna. Qué silla ni qué silla iba a haber. *Porca puttana*. No me quedó otra que volver a las poses; metí abdomen, puse los brazos en jarra y tanteé con una cara como de la que no quiere la cosa.

Unos minutos más tarde, entraron un hombre y una mujer. Él era joven y delgado, con un traje de chaqueta rosa fucsia que hacía contraste con su pelo teñido de rubio platino casi blanco. Un aro dorado y gigantesco le colgaba de una de las orejas. De la otra, nada. «Mamarracho» le hubiesen dicho en Jerez. Pero a mí me gustaba. Se veía guay. La mujer era alta y gorda, con una minifalda negra de cuero, camisa blanca y botas de tacón ancho por encima de las rodillas. Ambos se acercaron con la misma cara de lechuza, aunque el hombre mamarracho o guay, según quién lo mirase, incluyó una rotación de cabeza al más puro estilo de la niña de *El exorcista*.

—*Sono Leonardo* —se presentó.

—*E io sono Valentina*.

—*Nice to meet you* —respondí con una sonrisa.

Ellos, entretanto, me miraban de arriba abajo y de abajo arriba como el que examina con todo detalle una pata de cerdo colgada antes de comprarla, atendiendo a la forma y al color de la pezuña, tratando de identificar si era jamón de bellota. ¿Era yo de pata negra?

—Ven, que vamos a medirte —dijo Valentina.

«Uff, qué bien que hable español».

—Vale —contesté.

—¿Cómo tienes tu inglés?

—Pues…, bueno, entender lo entiendo todo, pero lo que es hablarlo… me cuesta más. —La típica frase del que no tiene ni puñetera idea de un idioma.

—Tienes que aprender, Lucía —señaló exigente—. En los castings y en los trabajos todos hablan inglés.

De repente sacó una cinta métrica amarilla no sé de dónde y me rodeó el pecho con ella para calcular el contorno, dictando en voz alta el resultado mientras Leonardo lo apuntaba en una libreta plateada. Luego hizo justo lo mismo con la cintura, la cadera, el brazo y el muslo. Y, cuando parecía que iba a concluir, noté algo en la cara interna del muslo izquierdo. Miré hacia abajo. Era su mano.

—Te sobran dos centímetros de aquí —concluyó.

Tragué saliva. Lo cierto es que fue un sutil pellizco en la carne con el índice y el pulgar. Nada doloroso en absoluto, pero a mí se me hizo indigesto. Indigesto porque aquel pellizco se instaló en mi estómago como un buitre buscando carroña. Un buitre enfurecido por un estómago vacío.

—También te sobran en la cadera y en la cintura —añadió impávida—. No tienes las medidas, Lucía. Tu cadera mide noventa y dos centímetros cuando debería medir ochenta y ocho u ochenta y nueve *il* máximo, porque tu altura es poca, eres *piccola*. —Miró a Leonardo que agrandó los ojos y arrugó los labios haciendo morritos—. Con estas medidas no vas a poder acceder a la mayoría de los castings. ¿Podrías subirte ahora ahí, por favor? —Valentina señaló la báscula con medidor de altura.

«Podría, pero no quiero. No quiero. Necesito salir corriendo de aquí. Pero ¿adónde? ¿Adónde voy? ¿Quién soy?».

Me subí estirando hacia arriba todo lo que mi estructura ósea me permitió. Intenté que no se notara, pero fue misión imposible. *Fuck*. No podía estirarme más.

—Uno setenta y cuatro —exclamó Valentina llevándose las dos manos a la boca como un rezo—. No pasas *il* mínimo, Lucía. *La modela deve avere un'altezza minima di 1,75. Sai?* El cliente aquí *e* muy estricto. Vamos a tener que mentir. Leonardo, *per favore: punti uno, sette, sei.*

Leonardo apuntó en su libreta uno, siete, seis. Yo me bajé a tierra firme.

—Tienes que adelgazar dos kilos, *beauty* —concluyó Valentina con total normalidad—. Te damos dos semanas, ¿vale? —Asentí—. Pero no te preocupes, que vamos a empezar a moverte. Confiamos en que lo vas a conseguir. Te haremos polas mañana por la mañana. Vente a las diez. Y aquí te informaremos de los castings. Hoy descansa y *mangia* poco, que las polas son importantes. Más para ti, porque tienes un *book* muy pobre.

Me quedé callada. El pellizco me había alcanzado el esófago, el cuello y hasta el cuero cabelludo. Yo misma era un torniscón.

—*Ma ora* vístete y anda a la planta primera. *Contabilità.* Allí pregunta por Nolita. ¿OK? Ella te dará el contrato para firmar, la dirección y las llaves del apartamento. Te explicará también las normas. *Take a rest, bella. Ci vediamo domani!*

—Vale. ¡Gracias! —contesté obligando a mi boca a curvarse hacia arriba—. *See you tomorrow. Grazie mille.*

Valentina y Leonardo salieron por la puerta, con vigor y poderío, a hacer sus cosas de personas importantes.

Y yo salí de manera inesperada de mi cuerpo y vi cómo una Lucía algo vencida se vestía con flaqueza y abandono porque ella no era importante. En aquel lugar sobraba tanto como la grasa de sus muslos. Unos muslos que cualquier chica, mucho más alta y delgada, podría sustituir. En qué momento esa muchacha pensó que iban a esperarla con interés e ilusión en Milán. Por qué creyó que tendría un recibimiento agradable con una charlita y un vasito de agua y también una despedida con un abrazo amistoso, como el que había dado a Carlota antes de marcharse… Pero lo cierto es que su amiga no estaba allí. Ni las Berenjenas. Ni siquiera sus padres con sus jodidas expectativas.

Nadie.

Nada.

Tan solo había ventanas. Ventanas muy estrechas. Tan estrechas que no podría escabullirme a través de ellas si no me convertía en una mujer menguante.

15

Model's Apartment

Introduje las llaves que me había dado Nolita y me quedé patidifusa al entrar en el apartamento. Aquello no era lo que me esperaba. ¿Por setecientos cincuenta euros? Ni en broma, vamos. Lo primero que pensé fue que se habían equivocado. Lo segundo, que ese estrecho y apático pasillo tal vez comunicaría con un salón espacioso y bonitas habitaciones con colchones de 150x200 cubiertos por blancos edredones. No obstante, cuando lo atravesé, me di cuenta de que allí no solo no había salón, sino que en cada una de las cuatro habitaciones existentes, con unas paredes desaboridas, había tres camas de noventa separadas por mesitas de noche con patas cojas y cajones rotos, ya agotados de guardar intimidades.

Ahí estaba, en un apartamento con doce camas en total. Doce camas para doce modelos y un baño. Un baño que olía a almeja y a sumidero por el atasco de pelos. Dios santo. La ducha era un festival de melenas perdidas de todos los colores y texturas. Todas juntitas bailoteando en ese «sueño» húmedo de piojos, colaborando para que el agua se estancara y subiera poco a poco hasta rebasarte los tobillos mientras te duchabas.

Recordé una vez que había cogido piojos. De pequeña, quiero decir. Ocurrió durante el verano de 1999 en el único viaje que hice con mis padres fuera de España. En un coche y con una tienda de campaña en el maletero, los tres atravesamos la península ibérica hasta el sur de Francia. En uno de los campings me picaron dos avispas y una araña, y en uno de los albergues mugrientos de carretera se me inundó la cabeza de parásitos. Se movían, picaban, rascaba y salían sin parar, los malditos.

Lo que te quiero decir con esta anécdota del pasado es que no estoy acostumbrada a los colchones FLEX, a las sábanas de seda o a las bañeras con hidromasaje. Así que créeme cuando te digo que aquel apartamento, conocido en la industria como *Model's Apartment*, era como los correos del príncipe nigeriano que te ofrece su herencia por pagar los costes de envío: el timo padre. Y, si ya me costó erradicar aquellos piojos y sus cuantiosas liendres, imagínate lo que me iba a costar quitarme de la cabeza los setecientos cincuenta euros que acababa de pagar por tres mantas (de esas que pesan más que abrigan) sobre un colchón de muelles vencidos.

—*Hi* —dijo un hilo de voz que venía de la cama lateral izquierda de la habitación a la que me había atrevido a entrar.

Las demás estaban ocupadas y solo esta parecía tener dos camas libres.

—*Hi* —contesté con simpatía.

El bulto con voz se incorporó. Lo hizo mínimamente, aunque lo suficiente como para dejar ver una melena pelirroja y bien rizada. «Qué pelambrera. Cuánto volumen, por favor. Seguro que esta hacía anuncios de Garnier o Pantene».

—*This is free?* —le pregunté señalando una de las camas disponibles.

—*Yes, I think so* —contestó sin ofrecerme muchas garantías.

No obstante, dejé mi maleta a un lado, me descolgué de los hombros la mochila, me desabroché la riñonera y me acoplé en el rincón, rezando para que no apareciese ninguna chica más tarde declarando que su lugar había sido invadido. Brave (así la bauticé) me miró con los ojos hinchados, como cuando uno llora con violencia y luego se pasa muchas horas durmiendo boca abajo. Seguro que le dolían.

—*I'm Hannah.* —Me tendió una mano—. *Nice to meet you.*

«Hannah… es bonito, pero yo prefiero llamarte Brave».

—*I'm Lucía. Nice to meet you too.* —Le di la mano y noté la suya como muy suave e hiperlaxa.

Toda ella parecía así, una goma elástica, igual que con la que saltábamos de pequeñas en el recreo. Aquello fue un estímulo sensorial de mucho movimiento, pero, sin embargo, ella no se movía. Brave tenía los ojos azules, la boca muy grande y el cuerpo elástico, pero no se movía.

—*Where are you from?* —me preguntó.

—*Spain. And you?*

—Járkov.

—¿Cómo? Digo, *what?*

—Járkov —insistió.

—*I don't know where is Jark…*

—*Ukraine.*

—Ah, Ucrania. *Yes. Yes.*

Hizo un gesto de media sonrisa y volvió a tumbarse en la cama, dando por zanjada la conversación. No tendría ganas de hablar la chiquilla, ¿qué le íbamos a hacer? Yo me senté en la mía y miré por la ventana, tratando de digerir lo que estaba sucediendo. Todo me parecía gris. Entonces escuché ese silencio que te inunda cuando el desasosiego acecha. Que no es silencio, sino jaleo…, y salí disparada hacia la cocina en busca del wifi. Necesitaba conectar mi móvil. Necesitaba un desahogo, una distracción, lo que fuera.

La contraseña estaba enganchada en el frigorífico. Me acerqué, la metí en el móvil y esperé con impaciencia a que entrara mi necesitada compañía. Pero nada. Allí no entró nada. Ni siquiera una de las impertinentes llamadas de mi madre o un mensaje cariñoso de Carlota.

De pronto escuché que la puerta de la calle se abría y se cerraba. Varias voces de chicas se acercaban en un idioma que no conseguí identificar. No era ni inglés ni español. Igual francés…, pero no sabía. Porque de francés solo recordaba la canción de «Moi je m'appelle Lolita» que me había tenido que aprender en el colegio. Y poco más por no decir nada. En fin. Que las voces entraron en la cocina, saludando con un «hi» (eso sí que lo entendía), y continuaron conversando entre ellas como si perteneciesen a un mismo clan. La más alta de las cinco (sí, eran cinco) se preparó una infusión de limón y jengibre. Otra, con un pelo rapado al cero que le quedaba de escándalo, un cuenco con yogur natural sin azúcar y fruta troceada. Las tres restantes tan solo les hacían compañía.

En ese instante, mientras las observaba con disimulo sentada en una de las ocho sillas de plástico que había alrededor de una mesa también de plástico (la típica colección de terraza de bar), me vino a la mente una de las frases más conocidas de la teniente O'Neil: «Jamás vi algún animal silvestre compadecerse de sí mismo. Un pájaro caerá congelado de una rama sin haber sentido pena por sí mismo». Supongo que yo pretendía ser como aquel animal silvestre y negarme el lamento. Pero ¿hasta qué punto puede el ser humano negarse lo que habita en él de forma inevitable?

Se oyó de nuevo la puerta. Cuánto movimiento había allí. Esta vez parecían menos. Intuí unas cuatro piernas. Dos que continuaron cruzando el pasillo hasta una de las habitaciones y otras dos que aparecieron por la cocina. Estas eran fibrosas, como todas las partes del cuerpo de aquella chica de constitución atlética. Era muy delgada, como el resto de las que residían en aquel apartamento. Sin embargo, exhibía unos músculos que yo no sabía ni que existían. «Es posible que sea también deportista», pensé. La modelo atlética abrió el frigorífico, sacó un táper rojo, lo metió en el microondas y vertió una crema de verduras aguada en un cuenco.

—*Hi*—me saludó mientras se sentaba enfrente de mí.

—*Hi*—contesté.

Tan solo eran las seis y media de la tarde (muy temprano para la cena española), pero teniendo en cuenta que ese día tan solo había tomado una barrita sustitutiva de Bicentury, aquella crema aguada de color verde moco me resultó jauja. Respiré para controlar mis ansias y pensé en las polas.

Las polas. Porque eran importantes. Las polas. Porque yo no tenía buen *book*. Las polas. Porque me sobraban centímetros. Las polas. Que sin buenas polas yo no iba a trabajar. Las polas. Que todas las modelos allí eran más altas que yo. Las polas. Y estaban muchísimo más delgadas. Las polas. Que si no me iban a echar. Las polas. Las putas polas.

Me dirigí hacia la habitación, me senté en la cama y me comí la otra barrita que me quedaba para cenar. Las paredes eran de color amarillo huevo y estaban desnudas. Me sentí muy tentada de salir a comprar pintura blanca y darles unos brochetazos. Pero me imaginé allí de pie, sin escaleras con las que poder llegar a las zonas altas, intoxicando a Brave con los metales pesados y dejando ese olor intenso que dejan las pinturas plásticas. No. Aquello no era buena idea. ¿En qué pensabas, Lucía? ¡Si ni siquiera sabes si está permitido hacer cambios en el apartamento! Cerré los ojos y evoqué mi pared de Jerez repleta de mariposas pintadas. Después pensé en mis amigas, pero no me atreví a compartir con ellas mi soledad. A contarles que no estaba bien, que nada era como esperaba.

A las ocho de la tarde terminaron de llegar las chicas que faltaban. A las nueve y media se apagaron las luces.

—*Good night*—dijo Brave pulsando el interruptor.

Me quedé pasmada, mirando un techo que ya no veía, tapada hasta el cuello con las sábanas. Las sábanas que olían a todo lo que no mimaba. Y por la ventana oí el intenso graznido de unos cuervos. O quizá era yo, que tenía los sentidos distorsionados por tanto desencanto en un mismo día. Sí. Es posible que fuera eso. Pero lo que sí escuché fue un rugido forzado que procedía del baño. No dudé ni un segundo de su veracidad. Fue un sonido brusco, seguido de una tos áspera y resquebrajada. Cuatro veces. A un ritmo incoherente. Demasiado dominado. Demasiado mecanizado como para ser un vómito involuntario…

16
Go&See

Clac, clac, clac.

«¿Carlota…?».

Clac, clac, clac.

«¿Qué Carlota ni Carlota, Lucía? No estás en Madrid».

Cómo la echaba de menos. Abrí un ojo sacrificando mi pupila y distinguí la melena de Brave. ¿Qué hora sería? El cielo aún estaba oscuro. Alcancé mi móvil y comprobé el reloj: 6.23. Pero ¿adónde iba esa mujer tan temprano? Me tapé hasta la frente y traté de retomar el sueño, como cuando mi madre me despertaba por las mañanas para ir al cole y yo me hacía la longui para apurar hasta el límite. Pero el límite ese día eran las nueve, así que me quedaba muchísimo. Acomodé la almohada de guata con bultos y cerré los ojos. Y cuando estaba a punto de conseguirlo, la puerta de la habitación se cerró de golpe. ¡Por Dios santo! Volví a abrir los ojos, irritada. No con Brave, la pobre no tenía culpa de tener que irse a trabajar a esas horas. O, mejor dicho, sí, con Brave, que ya podía haber cerrado la puertecita de los cojones con más suavidad.

Mis intentos posteriores para dormirme de nuevo fracasaron rotundamente. La rabia acumulada arruina los sueños. Y yo tenía tanta que no me quedó otra que levantarme y trasladarme a la cocina con mi libretita del escupitajo. Así la llamaba, porque en vez de escribir en ella, yo escupía. Sí. Cuando la ira o la tristeza se ponían demasiado intensas, yo escupía. Y cuando los pensamientos se agolpaban dentro de la cabeza, confusos y alborotados, yo escupía. Y cuando quería decir algo, pero no me atrevía, por temor a que no me entendiesen o por pudor a confesar la insoportable verdad de mi desastre, también ahí escupía. Con ardor y desorden, hasta volver a la calma. Por eso mi libretita del escupitajo era como un salvavidas. Allí era yo (o, al menos, las partes que no me negaba de mí misma). Pero más yo que nunca.

El caso es que me preparé una infusión que encontré en un cajón de la cocina (quise pensar que eran las sobras para compartir) y me senté en la silla de plástico. Me inspiraba una luz mortecina que venía del techo y dos cubos negros de basura. Dos cubos de noventa litros cada uno. Suficiente para doce chochámenes. Si no, imagínate…, lo que hubiese sido un cubito pequeño para todas: un tremendo coñazo.

Libretita del escupitajo

Qué decepción. Milán no está siendo como me lo esperaba… Ayer salí de la agencia supertriste y este apartamento no me ayuda nada.

He dormido fatal. El colchón es incómodo y la almohada ya ni te cuento. Y, encima, cada vez que me movía un poco, sonaban los muelles y me despertaba. Horrible, vamos. Voy a tener que comprarme unos tapones de oídos en la farmacia, porque si no…

Mis compañeras son unas sosas. Aquí cada una va a su puta bola. Y yo que pensaba que iba a poder hacer amigas… Un mojón pa mí. Aunque, bueno, mejor esto a que me toque una pesada. De esas que no te dejan ni leer tranquila. Quita, quita. Eso sí que no lo aguanto. Yo necesito intimidad… Siempre he sido así, desde pequeña, que me encantaba encerrarme en mi habitación, aunque mi madre no lo entendía y se enfadaba. Se pensaba que era para hacer cosas malas, fíjate, si a veces tan solo me quedaba mirando las nubes por la ventana.

Desde este apartamento no se puede ver el cielo, porque es un primero y da a un patio interior hasta arriba de cuerdas para tender ropa. El edificio es húmedo y muy feo. Ufff, ¡qué enfado tengo! Estoy indignadísima. ¿Cómo pueden hacernos pagar setecientos cincuenta euros a cada una por esto? 750x12 son ¡Nueve mil pavos! ¡¡Al mes!! Me cago en la leche y en los avariciosos. Ojalá se arruinen. Ay, no. Retiro lo dicho. Que desear el mal a los demás no es bueno.

Dos horas más tarde, ya más calmada, me presenté en Record Models, tal y como me habían pedido: con mi uniforme negro y mis tacones para hacerme las putas polas. Después de la sesión de las narices, allí me entregaron mi *book* (tan solo tenía seis fotos), un puñado de *composites* y una dirección donde poder comprar una SIM italiana. La necesitaba para poder estar en contacto con ellos y que me mandaran los castings por mensajes.

Esa mañana me los entregaron en una hoja.

El primero decía:

Go&See 10.00-17.00.
Via Ludovico il Moro, 17. StudioWhite.
Client: WLLs.

Abrí el mapa y me adentré en aquella gigantesca telaraña de colores que representaba al transporte público de Milán, que era de lo más complicado. Además, la mayoría de los castings se hallaban en callecitas diminutas. Otro gallo me hubiese cantado de haber podido usar Google Maps. Uno más ubicado. Pero no.

Por lo que, llena de optimismo, me encaminé hacia la parada de metro de Amendola. Allí cogí la M1 hasta Cadorna, con transbordo a la M2 hasta Puerta de Genova FS; ahí subí a un tranvía hasta Via Ludovico il Moro y… ¡bravo! Lo había conseguido. De nuevo sin perderme. Con los tacones en el bolso, el *book* de tres kilos en la mano izquierda y el mapa en la derecha, alcancé mi destino.

Entonces vi una cola gigantesca en mitad de la calle.

«Pero ¿qué es eso? No me puedo creer que esa sea la cola para el casting. Pero ¡si hay más de ochenta modelos! No puede ser. Debe de ser una huelga o algo, aunque no tienen pinta de huelguistas». Tomé una bocanada de aire. «En serio, ¿qué es eso?».

Pues eso era nada más y nada menos que un Go&See.

Me explico: un Go&See en el mundo del modelaje significa «ve y que te vean», lo cual es diferente a un casting. En un casting existe un proyecto, una idea pensada y estudiada que permite una selección previa por parte de los clientes y agencias según lo que se requiera. Un Go&See, en cambio, es una convocatoria abierta a la que puede asistir cualquier chica con agencia. Y eso justificaba la aglomeración de rusas, brasileñas, japonesas, filipinas, ucranianas, tailandesas, inglesas, portuguesas, australianas, españolas… que había allí esperando. Tomé una segunda bocanada de aire y me acerqué a la última de la fila.

—*Are you the last one?*—le pregunté.

—*Yes*—me contestó.

De modo que esperé y esperé, una hora y dos, y mientras algunas abandonaban la fila como si se arrepintieran de querer entrar en la casa de terror, yo seguí esperando. Toda la mañana esperando hasta que ya solo quedaban trece delante de mí. «Vamos, Lucía, con todo. Tú con confianza que nunca se sabe. ¿Y si justo están buscando a una rubia con ojos verdes? ¿Cuántas rubias hay por aquí? A ver: una, dos, tres, cuatro…, diez, once, doce... Hostia, la verdad es que hay bastantes. Mejor deja de contar, que te deprimes. Tú solo piensa en que es posible y estás aquí por algo. Vamos, Lucía, tú puedes. Yo puedo».

De pronto, vi salir por la puerta a una señora mayor con pinta de mandamás. Avanzó unos pasos por la izquierda de la fila, se colocó bien las gafas y comenzó a señalar con el dedo haciendo criba entre las restantes. «Y las demás fuera», dijo en inglés. No sé si fue justo esa la frase que pronunció, pero fue lo que entendimos las que no fuimos señaladas. Menudo despropósito. Tremendo timo. Y encima no tuve tiempo suficiente para hacer el resto de los castings. ¿Cómo iba a conseguir trabajo así? En una ciudad a la que todavía no me había hecho y con la sensación de que ella se quería deshacer de mí.

17
El algodón engaña

Jugaba en desventaja. La mayoría de modelos en Milán tenían entre quince y dieciocho años y me sacaban un palmo de altura, pero me daba cierta confianza que Rebecca Ricci y Record Models hubiesen visto algo en mí. Era un hecho que muy pocas chicas tenían la oportunidad de firmar un contrato con agencias de tanto prestigio. Yo lo había conseguido en cuestión de pocos meses. Si bien la primera semana fue dura y estresante, pronto comprendí que la industria funcionaba así. O, al menos, lo que estaba conociendo de ella. Tonta de mí, por crearme expectativas y pensar que las modelos vivían entre algodones. Porque no. Los únicos algodones que había allí eran los que se comían para engañar al estómago.

Soñar es salir de una jaula después de romper los barrotes y elevarse. Pero existen jaulas de oro que están abiertas y, aunque en ellas creas que eres libre, en realidad estás igual que una mariposa disecada atravesada por un alfiler en un cuadro a la vista de todos: enseña sus preciosas alas, convencida de que nunca dejará de volar.

Bien, tres semanas después, conocía mejor la ciudad y descubrí pequeños trucos. Por ejemplo, me di cuenta de que ir al primer casting de la lista (por muy temprano que comenzara) podía ser un error. Era importante estudiarlos todos en su conjunto antes de aventurarse y establecer un plan de acción.

Asimismo descubrí que llevar mochila en vez de bolso era mucho mejor. No solo era más cómodo para meter los tacones y el *book* y me permitía caminar con mayor ligereza, sino que también podía incluir un libro que me entretuviera durante las infinitas esperas o unos cascos donde escuchar los tutoriales de las clases intensivas de inglés a las que me había apuntado.

Ahora, eso sí, si optabas por el libro, había que desarrollar la habilidad de leer con un ojo y vigilar con el otro. Había que estar atenta a las otras… porque se colaban. Como te despistaras, se colaban. A mí me pasó varias veces, ya te digo; hasta que en una de esas ya no pude callarme más: me enfrenté a una rusa y la puse en su sitio. Sí, señora. Discutimos bien discutido. Sin entendernos, claro. Pero le dije que era una caradura mientras me tocaba la cara con la mano, y me quedé tan pancha. Oli se hubiera sentido muy orgullosa de mí al verme. A ella se le daba bien eso de enfrentar situaciones injustas.

Lo que te decía, que poco a poco fui aprendiendo truquitos y saqué a relucir a una Lucía que hasta entonces desconocía. No sabía si mejor o peor. Creo que cuando te abres a una nueva experiencia, das espacio a los extremos de tu identidad para que puedan manifestarse. Lo que sí sabía era que esa Lucía estaba empezando a espabilar.

No obstante, a pesar de lo que me estaba costando aquel inicio, mi mente trabajaba con firmeza para minimizar los sentimientos negativos. Y cada vez que llamaba a Carlota o ella a mí, o cada vez que me preguntaban qué tal en el grupo de wasap que teníamos las Berenjenas, yo lo pintaba todo mejor de lo que era en realidad o usaba el humor para quitarle hierro al asunto. Ya ves. Había aprendido a hacerlo desde pequeña; a no ser demasiado exagerada, sensible o dramática…

Tuve un novio una vez que no soportaba verme llorar; se ponía nervioso, le temblaban las manos. Se acercaba a mí desesperado y me limpiaba los ojos incluso antes de que me saliesen las lágrimas. Yo lo miraba, incómoda, pecadora. No quería molestarle. Era buen chico, pero no sabía reconocer que llorar es humano. Ay, Lucas... (se llamaba así), ¡que por los ojos sacamos la agonía!

El caso es que llevaba más de tres meses sin llorar. No por culpa de Lucas. Él tan solo era una víctima más de las gilipolleces impuestas. Como yo, que me quería convencer de que no tenía motivos para estar mal.

—¿Y en el apartamento, qué tal? ¿Son buena gente tus compañeras? —Carlota me miró a través de la pantalla del ordenador.

—Es que no he tenido oportunidad de conocerlas todavía... —expliqué—. Hay un cuarteto francés que solo hablan entre ellas. Una morena con un cuerpazo atlético increíble que nunca está, una negra altísima que he visto dos veces pasar por el pasillo, otras dos de Uzbekistán, con catorce años y que no salen de su cuarto ni para comer, y otra con la que comparto habitación que se pasa las tardes en su cama viendo series en ucraniano.

—Pero ¿cuántas tías sois?

—Creo que once, aunque no estoy segura. Porque algunas vienen solo unos días sueltos y se van.

—Por Diossss. ¿Estás en la mansión de las supermodelos? Ja, ja, ja.

—Ja, ja, ja. Sí, mansión... —ironicé—. Si vieras el apartamento... Es terrible, tía.

—Pues once modelos en una misma casa en Milán suena a típico de película americana con fiestas *pool party* y disfraces. ¡Qué me gustan esas mierdas! Como la de *Chicas malas*, ¿sabes? ¡¡Qué guay!! Para mi próximo cumple voy a organizar una fiesta así. Y a quien le parezca inapropiado, pues que no venga, a tomar por culo. —Cogió carrerilla—. Como aquel día, ¿te acuerdas? Que llevaba mi vestido rojo corto chulísimo y el imbécil ese empezó a chillarme: «zorraaa, putaaa». Y le contesté: «¿Puta? Pues mi coño lo disfrutaaa». Ja, ja, ja. Aunque, también te digo, para mí sería una tortura vivir allí con tantas tías buenas. Andaría todo el día comparando mi «culo de madre» con el de esos pibones. Qué horror. Peeero, por otro lado, sería tan increíble… Esas sabrán seguro un montón de trucos de belleza. ¿Qué cremas usan? ¿Qué productos de pelo se ponen? Cotillea, Lu, cotillea. Y luego me chivas todo.

—Ya te contaré… De momento lo único que sé es que a las nueve se van todas a dormir.

—Hmmm…. Me lo apunto para mi lista de propósitos.

—Pero ¡si tú llegas de fiesta cuando estas se levantan! —vacilé.

—Podría cambiar mis hábitos… —Arqueé las cejas con incredulidad—. Ya, va a ser difícil… Porque, además, por el día estoy en la uni. ¿Cómo voy a conocer si no a gente nueva?

—Al hombre de tu vida, querrás decir.

—Bueno, eso… —admitió—. ¡Es que nunca se sabe el lugar, Lucía! Mira, mi prima Sonia, por ejemplo, conoció a su novio en una discoteca. Llevan ya cuatro años y se van a casar. ¿Ves? Lo que no pasará es que te llegue sentada en el sofá. Ah, no, amiga, eso sí que no. Tienes que salir a la caza.

—¿¡¡A la caza!!? —Solté una carcajada—. ¡Por Diosss! ¡Qué horror! Eso sí que suena a película. Pero de las chungas chungas.

—Ja, ja, ja. La verdad es que sí. —Carlota acercó la cara a la pantalla, como usándola de espejo. Seguro que me tenía a mí en imagen pequeñita—. Por cierto, ¿cuándo puedo ir a visitarte? ¿Hay hueco allí para mí? Yo me meto contigo en tu cama si hace falta.

—Pues… esto te quería decir… Que lo veo complicado. El primer día me dieron una hoja con las normas del apartamento y, por lo visto, no puede entrar nadie aquí bajo ningún concepto. Ni amigos ni familiares ni parejas ni nada.

Carlota abrió los ojos.

—Pero ¿qué me estás contando? ¿Estás segura de que no te han metido en una secta? ¿Has comprobado que no hay cámaras ocultas?

—Poco falta… Ja, ja, ja. No, tía, que por lo visto suele haber muchos robos.

—¿En la casa?

—Sí. Eso me ha dicho Brave…

—¿Quién es Brave?

—La que está… —Hice un amago con la cabeza. Sabía que no hablaba español, pero por si acaso—. Por lo visto algunas modelos roban antes de irse, las cabronas. Vamos, como me roben… Te juro que la lío, Carlota.

—¡No te van a robar! Anda ya. Tú guarda bien el dinero y ya está.

—Eso espero…

Seguimos hablando un rato más. Me contó que estaba desesperada porque Gonzalo había vuelto a engañarla. Pero luego me enseñó el vestido que se había comprado para la boda de su hermana, se lo probó, y se puso muy contenta al verificar de nuevo lo bonito que era y lo bien que le quedaba. La boda de su hermana era el gran acontecimiento para ella (su sueño), y aunque aún quedaba muchísimo, un año y medio, para Carlota eso no era nada.

Después de hablar con mi amiga, agarré mi libretita del escupitajo y aproveché que no había nadie en la cocina para sentarme a escribir.

Hoy cumplo tres semanas en Milán. Es curioso, parece que llevo meses aquí...

Cada mañana me levanto temprano para ir a los castings, tengo tres o cuatro al día; y no vuelvo hasta que anochece.

Pero aún no he conseguido ningún trabajo. NADA. En la mayoría de los castings me devuelven el *book* sin ni siquiera verlo. ¡Qué coraje me da eso, de verdad! Ni que tuviera ochenta fotos, coño, que son OCHO... Me jode que algunos clientes no valoren el esfuerzo que hacemos y las horas que tenemos que esperar allí, a veces de pie o sentadas en la calle... Aunque también entiendo que se cansen de ver a tantas chicas seguidas en un mismo día. Es normal. Imagínate, horas y horas mirando modelos. Qué locura. No sé por qué lo organizan así.

En fin, que sea por lo que sea, esto es lo que hay y yo, Lucía Callado, no voy a cambiar la industria.

También hay otra cosa que me inquieta y que no entiendo, y es por qué la mayoría de las modelos están acomplejadas con su cuerpo. Se supone que cumplen con los cánones de belleza que toda mujer desea. Pero hay algo aquí que falla... En serio, no paro de escuchar cómo se critican sin parar. Algunas se pellizcan la cara interna de los muslos, otras se miran con desprecio la piel, el pelo, las caderas...

Es muy raro. Yo las miro y las veo espectaculares. No entiendo de qué depende nuestra autoestima. O como puede la mente llegar a distorsionar tanto la realidad.

Bueno, que voy a intentar mantenerme con actitud positiva y no pensar en estas cosas. Ojalá me salga algún trabajo...

Porfi. Porfi.

18
El pestillo

Rebecca Ricci me llamó el lunes de la cuarta semana en Milán. No había hablado con ella desde entonces. No había recibido ni un escueto wasap. Ni una muestra de ánimo o cariño o un simple «¿Todo bien? ¿Necesitas ayuda?». Nada.

—¿Cómo vas, Lucía? —preguntó con su habitual aceleramiento.

—Bien… —respondí—. Haciendo castings todo el día, pero ya más adaptada… ¿Tú qué tal?

—Me alegro. ¿Te ha salido algo?

—No…, de momento, no… —dije con un tono de voz bajo, con una pizca de incertidumbre.

—Bueno, paciencia. Milán al principio es duro —me consoló—. Oye, te llamo porque tengo una marca de lencería aquí en España interesada en ti. Se llama Jade Blanco y el fotógrafo es Leo Urriaga. Hace portadas de *Cosmopolitan*, *Bazaar*… Son potentes. El trabajo es un día. Sería ir y volver.

—¿Ir y volver?

—Irías por la tarde un día antes y volverías después del trabajo —me explicó.

—Ah, genial. ¿Y cuándo?

—Esta semana. Te pagarían vuelo y hotel en Madrid.

—¡Qué bien! —grité—. Pero, bueno, que yo tengo habitación en Madrid en caso de que...

—No, no, tranquila, que así descansas mejor. Además, el hotel está muy cerca del estudio.

—Vale, vale. Pues genial entonces. ¡Ojalá salga!

—Sí. Son mil euros más derechos en caso de que decidan usar las fotos para la tienda.

«¿¡Cómo!? ¿Mil euros por un día de trabajo? ¿Me estás jodiendo? Dime que sí, Rebecca. O sea, dime que no. ¿Dónde hay que firmar, por favor?

En efecto aquella tarde me confirmaron el trabajo para Jade Blanco. Rebecca avisó a Record Models, me sacó un vuelo para Madrid y me sentí muy afortunada. Milán resultaba duro, pero compensaba por estos bombazos de adrenalina.

A la mañana siguiente me desperté con un objetivo directo, con ese empuje tenaz que te irrumpe cuando lo tienes todo claro. El mío era dar lo mejor de mí en aquel primer trabajo. Salí del hotel a las 7.20 de la mañana y llegué al estudio, que estaba en el barrio de Comillas. Ni siquiera me planteé avisar a Carlota, pues era un viaje relámpago y no quería desconcentrarme. Me abrió la puerta una mujer risueña de pelo turquesa que me pidió que me sentara frente a un espejo con luces LED, similar al de los camerinos de Hollywood. Ya tenía desplegado todo el material de maquillaje sobre la mesa y comenzó a usar aquellos productos sobre mi rostro en cuanto me senté.

—Te voy a hacer un maquillaje *soft* —me dijo muy convencida.

Sonreí confiando en su criterio. Al fin y al cabo, ellos eran profesionales con una gran trayectoria y yo apenas estaba comenzando. Desconocía todo lo referente a procedimientos, reglas, maneras o límites en los que se navegaba por las tripas de aquella ballena llamada moda. Una vez finalizado el proceso de chapa y pintura, un chico moreno vestido con un traje de chaqueta azul sobre una camiseta blanca básica me entregó un conjunto de lencería y señaló una cortina gruesa de terciopelo beige.

—Te puedes cambiar ahí —indicó—. Te he dejado un albornoz dentro para que te cubras si quieres.

—¡Gracias! —contesté servicial.

Detrás de la cortina había un probador gigante, con una alfombra, una silla y un espejo. El espejo me escupió en cuanto me probé la lencería. Madre mía. Aquello no me quedaba bien. Nada bien. ¿A quién le favorece una talla menos de bragas? Si parecía una salchicha ceñida con cuerdas… Delgada pero ceñida.

Abrumada, llamé al estilista y le dije que me quedaba pequeño. Y él me respondió que eso no era posible, porque le habían dicho que yo tenía una XS. Total, que el estilista llamó a la clienta, la que representaba a Jade Blanco, y una señora de baja estatura, cincuenta años, teñida de rubio y con unas gafas con forma ovalada que llevaba puestas en la parte baja de la nariz, asomó su cabeza por la cortina.

—Que salga así —resolvió—. Ya limaremos luego.

De modo que salí así, pensando en si aquella señora lo había dicho de corazón o por conformismo. Un conformismo amargo, como cuando compras algo por internet que te llega defectuoso y te enteras de que no es posible su devolución y no te queda otra que joderte. Un fastidio por objeto defectuoso. Exacto. Eso era yo. Defectuosa. Rebecca tenía razón. Valentina tenía razón: me sobraban kilos de carne. Desmoralizada, me coloqué con premura detrás de la marquita del suelo, sí, la marquita de cinta aislante, que era lo único con lo que yo estaba familiarizada. Segundos más tarde apareció un hombre menudo con el pelo rubio alborotado y barba de tres días.

—Hola, Lucía. Soy Leo, el fotógrafo. ¿Qué tal estás? —Sonrió afable.

—Encantada —contesté con una sonrisa para procurar ser amable.

A Leo se le percibía jovial, de gesto alegre. Parecía tener implícita la frescura de aquel que le quita hierro a todos los asuntos así como la desvergüenza suficiente para cantar desafinando delante de todo un equipo. Vamos, esa clase de persona que una agradece que esté durante un primer día de novata. Me esforcé por invocar pensamientos positivos, pero los murmullos no me dejaban. No los míos (que esos tampoco), sino los del resto del equipo; murmullos con gestos de desaprobación que no alcanzaba a oír una vez comenzó la sesión.

—Estira más el cuerpo, Lucía, para estilizarlo —dijo una de las voces.

—Y no levantes mucho la cara que te sale papada. Pero tampoco la agaches que se te ven las ojeras —añadió otra.

—Cambia de pose. Que está todo igual. Y la expresión. Más alegre, Lucía. Se te ve triste. —Las voces no se callaban ni un segundo.

Intenté relajar la cara, pero me temblaban los cachetes. Desgraciadamente la fábrica de veneno había comenzado su cadena de producción en algún rincón de mi mente. Cianuro inhibiendo enzimas mientras ocho sujetos me observaban y no dejaban de comentar. Me sentía intimidada. ¿Les gustaba o no?

Leo repetía las peticiones de la clienta tratando de mediar, pero mi cuerpo era una masa de cemento compacto. Estaba entumecida. No podía relajarme. De pronto vi a la señora mayor salir de la sala haciendo un gesto de negación con la cabeza. Me dieron ganas de llorar. Pero no tenía motivos suficientes para hacerlo. Además, no podía destrozar las dos horas de trabajo de la maquilladora. Media hora más tarde el equipo decidió hacer un pequeño *break* para desayunar y yo no sabía dónde meterme.

—¿No quieres comer nada, Lucía? —me ofreció Leo muy amable mientras se preparaba un café en una máquina de cápsulas.

—No, gracias —contesté manteniendo la compostura.

—¿Me acompañas un segundo? —me preguntó—. Quiero comentarte una cosita.

Me encogí, barajando la posibilidad de que me fuese a decir lo que venía sospechando hacía ya un rato: que me iban a echar de aquel trabajo. De modo que lo seguí hasta una habitación amplia con grandes ventanales que daban a un parque y por las que entraba una bonita luz natural. Leo apoyó el café en una mesa sobre la cual reposaba su cámara enchufada a un portátil y me miró con benevolencia.

—Estás muy nerviosa, ¿no? —inquirió con suavidad en la voz.

—Sí, un poco… —confesé.

—¿Es tu primera vez haciendo lencería? —Me contuve unos segundos, contrariada, hasta que asentí.

—Es normal entonces que estés así… —prosiguió—. No te preocupes. Solo tienes que soltarte. La sesión no está fluyendo por eso… Con lencería es más complicado porque os sentís más expuestas, pero es fundamental que estés cómoda delante de la cámara, que sea como si estuvieras en tu casa con una amiga. Imagina que estás en tu casa… —Se acercó hacia la mesa y encendió la cámara—. Mira, vamos a probar. Llevas lencería puesta debajo del albornoz, ¿verdad?

—Sí.

—¿Quieres que hagamos una cosa para que aprendas a relajarte delante de una cámara?

Asentí con un gesto de agradecimiento.

—Ponte enfrente de esa pared blanca de allí y quítate el albornoz.

Hice lo que me dijo mientras se dirigía hacia la puerta. De pronto, oí que cerraba el pestillo de la habitación.

«¿Con pestillo? ¿Por qué cierra con pestillo?».

—Cierro con pestillo, ¿vale? Es para que te sientas más segura y relajada. Y que no entre nadie del equipo a molestar, que son un poquito pesados... —Esta última frase la susurró.

—Vale —asentí.

—Lucía, tienes muchísimo potencial. Hay que sacar todo lo que ocultas dentro de ti, pero tienes que perder el miedo a la cámara. —Ajustaba la apertura del diafragma mientras hablaba—. Tía, hablando claro: que no te lo crees, pero eres guapísima y tienes un cuerpazo. Te lo digo yo que llevo años trabajando con muchas modelos. Confía en ti y concéntrate solo en relajarte. —Miró a través del visor y disparó dos veces. Clac. Clac—. ¿Cómo te sientes?

—Nerviosa... —musité.

—Vale. Mira. Ponte el albornoz de nuevo.

—¿El albornoz? —Fruncí el ceño.

—Hazme caso —insistió—. Que te quiero enseñar un truco.

Me puse otra vez el albornoz.

—Mírame ahora, con el albornoz puesto. —Clac. Clac. Clac. Disparó con la cámara—. ¿Te sientes más segura? ¿Menos expuesta?

—Eeeh... Sí. Un poco sí —le confesé.

—¿Ves? Todo está en la mente. En la sensación de sentirnos desprotegidos cuando no tenemos ropa. Ahora quítate el albornoz. —Me lo quité de nuevo—. Y luego la parte de arriba del sujetador.

¿La parte de arriba del sujetador? Me retraje, confusa. No podía. Nunca había hecho eso.

—Si prefieres cúbrete el pecho primero con las manos. Poco a poco.

—¿Con las manos?

—Claro. Confía. No pasa nada. Lucía, esto es algo que hago con todas las top models. La mayoría de las modelos profesionales hacen desnudos. Pero al principio tenéis que soltaros. Hasta que no rompas esa vergüenza, no vas a conseguir trabajar bien. Te tienes que liberar. Verás que, en cuanto te pongas otra vez la lencería, te vas a sentir más segura.

Mi cuerpo rechazó de plano lo que me estaba pidiendo, pero en mi mente aquel hombre había sido muy prudente y simpático desde el principio. ¿De qué iba a dudar? Era cierto que las modelos y las actrices se desnudaban. Debía de tener razón. Al fin y al cabo, él era el profesional...

Me desabroché el sujetador por detrás, lo dejé a un lado en el suelo y me cubrí el pecho con las manos. Él disparó. Clac. Clac. Clac.

—Preciosa. —Clac—. Así. Muy bien. Y ahora relaja las manos, que te estás aplastando el pecho.

Me miré y aflojé un poco la presión.

—¿Así? —Clac. Clac.

—No, mira... —Se acercó y me colocó las manos con suavidad, tocándome el pecho con las suyas. Mi cuerpo se tensó de inmediato. Fue como si me robaran la intimidad de inmediato. Pero Leo lo hacía con naturalidad, como si estuviese acostumbrado a hacerlo, y me dije que aquella reacción se debía a que yo era tímida y vergonzosa.

—Así. Genial. Mantente así, Lucía. Muy bien. —Clac. Clac—. Ahora cierra los ojos. Y, cuando los abras, me miras. —Clac. Clac—. ¡Guau! ¡Increíble! Eres increíble. ¿Ves? —Me mostró la última foto—. Lo sabía. Tienes mucho que dar. Eres un diamante sin pulir. Solo tienes que entregarte a la cámara. Baja ahora las manos...

Me fui dejando llevar mientras seguía una por una sus indicaciones: primero me descubrí el pecho. Me fotografió desde distintos ángulos. Después me bajé las bragas hasta las rodillas. «Verás como, cuando te vistas, te vas a sentir más segura. Confía». A veces se acercaba a mí y me levantaba la barbilla con suavidad dos centímetros. En esos instantes se me cortaba la respiración. Y aunque ahora sé que no eran mis nervios, en aquel momento decidí dejarme llevar porque quería confiar en su profesionalidad y en su intención de ayudarme.

Pero cuando separó la cámara del rostro, vi su mirada encendida de deseo y triunfo. Se mordió el labio inferior y no apartó la vista. Se acercó más a mí, decidido, estaba a menos de un metro. Vi que alargaba su mano izquierda, sin llegar a tocarme, como buscándome. Con la derecha seguía fotografiando. A su mano y a mí. Su excitación era evidente así como sus jadeos. Cuando decidió que habíamos terminado, me puse corriendo el albornoz y bajé los ojos. No entendía lo que acababa de pasar. ¿Le había provocado yo aquella excitación? ¿Había jugado a excitarlo?

Sentí una vergüenza terrible. Vergüenza por haber participado en su juego. Vergüenza por haber sido tan ingenua, tan buscona, tan zorra, tan mierda… ¿Cómo había sido capaz de hacer algo así? Él no me había obligado. No había sacado ningún cuchillo para amenazarme. Había sido yo. Solo yo. Quería desaparecer, volverme invisible. Encerrarme en un agujero y pegarme latigazos hasta sangrar.

No recuerdo muy bien qué pasó después. Sé que él quitó el pestillo y salió de la habitación como si nada. También fui consciente de que ese mismo estado de shock me permitió continuar con la sesión. No sé si con menos tensión, no sé si siendo menos yo… Pero la sesión finalizó con grandes aplausos de satisfacción por parte del equipo. Exhausta, cogí el vuelo de vuelta a Milán.

A la mañana siguiente, recibí un correo de Leo con un par de fotografías adjuntas. Eran de las que salía vestida, segundos antes de quitarme la lencería.

De: Leo Urriaga Rojas <info@leourriaga.com>
Para: Lucía Callado Prieto <lucia.callado.prieto.22@gmail.
com>
Fecha: 16 de octubre de 2015 11.23

Has hecho un buen trabajo. El cliente ha quedado muy contento. Ojalá quiera contar contigo de nuevo. A mí personalmente me hubiese gustado sacar lo que intuía que tenías dentro cuando nos hemos quedado solos…, pero lo conseguiremos en otra ocasión… Lo importante es lo que te dije: que confíes siempre en ti.

Tengo que ir pronto a Milán por trabajo. Te aviso y nos tomamos algo juntos… Y quizá podamos continuar con lo de ayer…

Un beso,

Leo

Leí el correo varias veces, confusa. Por un lado, tenía pensamientos lógicos que trataban de convencerme de que todo era natural y estaba bien obrado, pero, por otro, notaba la terrible sensación de estar haciendo algo muy malo; algo de lo que nadie, nadie en absoluto, podía enterarse. Decidí no ser mal pensada (una vez más); contesté al mail y le pedí disculpas (para más deshonra) por no haber estado a la altura al principio de la sesión y le di las gracias por la ayuda que me había ofrecido.

A los seis días recibí otro correo en el que me comunicaba que se encontraba en Milán de visita con una propuesta para que cenáramos juntos y terminar, si acaso, la sesión. La primera imagen adjunta era la cama del hotel en el que se alojaba. La segunda, una botella de vino. La tercera, una bañera con velas.

Fue entonces cuando vi claro por dónde iba aquel hombre y respondí con la primera excusa convincente que se me ocurrió para no ir. Porque tenía claro que no iría. Él se puso muy insistente, e incluso mostró decepción; y ahí empecé a sentir mucho miedo. No podía dejar de pensar en mis fotos desnuda, en lo que podría pasar con ellas, en lo que pensarían mis padres y amigos si las vieran, en lo imbécil e ingenua que había sido... ¿Cómo no lo vi? De nuevo la culpa me desgarraba por dentro.

19
Cuando todas apagaron las luces…

Nada.

No sentía nada.

Aquel mes de octubre yo era un cuerpo inerte. Un cuerpo frígido deambulando por las calles de Milán. Vivir se había convertido en un combate de lucha libre en el que los luchadores no se retiraban, sino que seguían metiéndose hostias hasta quedar inconscientes.

Nada.

No sentía nada.

Podría haberme tumbado desnuda sobre una alfombra llena de pelos, cucarachas y piel muerta y no me habría provocado ni una arcada. O bien haberme dejado apalear el cráneo, que me clavaran alfileres por las costillas o arrancarme los dientes de uno en uno con un alicate.

Endurecida, para sufrir menos.

Y en silencio. Era incapaz de contar a nadie lo que todavía no podía aceptar.

Cada mañana me maquillaba las heridas. Cada casting suspendido era una piedra en mi mochila. Una suma de impotencia que se agarraba a la rutina por inercia, por apatía, porque ya no quedaba nada.

La vergüenza me pegaba mordiscos en la piel anestesiada.

El dolor se adaptaba, echaba raíces, me consumía.

Quería alejarme de mí, pero no me encontraba.

Una de esas tardes de desidia, después de que una señora de piel traslúcida me echara de un casting por ser *«too old»* cerrándome el *book* en la cara con arrogancia y menosprecio, llegué al apartamento agotada. La habitación compartida con Brave, con la que apenas entablaba conversación, me asfixiaba. La cocina estaba, como siempre, llena de cuencos sucios con trozos de fruta oxidada y vasos acumulados en la pila. Aquella visión me empachaba.

¿Quién era?

Yo solo era un número más. Un cuerpo roto. Una mujer repugnante que había cedido a desnudarse con el pestillo echado hasta provocar la excitación del otro. Clic. Clic. Clic. Un sujetador desabrochándose. Clic. Clic. Clic. Mi pecho desnudo. Clic. Clic. Jadeo. Su pelo rubio desgreñado. Clic. Bajándome las bragas hasta las rodillas. Clic. Clic. Sus ojos en llamas. Clic. Clic. Clic.

Odio. Repulsión.

La dignidad despedazada.

De repente, sentí una rabia feroz. Un agujero agónico, insoportable.

Me levanté de la cama, me vestí y fui al supermercado. Con la sensación extraña de estar fuera de mí, compré cruasanes, galletas, patatas fritas y chocolate. Después regresé al apartamento, me metí de nuevo en la cama y devoré hasta no poder más, hasta creer llenar ese vacío.

Entonces mi cuerpo empezó a pesar muchísimo. Un peso inaguantable, como si sufriera los estragos de una guerra salvaje con sus almas perdidas a causa del desprecio y la necesidad infecta del ser humano de poseer.

Ni siquiera mi cuerpo era mío. La culpa me flagelaba con correas hasta hacerme sangrar. Noté un pánico terrible a engordar. Sentí el desamparo de no ser nadie.

Y así estuve cinco días seguidos, calmando con comida lo que no me atrevía a sentir. Al sexto, cuando todas apagaron las luces, me encerré en el baño.

Fue entonces cuando surgió de mi interior un rugido forzado. Un sonido brusco. Y una tos resquebrajada. Cuatro veces. A un ritmo incoherente. Demasiado dominado. Demasiado mecanizado como para ser un vómito involuntario. Las demás me escucharon cuando me metí por primera vez los dedos hasta el fondo de la garganta.

20

«Venite conmigo»

Comprobé al despertar que, lejos de sufrir la indisposición de una vomitona nocturna, sentí una cierta liberación. Mi cuerpo liviano y envuelto en una fastuosa (aunque falsa) protección. Cuando tienes tanto temor dentro y encuentras una mano que lo apacigua, te aferras a ella con los ojos cerrados, como una niña que no se suelta de su madre tras un apagón por la noche. No es lo mismo, ya lo sé. Lo que quiero decir es que mi mano derecha se había convertido en mi único refugio. Solo con ella podía reparar lo que no podía controlar.

Sin duda, pasar las tardes metida en una cama no ayudaba en absoluto. Pero, al igual que Brave, no encontraba otro plan más apetecible que el de regodearme en mis propios excrementos bajo un sopor desalentador. Por eso, cuando entró un ente de pelo castaño claro y ondulado en la habitación y dejó sus cosas sobre la cama contigua, tardé un tiempo incalculable en deducir lo que estaba sucediendo.

—*Hi* —dijo mirándome y saludando con la mano.

Y algo más soltó por su boca, solo que el estupor no me permitió escucharlo. Así que le pregunté:

—*Sorry, what did you say?* —Si en algo había mejorado, un consuelo al menos, era en soltarme al hablar inglés y entenderlo cada vez más.

—*Is this bed free?* —repitió señalando la cama.

—*Ah, yes, yes* —contesté.

—*Amazing! Thanks so much.*

—*No problem.*

Vi que el ente se me acercaba y me tendía la mano.

—*I'm Julieta by the way. And you?*

—Lucía.

Entrecerró los ojos, curiosa.

—*Where are you from?* —me interrogó.

—*Spain.*

—¡¡¡Eeeeh!!!! Españaaa, boludaaa. —Sus brazos se levantaron y me zarandearon con vigor. Tanta energía supuraba aquel ente que me mareó—. ¡Yo soy de Argentina! Pero vivo en Madrid desde chiquita.

—¿Sí? Yo también vivo en Madrid —añadí algo más animada—. Y nosotras aquí hablando en inglés…

—Ya me pareció cuando pronunciaste Lucía con «c». Ja, ja, ja.

Rio y los mofletes llenos de pecas se le subieron hasta el tope achinándole los ojos; ojos muy grandes y de color miel. Fue una sonrisa de las de verdad, cercana, y que, por extraño que parezca, me sacó del coma.

—Che, qué quilombo hay en la cocina, ¿no? —Señaló hacia la puerta—. ¿Qué pasó?

—Ya, es un asco… —subrayé.

—¿No viene nadie a limpiar o qué onda?

—Viene una mujer una vez a la semana para las zonas comunes, pero es que algunas no recogen nada. Dejan los platos sucios ahí con comida pegada durante varios días… No sé si se piensan que esto es un hotel o qué.

—¿¡En serio!? No te lo puedo creer. Si tan madura sos para estar aquí solita, también lo sos para recoger tu mierda, ¿no? Yo pondré orden acá. ¿Qué se piensan?

Se quitó el abrigo blanco de borreguito como si fuese una médica acudiendo al auxilio de un desmayo inesperado en un avión, subió su maleta a la cama dando un berrido de guerrera y se dispuso a sacar la ropa y colocarla en el armario. Me di cuenta de que lo estaba haciendo por colores. Era la única que traía colores. El resto íbamos de negro, siempre de negro; era lo que recomendaban las agencias para parecer más delgadas. Pero ella no. Pronto descubriría, entre otras muchas cosas, que las normas y Julieta no se llevaban muy bien.

—¿Qué hacés esta noche? —me preguntó mientras sacaba unas botas mosqueteras de cuero negro.

—¿Esta noche? Pues…

«¿Pues qué, Lucía? Llevas dos meses encerrada sin salir por las noches».

—Pues nada —reconocí—, aquí…

—Boluda, venite conmigo. Voy a salir con la Yure. Es actriz, italiana, buena onda. Tenemos entradas y bebidas gratis.

—¿Y eso? ¿Dónde? —Tenía entendido que salir de fiesta en Milán era carísimo.

—Los relaciones de acá. ¿No los viste en los castings? —Sacó unos tacones rojos de plataforma con puntera cuadrada y cierre con hebilla en el tobillo.

Me dieron ganas de hacerles una foto y mandársela a Carlota. Seguro que flipaba.

—Eh…, creo que sí —respondí sentándome en la cama—. Son los tíos esos que se ponen a esperar fuera, en la puerta de los castings, y te dan una tarjeta, ¿no?

—Justo. Acá te invitan por ser modelo. Tú avisás y vienen al toque con un auto a recogerte. Luego enseñás tu *composite* de la agencia y ya.

—¿En serio? —pregunté con incredulidad—. Pero… no entiendo nada. ¿Por qué? ¿Qué ganan ellos?

—Pues no sé. A los restaurantes y a las discotecas les interesa que haya modelos profesionales porque les dan caché. Qué sé yo, boludeces. Pero vos no tenés que estar en los reservados ni hablar con nadie si no querés. Yo lo que hago es que entro y me piro a bailar a mi rollo, que acá en Milán es recaro entrar en las discotecas, imposible, no sé si lo sabés...

—Sí, sí, eso me han dicho.

—Odio estas mierdas —admitió—, pero, si no bailo, Milán se me hace infumable... Boluda, no estoy de broma —añadió con una sonrisa al escuchar que me reía—. Necesito bailar, ¿viste? Es mi alimento para el alma. —Se llevó las manos al corazón—. ¿Y a ti? ¿Qué te alimenta el alma, Lucía?

Soltó esa pregunta así, como el que te pregunta por tu edad o tu profesión. Después cerró el armario con un gesto de satisfacción, bajó la maleta de la cama y agarró una bolsita de tela beige que antes había dejado encima de la sábana. No esperaba una respuesta por mi parte, pues no me miró ni insistió, sino que comenzó a sacar piedrecitas energéticas de colores y a ponerlas sobre la mesita de noche con meticulosidad. Una a una hasta terminar. Sentí envidia. Mi mesita era una cáscara de pomelo podrido. La de Julieta, un oasis en medio del desierto.

—¿Te importa si quemo palo santo? —preguntó con un palo de madera en la mano.

«¿Palo qué?».

—No, no me importa —disimulé mi ignorancia.

—Así limpio la energía que hay acá. —Echó un vistazo a la habitación—. ¿No la sentís rechunga?

«Pues sí que vas a tener que quemar palitos tú, guapa, para limpiar toda esta mala energía».

—Eh..., sí, no sé... —Miré al techo.

—¿Cuánto tiempo llevás acá?

—Casi dos meses.

—¿Dos meses y no saliste, Lucía? ¿Me estás jodiendo? ¿Y qué hiciste para no amargarte la vida?

«¿Amargármela?».

—Pues castings... —musité—, pero aún no me ha salido ningún trabajo y un poco agobiada sí que estoy...

—Normal. ¡No podés estar entre la cama y los castings! ¿Qué es eso?

—Ya..., no sé.

—Venite esta noche conmigo, dale —gritó animosa dándome una palmadita en la pierna.

Una palmadita que ablandó mi pecho, que deshizo telarañas... Una palmadita que me llevó a la tierra donde nací con plantaciones infinitas de girasoles mirando al sol.

21

«Purple rain» y sus mares de plata

Me levanté, me puse una minifalda negra de cuero, un body de encaje de mangas largas del mismo color, *eyeliner* y labios rojos. Julieta se cambió el jersey beige que llevaba por una blusa negra transparente y se dejó los mismos vaqueros pitillos ajustados de tiro alto. Y salimos. No sabía adónde nos llevaría ese coche al que esperábamos con frío en la calle, pero seguro que sería mejor que la cama del demonio.

—¿Cuánto hace que sos modelo? —me preguntó Julieta levantándose el cuello de su abrigo de lana blanco.

—Poco. Cinco meses o así. ¿Tú?

—Seis años… —contestó reflexiva—. Acá en Milán soy como la mamá del grupo.

—¿Por qué? ¿Qué edad tienes? —No parecía muy mayor.

—Veinticuatro.

—Pues solo tienes dos más que yo.

—¿En serio? —gritó abriendo los ojos—. ¡Si parecés rechiquita con esa cara! Yo te echaba veinte como mucho…

—Qué va. Tengo veintidós —reafirmé.

—¡Ah, mirá! —Señaló con el dedo—. Creo que es ese.

Un coche negro con un conductor vestido de chaqueta estacionó en frente de nosotras. Era un BMW de alta gama con luces de neón por dentro que cambiaban de colores con la música. Al llegar al local, Julieta contactó con un tal Savino y este salió para recogernos en la puerta. Savino era uno de los relaciones más influyentes de Milán. El que manejaba el cotarro, por así decirlo. Tenía el pelo cobrizo de pincho, los dientes muy blancos y unos ojos azules demasiado abiertos y redondos. Parecía un muñeco de porcelana, como Chucky, el payaso. Le entregamos los *composites* y nos condujo hasta un reservado en la zona vip.

El club parecía de lujo. Una combinación muy estudiada de moquetas, espejos, tarjetas doradas y luminosidad amable. La justa para ver y dejarse ver sin entrar en esos detalles considerados defectos que son los que le hacen a uno más humano. Aquel sitio tendría una capacidad como para doscientas personas. Exclusividad absoluta. Un homenaje al mayor de todos los postureos.

—¿Sabés lo que cuesta esa botella? —dijo Julieta señalando una que había sobre una mesita de cristal.

—Ni idea. ¿Cuánto?

—Trescientos euros.

—¡Qué barbaridad!

—Es Absolut Elyx, un vodka. Acá se lo beben solo sin nada porque engorda menos. Pero yo prefiero vino, ¿viste? ¿Qué querés vos?

—Vino también, sí. El que sea, pero seco.

—Vale. Ahora se lo pedimos a Savino. —Se puso de puntillas sobre sus tacones y miró entre las cabezas, buscándolo—. Boluda, antes de que me olvide, una cosa importante.

—¿Qué pasa? —pregunté con curiosidad.

—Fijate bien que nadie te eche nada en la copa.

—¿Cómo?

—Que acá hay muchos pibes que se aprovechan y drogan a las minas.

—¿En serio?

—Sí. Por eso, fijate bien —redundó—. Que si querés drogarte, te drogas vos, pero no cualquiera, que a saber lo que mete.

—No, no, yo no quiero —aseguré.

—Yo tampoco. Paso. Tuve una época rechunga cuando vivía en Londres porque jugué con las drogas mal. Y eso ya fue…

Dijo esto último con aspereza en la voz y a continuación echó la cabeza hacia atrás como sacudiéndose de males pasados. Su cabello largo y ondulado parecía lianas de una selva tropical. Daban ganas de agarrarse a él y lanzarse al río. Julieta poseía una vivacidad tentadora. Cada movimiento que dibujaba con su cuerpo parecía buscar un lenguaje único y atrayente. Era como estar sentada frente a un fuego chispeante en una noche de invierno. No podía dejar de mirarla. Tenía varios tatuajes en la zona interna de los antebrazos, tatuajes muy pequeñitos, símbolos y palabras que no conseguía reconocer. Me sorprendí deseando averiguar cuándo y por qué se había hecho cada uno de aquellos dibujos.

—En cuanto Savino nos dé las invitaciones, nos pedimos el vino y nos vamos a bailar —propuso.

Y, en efecto, en cuanto llegó Savino y dejamos los abrigos y los bolsos debajo de los asientos (que se levantaban haciendo de guardarropa), pedimos la copa y nos fuimos a la pista de baile. Pocas personas bailaban allí, pero Julieta entró en la pista como si la poseyeran. Se fundió con la música y vibró con todo su cuerpo. Qué magia verla bailar. Era como un manaquín cabeza roja. Era atrevimiento y frescura. Era todo lo que ella quería ser.

¿Y yo?

Yo deseaba bailar como ella.

Así que cerré los ojos y me entregué al instante. La música en mi pecho se convirtió en un concierto de tambores. La vida fugaz en pura transición con las luces. Mi cuerpo libre de prejuicios. Un trance flotante.

Expansión.

Julieta me miraba risueña, me cogía de la mano y me hacía dar vueltas. Y, en cada giro, yo viajaba; viajaba con la brisa del mar y el sabor a salitre. Viajaba con mi cuento favorito antes de dormir: Pulgarcita que huía del sapo gigante montada en una mariposa y luchaba contra el mundo de las cosas grandes. Y, en cada giro, viajaba también con mi padre, sentada sobre sus hombros con mi cuerpecillo de cinco años.

Julieta me subió la mano entrelazando los dedos, haciendo que su mundo y el mío, tan extraños, confluyeran en un mismo punto para seguir creciendo hacia arriba. Tan alto que nuestros cuerpos acabaron friccionando y el roce me explosionó por dentro como un meteorito en un cielo de purpurina. Y en una de esas, ya con las copas vacías y abandonadas en una barra, se me acercó Julieta por detrás y me agarró la cadera con suavidad. Ahora nos movíamos al unísono y yo notaba en mi cuello el aire cálido que salía de su boca.

Por un momento todo me resultó raro. No nos conocíamos de nada. Quise entender qué pasaba. Interpretar qué estaba sucediendo en realidad. Pero sentía demasiado gozo como para pensar… Imagínate. Después de aquellos meses de mierda, aquel ratito me estaba dando la vida. Así que me arrimé a Julieta un poco más, lo suficiente como para notar el roce de sus muslos carnosos en mi culo. Ella me apretó con sus manos abiertas. La intensidad creció. Y ahí seguimos un buen rato, con la respiración agitada… De repente, noté sus dedos recorriendo mi muslo con sutileza. De abajo arriba. De arriba abajo. Agarró mi minifalda y dio un tironcito hasta subirla unos centímetros, imperceptibles para el resto, pero no para mí. Dios. Mis labios se separaron. Mis piernas temblaron. Sentí un chispazo espontáneo en la parte de abajo. Algo fluía de mi interior. Un líquido que rebosaba hasta empaparme.

Aquello me tensó. ¿Qué acababa de pasarme?

Me separé. Me separé con una naturalidad fingida y evité, tímida, mirarla a los ojos, cortando el flujo (nunca mejor dicho). Ella bajó la intensidad del momento, me dio espacio, y allí seguimos un ratito más hasta que apareció la Yure, la actriz italiana. Me había olvidado por completo de que Julieta me había dicho que había quedado con otra persona. La tal Yure, que yo no sabía ni quién era. No me acuerdo bien de su cara. Solo que vestía de blanco y tenía un lunar muy peculiar encima del labio superior. La verdad es que fue la primera y última vez que la vi.

Julieta y la Yure empezaron a bailar; y se fusionaron de la misma forma que habíamos conectado Julieta y yo unos minutos atrás. O quizá distinto. Eso no pude evidenciarlo. No obstante, cuando me quise dar cuenta, la Yure le estaba mordiendo el lóbulo de la oreja mientras le decía algo; unos susurros que no alcancé a oír. De pronto las dos me miraron, sonriendo divertidas, como invitándome al gozo, pero me quedé paralizada, de pie, sin mover ni un dedo, torpe, pazguata. Porque yo no podía. No sabía ni quería saber por qué me estaba sintiendo de esa forma. No. No entendía por qué se me habían empapado las bragas con las caricias de una mujer… Volando con ella por un universo infinito.

De modo que regresé al reservado y las dejé allí.

A partir de aquí, la noche se me chafó.

22

Carne de quince, buitres de cuarenta

Un monstruo colmado de ira me invadió al comprobar que me habían robado el móvil y las llaves del bolso. No sé de dónde salió ese ser impropio ni cómo creció dentro de mí tan rápido, pero no te imaginas cuánta ira traía. Quería poner un cordón policial en aquel reservado y cachearlos a todos con una porra. Quería tirarlos al suelo y escupirles uno a uno en la cara hasta sonsacarles quién había sido y dónde escondía mis cosas.

Había cinco o seis modelos más que antes. En total, más de veinte. Y también varios hombres. Hombres mayores, de unos cuarenta años, con pinta de tener mucha pasta y poco realismo. Esos hombres esputaban al hablar, se reían como buitres. Hacían falsas promesas para conseguir acercarse hasta manosear carne y meter sus pollas ahumadas en coños de quince.

Uno de ellos se me acercó, y, mientras babeaba mirándome el escote, me rodeó con un brazo el cuello y me preguntó mi nombre. Yo me zafé clavándole el codo en las costillas y luego me enfrenté a él, con el labio de arriba levantado mostrándole todo el hastío. El baboso se indignó, me soltó algo en italiano. Entonces yo no me pude aguantar más y le contesté, con los dientes apretados, pero le respondí que se fuera a tomar por culo, asqueroso calvo de mierda, que no le pensaba decir mi nombre ni jarta de vino. Y no sé si se enteró o lo llegó a entender, pero dio media vuelta y se largó.

Vi a Savino y me acerqué a él para contarle lo del robo. Estaba desesperada. Necesitaba recuperar el móvil con la tarjeta SIM. Lo necesitaba para los castings. No podía comprarme ahora una nueva. ¡Y las llaves! Joder. Que si perdía las llaves tenía que pagar a la agencia cien euros.

Savino me dijo que no sabía nada, que no entendía cómo había podido suceder algo así, pero que no me preocupara, que se iba a encargar de encontrar mis cosas. Le dije que vale, que gracias, pero que me quería ir al apartamento ya, que si, por favor, alguien me podía llevar. Esperé veinte minutos sentada en el reservado, con cara de perro, hasta que por fin me avisó y me acompañó a la puerta. Desconocía dónde estaba Julieta, pero ya no quería saberlo, que le dieran por culo también a ella, a la Yure y a todos. Yo solo deseaba largarme de ese antro y hacerme un ovillo en mi cama del demonio.

Cuando me desperté a la mañana siguiente, bastante más tranquila, todo hay que decirlo, le pedí perdón a Brave y a las demás chicas que me crucé por haberlas despertado llamando al telefonillo en plena madrugada. Era sábado. No teníamos castings. Brave se fue a comprar no sé qué y aproveché que estaba el baño libre para darme una ducha larga. Sé que el agua me limpia. Lo sé. Me meto debajo del chorro y me deshago para rehacerme de nuevo. Recuerdo que de pequeña lo hacía siempre. Siempre que no estaba mi padre en casa, claro. Él decía que las duchas tenían que ser breves, lo justo para quitarse uno la roña con la esponja. Que luego llegaba la factura y al hombre le daba ansiedad por el ahorro y el mañana. Siempre el mañana. Pero a mí el agua me limpiaba. Por eso, cuando me sentía muy triste, me regalaba duchas hasta que los deditos se me arrugaban y el cuello se me llenaba de sarpullidos.

La ducha de aquel sábado fue una de esas.

De manera que salí envuelta en mi toalla como un algodón de azúcar, blandita y vaporosa. Al entrar en mi habitación, vi que Julieta había llegado. Estaba tirada boca abajo en su cama. Llevaba unas braguitas grises brasileñas y tenía el pelo alborotado, como cuando un galgo afgano se mete en un estanque y se revuelca por los matorrales hasta secarse. Evité mirarla para huir de mi propio reflejo. Porque sus bragas me recordaron al baile y sentí un cosquilleo en el abdomen.

—Boluda, ¿qué onda? —preguntó girándose hasta quedar apoyada de perfil—. Te fuiste ayer sin avisar. ¿Qué pasó?

—Ya…, perdón… Me robaron el móvil y las llaves y me enfadé muchísimo —me excusé.

—¿¡En serio!? —Abrió la boca más de tres centímetros—. ¡No sabía! ¿Se lo contaste a Savino?

—Sí, sí. Me dijo que iba a intentar encontrarlo.

Julieta se incorporó y sacó el móvil del bolso.

—Esperá, que le escribo.

Permanecimos varios minutos en silencio. Julieta se puso boca arriba y cerró los ojos, alegando que iba a meditar. Me vestí con un chándal y una sudadera, y me enrollé de nuevo la toalla en el pelo mojado. Entonces su móvil vibró. Yo la miré. Ella lo miró.

—¡Lo tiene! —gritó—. ¡Lo tiene, joder!

—¿De verdad?

—Sí, sí. Móvil y llaves. Mirá. Me mandó una foto.

—¡Diossss! Menos mal —suspiré al ver las cosas en la pantalla—. Pregúntale que cómo hago para recogerlas.

—Pará, que me está escribiendo… *Going out tonight…* Vale. Dice que salgas esta noche y que te lo da todo allí.

—¿Salir otra vez? ¿Por qué? No. ¡No quiero salir! Dile que no. Que voy a recogerlo ahora adonde sea. Pero no quiero salir.

Julieta tecleó.

—A ver qué responde... Mierda. Que no las tiene.

—¿Cómo?

—Que las cosas las tiene un amigo suyo. Y que está trabajando y solo puede ir por la noche.

—Pfff... —resoplé.

—Ya... ¡Qué mierda! —Julieta arrugó su nariz pequeña como un cochinito—. Bueno, boluda, acercate esta noche y te volvés al toque. He quedado con dos amigos a las nueve para picar algo y tomar un helado después, que hay una heladería cerca del Duomo que te morís de lo rico que está. Te apunto mi móvil y así si te querés venir luego, me decís.

—Vale. Sí, haré eso... —aseguré—. En cuanto lo consiga te aviso y me reúno con vosotros.

A eso de las nueve y media, con unos pantalones, un jersey y unas botas sin tacón aparecí por el privado donde me esperaba Savino. Mi plan era recoger mis cosas y largarme de allí lo más rápido posible, pero al parecer su amigo no había llegado aún. Así que me senté en el sofá a contar los minutos, mosqueada. «Ahora viene, ahora viene», me decía Savino. Pero su amigo no aparecía y yo ya me estaba hartando. Por lo que me bebí una copa de vodka a palo seco.

Y me dieron las once. Y las once y diez. Y nada. Que no venía. Y yo cada vez más indignada. Me imaginaba a Julieta tomándose un helado. Por favor. Yo quería estar allí. Pero no. Tenía que recuperar el móvil y las llaves. No me podía ir, que estaba en números rojos con la agencia. «Aguanta, Lucía, aguanta». Y el vodka se me subió. También el cansancio y la impaciencia. ¿Dónde carajo estaba el puto amigo? ¡No podía ser! El Chucky me estaba vacilando.

Y las doce. Y las doce y media. Me levanté, exasperada. Me alcé de puntillas y busqué un pelo pincho entre la masa inmunda. Allí estaba. Me acerqué a él, me crucé de brazos y le dije: «¿Dónde está tu amigo, por favor?». El Chucky miró hacia la derecha y luego hacia mí con pachorra, y así, con una sonrisita de bufón, me contestó que su amigo no existía. ¿¡Cómo!? ¿Que su amigo no…? ¡Quería matarlo! Te lo juro. Sentí que algo estallaba dentro de mí. No era yo. O quizá más yo que nunca. No lo sé. Pero ese cerdo hijo de mierda, cara de Chucky, me había estafado para que saliera de fiesta y se había estado burlando de mí toda la noche. ¿Cómo pude ser tan estúpida y dejarme engañar, manipular, encerrar, tocar, humillar? Descrucé los brazos, planté las botas en el suelo y a partir de ahí…, bueno, no sé cómo pasó, pero le grité como nunca había gritado a nadie, con las manos en el aire y la mirada desencajada. Y descolocadas estaban también las otras modelos del privado al ver a una loca berrear. Porque le dije de todo al Chucky: que quién se creía que era, que no podía ir así por la vida, que si se pensaba que yo era imbécil, que me devolviese mis cosas ya, ya, ya. Pero el Chucky sonrió, impasible, y me dijo que me lo daría todo a la mañana siguiente si me comportaba como una señorita y dejaba de formar aquel escándalo. ¡Dios, qué cabreo!

No le creí. Por supuesto.

¿Cómo iba a creerle?

Me di la vuelta, abrí el asiento de manera brusca y busqué mi abrigo con la intención de largarme. Estaba fuera de mí por completo, echando aire por los orificios nasales como un toro furioso. Y en ese instante, en ese justo instante, vi un móvil. Un móvil gris. Un móvil que no era el mío. Un móvil extraviado de alguna de las modelos que estaban por allí. Un móvil que…

(joder, no puedo reconocerlo, me muero de la vergüenza). Un móvil que me metí en el bolsillo del abrigo antes de salir corriendo.

Corriendo por el camino de ser lo que me hicieron.

Pérdida asegurada.

23
Qué cagada...

¿Sabes ese momento en el que dejas de reconocerte? No hablo de tu reflejo en el espejo ni de juegos tontos. No. Hablo de sentirte una completa extraña: corrompida, extraviada, intrusa.

¿Lucía?

¿Dónde estás?

¿Qué estás haciendo, Lucía?

Esos fueron los sentimientos que me asaltaron al abrir los ojos y ver un móvil robado sobre mi mesita de noche. No había sido un sueño. Maldita sea. Era real; me había convertido en una choriza que hurtaba móviles a niñas inocentes.

Creo que hay momentos en la vida que son puntos de inflexión. Suelen venir precedidos de una buena hostia, aunque no tiene por qué. En mi caso, sí que fue así. No era solo por el móvil, entiéndeme. Sabía que lo iba a devolver, pero no era suficiente. El daño estaba hecho. Para otros y para mí. ¿Por qué había reaccionado de aquella manera? Me sentía sucia. Deseaba que se me rompieran las manos. Quería dejar de usarlas. Dejar de encerrarme en el baño con ellas.

Pero no podía.

No sabía.

Sin embargo, fui consciente de que aquel lugar no me estaba haciendo bien. Nada bien. Y no me refiero a Milán, sino a todos los elementos que conformaban aquella cueva en la que me había instalado. Todos menos Julieta. Porque Julieta no parecía ser perjudicial para mi salud.

Confirmé mis sospechas esa misma noche antes de dormirme.

—¿Cómo te sentís, Lucía? —me preguntó preocupada.

Me había pasado todo el día metida en la cama sin querer hablar, con el secreto atragantado en la garganta. No era el momento apropiado para entablar una charla sentimental y hubiera preferido mentir, fingir como venía haciendo. Pero su voz me atravesó y ya no pude aguantar más. Por eso le conté todo. O sea, no toda mi vida. Me refiero a lo que había sucedido la noche anterior, incluyendo mis berridos de energúmena a Savino y el robo del móvil.

—Lucía, relajate. Está bien —me dijo con total naturalidad—. Estabas muy enojada y tu enojo actuó por ti.

—Ya, pero da igual el enojo… —rebatí—, he sido yo la que ha…

—No. Vos sos la que se da cuenta del error y ahí decide. Sos humana, Lucía. ¿Fustigarte o aprender?

«Pero ¿de dónde ha salido esta mujer?».

—El Savino ese es un infeliz —añadió—. Se pasó tres pueblos. Robar a las modelos para obligarlas a salir de nuevo… ¿¡Qué mierda es esa!? Yo había oído hablar de la cantidad de robos que había, pero no sabía que el Savino este lo hacía… y de esta manera. ¡Se va a cagar!

—Puto Chucky de mierda.

—¿Cómo? —Levantó las cejas.

—Que se parece al Chucky ese, el payaso —aclaré.

—¡Nooo! Ja, ja, ja. Me mataste. —Abrió mucho los ojos, como la que descubre una causa perdida—. Pero ¡si es igual! ¡Es Chucky el payaso! Vos sos una genia.

Me reí y vi que Julieta se recogía el pelo en un moño mientras se sentaba con las piernas cruzadas sobre su cama.

Llevaba unos *shorts* deportivos grises con una línea blanca en los laterales y una camiseta blanca vieja y arrugada. Le quedaba tan bien aquel improvisado pijama…

—Yo creo que todo el mundo ha hecho alguna vez algo de lo que no se siente orgulloso. Lo malo es cuando no te atrevés a reconocerlo —consideró con calma—. Yo tuve una época muy mala, ¿viste? Tomaba droga, mentía a personas que no se lo merecían y… bueno, la lie también mucho…

La miré con curiosidad.

—¿Te cuento una anécdota? —arrojó.

—Por favor —supliqué.

—Vale. Pero no podés reírte.

—No, no.

—Ni juzgar.

—No estoy en posición de hacerlo.

—Cierto es. Ja, ja, ja. Vale. Ejem, ejem. —Se aclaró la garganta—. La primera vez que fui a París como modelo, hace como cinco años, había un *booker* que me caía remal. El pibe la tenía tomada conmigo, ¿viste? Porque luego había otros *bookers* de la agencia con rebuena onda, pero a mí me llevaba ese porque era el único que hablaba español… Bueno, el caso es que un día va y me dice: «Julieta, vos mantén la boca cerrada y estate quietita, que una mujer con tanta energía y tanta fuerza no queda lindo». ¡¡Buah!! Qué bronca me agarró, boluda.

—¡Normal! —apoyé—. Será gilipollas.

—Y ¿sabés qué hice?

—¿Qué?

Se llevó una mano a la boca y negó con la cabeza.

—Cuando llegué a mi casa estaba recabreada. Te juro que le quería reventar la cabeza a ese pelotudo. No me podía quedar así. Imaginate. Y se me ocurrió una idea… que me pareció la mejor del mundo: agarré la cajita donde guardaba los aros, los saqué todos y me cagué. —Solté una carcajada—. Me cagué en la caja de los aros, boluda. La envolví con papel de regalo y la dejé en la agencia con su nombre.

—¿En serio, Julieta?

—En serio… —asintió.

Y entonces empezamos a troncharnos de risa.

—Boludaaa, me echaron de la agencia porque la cagué —decía con la voz entrecortada.

Y no podíamos parar de reírnos. Tanto que nos tuvimos que tumbar en la cama porque nos estábamos doblando, retorciendo. Me dolía el estómago. A ella la mandíbula. Un dolor bueno, liberador. Pero aquello era demasiado. Intentamos parar. Tres o cuatro veces. Pero nada. Imposible. Nos habían poseído.

Cuando al fin conseguimos volver a la calma, nos quedamos un buen rato en silencio, con esa resaca que dejan los grandes ataques de risa. Cerré los ojos, hice varias respiraciones profundas y sentí un alivio inmenso. Aunque ese descanso me duró poquísimo. Qué pena. De pronto, una masa de angustia me subió por el esófago. Llegó con fuerza, la jodida. No sé a santo de qué en ese momento. Que ya podía haberse esperado un poco. Total, que rompí a llorar con ella. Con la masa de angustia, no con Julieta. Ella se había tumbado a mi lado y ahora me abrazaba.

Era la primera vez que lo hacía y tuve ganas de empujarla, pero enseguida me di cuenta de la estupidez que iba a cometer; ese abrazo era lo que más necesitaba.

De manera que mis lágrimas continuaron saliendo, caudalosas y atrevidas. Dios bendito. Salían a borbotones empapándome las mejillas y las orejas y el cuello. La nariz se me llenó de mocos. Y, al mismo tiempo que traté de respirar por la boca, vi pasar numerosas imágenes por mi mente. Al principio fueron turbias, cargantes y pesimistas, pero después de un rato se transformaron en otras más ligeras y luminosas. Cogí un pañuelo de la mesita de noche y me soné la nariz.

Y respiré. Y de nuevo apareció la quietud.

Julieta seguía allí, abrazándome, mientras yo flotaba.

Flotaba como Pulgarcita, sobre una mariposa de alas preciosas, huyendo de lo que no quería ser.

24

«Bailá fuerte y que nadie te pise nunca los talones»

Indagué en el móvil robado y comprobé que pertenecía a una modelo de Visione Models (otra de las agencias más conocidas de Milán). Me presenté allí con una historieta ese mismo lunes. Matteo Simone, uno de los *bookers* que hablaba español, agradecido por mis buenas intenciones, me invitó a pasar y me contó que el móvil era de Mercedes, una chica cubana de dieciséis años que acababa de mudarse sola a Europa. Al parecer, Mercedes se había llevado un disgusto tremendo. Pobre. Así que, aún con más razón, suspiré por haberme situado de nuevo en el carril adecuado.

Matteo me preguntó si era modelo y si tenía agencia en Milán. Le dije que sí, que estaba con Record Models. Entonces me entregó una tarjeta y me dijo: «Si en algún momento no estás contenta o te quieres cambiar, llámame».

De forma que me guardé aquella tarjeta con la ilusión de una niña que esconde una moneda que le da su papá, aunque convencida de que no podría ser… Quiero decir, que yo aún tenía deudas con Record Models y un acuerdo con Rebecca Ricci. No podía hacer un cambio tan arriesgado. Qué peligro. Además, las Navidades estaban cerca, y teniendo en cuenta lo infructuosa que había sido mi estancia en Milán, no tenía pensado volver. Al menos, no de momento. Por lo pronto pasaría las vacaciones en

Madrid, con Carlota, con la fiesta de disfraces que le había prometido que organizaríamos en casa para fin de año. Y ya luego vería qué hacer con mi vida…

«Tengo que llamar a Carlota», pensé al despedirme de Matteo y salir de Visione Models. En realidad, no me apetecía llamar a mi amiga. O sea, la echaba mucho de menos, pero tenía tantas cosas que contarle… que me agobiaba solo de pensarlo. ¿Cómo empezar? No había tenido la cabeza para pensar en ella y se me habían acumulado las vivencias. Eran como las bolas del desierto que atraviesan las carreteras del lejano Oeste. Bueno, lejano tampoco, que Italia estaba más bien cerquita de Madrid; pero rodaban y rodaban, y no paraban.

Busqué el móvil en el bolso para mandarle un mensajito a mi amiga (aún me quedaban algunos datos sin wifi), pero no lo encontré… «¿Dónde está mi…? Coño. ¡Que me lo han robado! Estás tonta, Lucía, de verdad».

En fin, que esa mañana, después de entregar el móvil robado, decidí no hacer castings y pasear por la ciudad, sin mochila ni *book*; feliz por dejar de ser una choriza. Anduve un buen rato, como una hora por lo menos, hasta que llegué al Duomo. Ya había estado en ese punto del mapa muchas veces. No te sabría decir cuántas. Sin embargo, observar la catedral fue una experiencia distinta por completo a lo que había vivido hasta ese momento. Miré las nubes. El desplazamiento de las mismas permitía al sol decir lo suyo, aceptar lo que uno no puede controlar; lo que pasó, lo que está pasando o pasará.

¿Flagelarse o aprender?

Qué pedazo de consejo el que me había dado Julieta. Son de estas cosas que te crees que sabes, pero no. O que necesitas escucharlas en ese justo momento.

¿Desilusionarse o decidir?

Decidí acercarme a la puerta de aquella construcción de estilo gótico y entrar en su silencio. Sentí el eco de los pasos improvisados. Noté los gemelos agarrotados, exhaustos los pobres míos de subir tantas cuestas. Cuestas intrincadas, ofensivas, cochambrosas… Demasiadas en tres meses.

Necesitaba parar.

Asimilar.

Asentar.

Salí del Duomo. Paseé por la Galleria Vittorio Emanuele II y entré en la iglesia de Santa Maria delle Grazie donde vi *La última cena* de Leonardo da Vinci. Qué locura. Más de quinientos años. Me emocioné. Y durante varios minutos salí de mi cuerpo. Fue algo chocante, pero me gustó, porque Lucía estaba allí, delante de una impresionante pintura mural de más de quinientos años. Sola, disfrutando. Sola. Descubriendo.

Sobre las tres de la tarde, volví al apartamento. Me abrió una de las francesas, la del pelo rapado a lo teniente O'Neil (sí, al final resultaron ser francesas). Menos mal que estaba allí. Porque yo no tenía llaves. Casi la abrazo. Y al entrar en mi habitación, cansada pero liberada, vi sobre mi cama un paquetito envuelto en papel de regalo. ¿Qué era eso? No era mío. Yo no había dejado nada. Me paré en seco. Miré para todos los lados. «¿Qué haces, Lucía? Ay, no sé, estoy nerviosa. ¿Qué es eso? ¿Es para mí? Pues digo yo que sí, no sé. ¡Y yo qué sé! ¡Yo también estoy nerviosa! Venga, ve a abrirlo».

Cogí el paquetito, sentí su peso y lo saqué del envoltorio.

¡No me lo podía creer!

Allí estaban. Al fin. El móvil y las llaves.

Intactos.

¿En serio? ¿Cómo…?

Entonces divisé un papelito doblado. Cogí aire y lo abrí: «Boluda, sos grosa, sabelo. Bailá fuerte y que nadie te pise nunca los talones».

Se me dibujó una sonrisa tonta y me tumbé en la cama para leer la notita otra vez. Y otra. Y otra más. Creo que la leí como diez veces en total. Después la doblé y la metí con mucho cuidado dentro de mi libretita del escupitajo.

Para que no se perdiera nunca…

Cuántas maneras hay de que una pueda encontrarse.

25

Milán vs. la Feria de Jerez

Libretita del escupitajo

¡¡Por fin!! Hoy ha salido el sol. Y durante más de seis horas, además. Eso es muchísimo para ser noviembre en Milán. De verdad, en esta ciudad hay siempre una capa densa y gris. A veces me dan ganas de soplar fuerte para que las nubes se dispersen y salga el azul.

Porque a mí el clima me afecta mucho. Te juro que me cambia el estado de ánimo. Como la música, el agua o abrazar a Coco. Ay, me acabo de imaginar dándome un baño en el mar con Coco y he sentido un gustito por dentro…

Llevo tres meses sin hablar con mis padres. Nunca había pasado tanto tiempo. Me da pena, pero no quiero llamarlos. Sé que insistirían en que vuelva a Jerez y sin embargo cada día me veo más lejos de vivir allí. Aunque es curioso… Desde que estoy en Milán me he dado cuenta de lo afortunada que soy por haber nacido en el sur de España. Me gusta mi tierra. Me gustan su clima, sus costumbres… La gente de Andalucía ríe mucho más que la de aquí. Viven menos estresados y están más dispuestos a ayudar a los demás. Además, saben divertirse. Porque las fiestas de aquí, por muy glamurosas que sean, son un muermo. Nadie se imagina algo como la Feria de Jerez, vamos, eso sí que es puro.

Es cierto que no había visto esto hasta ahora. Supongo que a veces tienes que alejarte para poder tomar perspectiva y valorar… Sospecho, también, que el dolor te ciega.

A mí me duele que mis padres no me entiendan ni me apoyen en las decisiones que tomo. Me duele que no confíen en mí ni en mis capacidades. Me duele tanto que prefiero tenerlos lejos porque sé que jamás me convertiré en la persona que quiero ser si no es así.

Me siento agradecida por la vida que he tenido hasta ahora. No es que antes no fuera consciente de lo que tengo, pero, no sé…, ahora es diferente, nunca había sentido esta sensación tan fuerte dentro. Y creo que a veces se nos olvida dar las gracias por lo que tenemos.

Valoro mucho a mis amistades. Es muy difícil contar con un grupo de amigas como las Berenjenas, tan unido e incondicional desde pequeñitas. Aprecio también haber tenido la oportunidad de estudiar, aunque me equivocase de carrera y sienta que perdí tres años de mi vida con algo que me importaba una mierda… Pero no puedo seguir enfadada por esto. No puedo seguir culpando a mis padres. Es verdad que ellos hacen lo que creen que es mejor para mí, pero no son dioses, son humanos que se equivocan, lo hacen lo mejor que pueden. Por eso tengo que aprender a confiar en mí misma y no dejar que me influyan.

Ah, por cierto, ha desaparecido la ansiedad por que se enteren de que trabajo como modelo. No sé cómo ha ocurrido. Se ha disuelto sola sin que me diese cuenta. Increíble. ¿Qué más cosas estarán por desaparecer?

26

«Ju»

—¿Vos estuviste alguna vez en Nueva York? —me preguntó Julieta.

Estaba sentada en su cama mientras se comía un bocata de tortilla.

—Nunca. ¿Tú?

—El año pasado. Tengo una agencia allá —me confirmó. Y acto seguido comenzó a toser.

—Traga, Julieta, traga antes de hablar. ¡No te me ahogues! —bromeé.

Soltó una carcajada fuerte y se apartó el pelo, que se le había enredado en la corteza del pan.

—Ay, ay. La que estoy liando… —exclamó—. Vale, ya. ¿Qué te decía?

—Nueva York…

—Eso. Que allá la moda no es como acá.

—¿A qué te refieres?

—Los castings están organizados y no te hacen esperar mil años. Y luego la modelo es más…, qué sé yo, no quitan valor a las modelos como acá. Y hay más diversidad. No son tan exigentes con las tallas. Yo creo que a Europa llegará eso dentro de poco, o eso espero, porque es verdad que allá en Estados Unidos están como más avanzados. En este tipo de cosas, digo. Acá quieren a las modelos esqueléticas.

—Ya…

—¿Vos cómo llevás eso?

—¿El qué?

—Si te dijeron algo en las agencias de que tenés que adelgazar.

—Ah, sí. Todas… Que tantas curvas quedan ordinarias. Que no parezco modelo así…

—Son unos enfermos, boluda. Si tenés un cuerpazo… Yo creo que en Nueva York currarías bien.

Me encogí de hombros.

—Ojalá pudiera irme a Nueva York… —Ya estaba soñando de nuevo—. Solo por vivir la experiencia…

—Decile a tu agencia madre que te mande. Rebecca Ricci tiene contactos allí seguro —me animó.

—Sí, no sé… Cuando vuelva a España veré qué hago… ¿Tú vas a ir?

—Aún no lo sé… Tengo que ver. De momento me vuelvo en Navidades a Madrid —caviló mirando al techo.

—¿Te imaginas que al final voy a Nueva York y nos encontramos?

—Si vas, me avisás. Dejate de *Serendipity*… —Nos reímos—. ¿Qué signo sos?

—¿Me vas a leer el horóscopo ahora, argentina? —me mofé—. ¿Eres Mía Astral?

—No seas boluda. Decime, dale.

—Soy géminis. 23 de mayo.

—Hummm… —Dio el último bocado y puso cara de hacerse la interesante mientras masticaba—. Vale, vale.

—¿Qué pasa? —pregunté cotilla.

—¿Ahora te interesa? —vaciló.

—¡¡Pues claro!!

—Pues, por lo que sé, hay buena onda entre Géminis y Aries...

—¿Seguro? No sé yo, eh... —bromeé.

—Confía, jerezana... —Me aguanté la risa—. No, ahora sin broma, boluda. No me tomo esto de los horóscopos como algo literal. O sea, creo que hay más cosas que nos condicionan. Los aries, por ejemplo, dicen que son fuego. Como atrevidas y aventureras. Y yo no me considero así, ¿viste?

—A ver, yo creo que un poco sí que..., bueno, tampoco te conozco tanto —rectifiqué—. Peeero...

—Pero ¿qué?

—Que hay que tener dos ovarios bien grandes para cagarte en una caja y mandársela de regalo a tu *booker*.

—Ja, ja, ja. ¡¡Eso no cuentaaa!! —Alargó su pierna para intentar darme una patada.

—¿Cómo que no? —Esquivé su pierna.

—¡Esa no era yo! Además, estaba bajo los efectos de sustancias químicas.

—Sí, lo que tú quieras. Te cagaste en una caja, loca. Ja, ja, ja. Aunque también te digo, poco me falta para hacerle lo mismo a Rebecca...

—Ja, ja, ja. Sííí. ¡Tenés que hacerlo, Lucía! Escuchame. —Se puso muy seria—. Yo te ayudo. Imprimimos una notita a ordenador para que no sospeche y le pagamos a un mensajero para...

—Pero ¿cómo le voy a mandar un mojón de regalo a Rebecca, Julieta? ¡Que esa mujer es capaz de mandarlo para que averigüen el ADN!

Nos reímos.

Qué divertido... Estar con Julieta, quiero decir. Imaginarme la cara de Rebecca al recibir una caca maloliente me vino genial.

—Julieta... —murmuré.

—¿Qué…?

—Ya te las he dado, pero gracias por recuperar mis cosas. De verdad.

—Yo te llevé con ese gil… —Torció la boca hacia un lado con un gesto de remordimiento.

—No fue culpa tuya. Y no tendrías por qué haberlo hecho. Así que gracias por el detalle.

«Y por la notita…».

—Aceptadas. Le dije un par de cosas y hablé con la agencia para que avisase a las modelos. —Sonrió.

Y después se acarició el antebrazo izquierdo por dentro. Me fijé de nuevo en uno de los tatuajes que tenía ahí. Era el momento de preguntar.

—¿Qué significa?

—¿Qué cosa? —contestó sin entender.

—El tatuaje.

—Ah. ¿Cuál de ellos? Tengo seis. —Me mostró sus dos antebrazos mofándose picarona—. Y uno más en un lugar que no has visto. Y que no sé si querrías ver…

«¿Cómo? Pues sí que quiero verlo. Me encantaría. ¿Por qué no? ¿Y por qué sí, Lucía? ¿Por qué quieres verlo? No sé, por curiosidad. ¿Curiosidad? Sí, curiosidad. ¿Qué pasa? Me parecen interesantes los tatuajes. Yo siempre he querido hacerme uno, pero nunca me he decidido. Siempre estoy con el "¿qué me hago, qué me hago?". Buscando inspiración por Pinterest: *minimalist tattoo*. Y al final nada, al final no me hago nada porque me da miedo arrepentirme. ¡Que yo cambio mucho y esa tinta no se borra! No. Eso es para siempre. ¡Hasta que me muera! Aunque tampoco sé cuándo me voy a morir… Igual mañana me atropella un coche o me cae una maceta en la cabeza. Pero ¿por qué piensas en eso ahora, Lucía? ¡Pues porque es la verdad, joder! Damos por hecho que vamos a estar aquí vivos y coleando hasta que nos hagamos viejos y muramos metidos en la cama, tan a gusto. Pero no lo sabemos. La vida es… A ver, Lucía, que te estás yendo otra vez por las ramas, a lo que íbamos. ¿Estás segura de que lo único que te interesa aquí son los tatuajes y no que los lleve Julieta? ¡Pues claro! Esto no tiene nada que ver con Julieta. ¿No? No. Vale… Entonces ¿por qué te gusta imaginar que tocas el tatuaje escondido…? Para, Lucía. Para. Ya. Céntrate».

—Estaba de broma, Lucía… ¿Te molestó?

—¿Qué? No, no. —Disimulé mientras salía de mi ensimismamiento.

—¿Qué tatuaje decís?

—Ese del brazo izquierdo. —Señalé.

—Ah. ¿Este? Es un símbolo que me recuerda que hay que fluir. —Miró al techo y sonrió.

—¿Y qué es fluir para ti?

—No querer controlar lo que sentís. Aceptar las cosas como son y tal y como vienen. Si me siento así, me siento así. A partir de ahí es cuando podés empezar a cambiarlo. Porque si no andás siempre huyendo de lo que sos y eso no te lleva a ningún lugar bonito. No podés luchar contra lo que está. Tenés que aceptarlo primero. Aceptarte a vos con todo, boluda. Y ya ahí tomás la decisión.

—Me gusta.

—Me lo hice cuando empecé a estudiar teatro.

—No sabía que eras actriz. ¿Te gusta el teatro?

—¿Te gusta vivir?

Sonreí y a ella se le encendieron los ojos.

—Me encanta el teatro —reafirmó—. ¿Y a ti?

—De pequeña me encantaba cuando nos tocaba hacer obras en el colegio —reconocí—. Era uno de mis momentos favoritos, pero no sé… No sé si se me daría bien…, aunque tengo curiosidad.

—Pero, si te gusta, tenés que probarlo. No podés cerrarte por miedo a no saber si se te dará bien…

—Ya, pero…

«Pero ¿cómo me voy a ganar la vida con eso? Yo no soy artista. A ver, a veces pinto, escribo y eso…, pero como desahogo. Para mí. Ya está».

—No sé, igual lo pruebo algún día… —dije sin creérmelo.

—Espero poder estar cerca para verlo… —Y después de soltar esa frase, que me dejó cosquilleos hasta en la barbilla, cogió su neceser y se levantó—. Acá la señorita se va a lavar los dientes, que estoy reventada. Mañana seguimos con la charla. Creo que me he buscado a una buena compañera de intensidades…

Julieta salió de la habitación con una sonrisa, y me quedé pensando qué cosas no aceptaba de mi vida. Porque, si no lo hacía, jamás conseguiría cambiarlas y fluir. Y yo quería fluir. Pero ¿cómo se acepta lo que la vergüenza no te permite ver?

Cuando Julieta apareció de nuevo enseñando sus dientes limpios con orgullo, sentí un agradecimiento inmenso por haberla conocido.

—Buenas noches, Ju —dije.

—¿Ju? Nunca me han llamado Ju —contestó pensativa—. Pero me gusta. Es como «vos» en inglés. «You». Ja. Sí. Me gusta, Lu. Ju y Lu se van a dormir. JuLu. LuJu. Ju. Lu. Juuu.

—Estás petando.

—Estoy petando. Ja, ja, ja. Descansa, LuLu. Ja, ja, ja. Ya paro, ya paro.

—Tú también, JuJu. Gracias por la charla de hoy.

—Gracias a vos.

Al apagar las luces me di cuenta de lo agotada que estaba yo también. Había sido un lunes muy intenso y al día siguiente me tocaba continuar con los castings. Una semana más y regresaría a Madrid, pasase lo que pasase.

Y lo que sucedió al final fue que Record Models me consiguió un trabajo de modelo sin cabeza para la sección de bolsos de una web multimarca. ¡Bien!

Solo tenía que agarrar el bolso con la mano que más cerca estuviera de la cámara y hacer como que daba una zancada en diagonal de forma continua. Una y otra vez, repetir la zancada en diagonal. Así durante ocho horas, cinco días seguidos. Un auténtico coñazo, todo hay que decirlo. No obstante, yo estaba encantadísima y agradecía cada minuto al universo por aquel curro decapitado. Al menos podría saldar mi deuda con la agencia y cubrir los gastos.

De manera que me encontraba igual que cuando llegué a Milán. Hablando de mi economía, quiero decir. Por lo demás, todo era muy distinto. Hasta yo era diferente. Era otra Lucía. ¿Cómo puede una cambiar tanto en tan poco tiempo? No lo sé. Pero te juro que lo sentí así.

En aquel último mes aprendí mucho. Por ejemplo, que los noes de los castings y todas esas veces que me habían cerrado el *book* en la cara no eran ningún drama. De hecho, a medida que leía la historia de personas que consideraba referentes para mí, como Frida Kahlo, o veía charlas de TED Talks (sí, de esas típicas motivacionales, pero que, oye, no sabes lo bien que le vinieron a mi inglés jerezano) comprobé que te puedes dar cabezazos contra el mismo muro aunque te encuentres a más de mil kilómetros de distancia. Lo bueno es que, de tanto golpe, es inevitable que una parte de ti se endurezca y suba puestos en la escala de Mohs. Llega un momento en que tu dureza supera la del muro y es este el que empieza a flaquear. Mi muro, por aquel entonces, todavía estaba muy lejos de caer, pero yo ya alcanzaba a atisbar algo de luz a través de sus grietas.

Y una de las luces era Julieta. Para mí era un ejemplo de modelo al que aspirar.

27

«Blackbird» II
«Te sientan bien las despedidas»

Aquella última semana en Milán me bastó para darme cuenta de que Julieta era fascinante. Todas las personas que hasta entonces había conocido querían lograr y entender algo, Julieta solo quería sentir. Hablaba de energía, de vibración, de presentes, de eneagramas y de un montón de temas así como muy espirituales, desconocidos para mí. A veces no me enteraba ni papa de lo que me decía, pero la escuchaba igual, porque sus palabras me llevaban de viaje, me agarraban de la mano y me mostraban nuevos bulevares, tan extraños como tentadores, tan distintos como iguales.

Creo que con Julieta fue la primera vez que me sentí comprendida. Y no porque no tuviera personas con las que compartir mis sentimientos y desahogarme. Qué va. Tenía muy buenas amigas en Jerez y Sevilla, ya sabes, como Carlota, de toda la vida, de achuchón y cobijo. Pero era diferente. Y no solo por la torpeza que en los últimos meses tenía para acercarme a ellas en estos momentos de amargura y cambio.

A Julieta y a mí nos gustaba compartir las horas de la misma manera. Era como si tuviésemos un telescopio muy similar por el que comprender la vida. Bueno, intentarlo, al menos. Supongo que por eso nos pasábamos horas y horas reflexionando, «salvando al mundo», como decíamos; hasta que la garganta se nos secaba como la mojama y tosíamos y teníamos que beber agua para poder seguir hablando. ¡Qué bien haberla conocido! Y qué bien que viviese también en Madrid. Si no, imagínate. Despedirme de Julieta para no verla jamás hubiese sido horroroso. Pero no. Además, ella tenía pensado volver pronto. Justo dos días después que yo, que me lo había dicho. Bueno, que se lo pregunté, así como la que no quiere la cosa; porque lo cierto es que ya nos imaginaba a los dos de paseo por Madrid, sentaditas en una cafetería de Malasaña o La Latina…, yendo a museos, comprando libros…

En fin, que aquella última semana fue increíble. Y no sé cómo sucedió, pero, a pesar de seguir con pánico a que me echaran de las agencias por engordar, dejé de ver el baño como la única salvación. Sí, me di una pequeña tregua.

Tampoco volví a entrar desaforada en un supermercado e incluso me senté más de una noche a cenar con Julieta. No te imaginas el logro que fue para mí poder sentarme con alguien a comer. Eso sí, siempre comía menos que ella; siempre con la excusa de no tener hambre o algún tipo de dolor estomacal. Y, aunque Julieta me miraba sin creerme, no insistía. Y eso me relajaba bastante. Luego supe de dónde venía su intuición, aunque en ese momento ella tampoco quisiera verlo del todo.

De modo que recuerdo aquel último episodio en Milán como una película. Una de esas en las que todo sucede en un mismo ambiente porque los diálogos ya la sostienen, como *Antes del atardecer*, con Jesse y Céline paseando por París. Cómo me gusta esa película.

En fin, que aquellas travesías hacia el interior me zarandearon por dentro las entrañas y consiguieron que me cuestionara muchas cosas, más de las que en ese momento era consciente.

Una vez terminé mi trabajo de los bolsos, de nuevo decapitada (como mi primer casting), contacté con Rebecca y saqué un vuelo para Madrid.

Carlota

Hoy

¡Carloti!

Mañana llego a Madrid. 19.34

¿¿De verdad?? 19.37

No, de mentira. 19.40

Idiota. 19.40

Jajaja. Sí, ya tengo los billetes. 19.40

¡¡Yujuuu!! 19.41

Aterrizo a las ocho de la tarde. ¿Estarás en casa? 19.41

Sí. Aquí te espero. 19.41
Ayer hice una cosa que te va a gustar. 19.42

¿Qué hicisteee? 19.42

Mañana lo sabrás en cuanto me veas… 19.42
Ahora no me vengas con impaciencias, que bien
abandonada me has tenido todos estos meses… 19.43

Jajajaja ¡¡Lo siento!! De verdad que lo siento. 19.43
Te prometo que te voy a compensar. Te voy a dar una
chapa… 19.43
Vamos, que vas a desear hasta que me vaya de nuevo.
Jajajaja 19.44

Jajajajaja 19.43

Bueeeeeno... 19.43

Te perdono. 19.44

Y perdón también por no invitarte a venir, pero de verdad
que no nos dejan traer a nadie. 19.44

No te preocupes por eso, en serio. Lo entiendo. 19.45
Además, he estado liadísima con la carrera y con un chico
nuevo que estoy conociendo que... ya te contaré también.
19.45

¿Con Gonzalo ya nada? 19.45

Nada. 19.46
Agua pasada. Y esta vez de verdad de la buena. 19.46
Merezco más que esa rata inmunda. 19.46

Jajajajaja 19.46
Mereces muchísimo más. 19.46

Además, llevo dos semanas con una terapeuta que me
han recomendado y me está sentando genial. Porque he
estado reflexionando, ¿sabes? No puede ser que todas
las relaciones que intento tener se conviertan en una
tortura... A lo mejor es que hay algo que tengo que mirar
aquí... Porque al final el problema lo tengo yo. Así que me
he propuesto aprender a quererme. 19.48

Me alegro, tía. Todo lo que sea para estar mejor...
¿Y cómo se llama la terapeuta? ¿Quién te la ha
recomendado? 19.49

Pues este chico nuevo que te decía, que está estudiando
para coach. 19.49
Jajajajajaajaja 19.49

Jajajajajaja 19.50
¡¡Carlota!! 19.50
Jajajajaja 19.50

Mejor eso a que me recomiende tomar coca como el otro.
19.50
Jajajaja 19.50
No, en serio. Me está haciendo mucho bien. De verdad.
Ya lo conocerás… 19.51

Jo, tengo muchas ganitas de verte y abrazarte. 19.51

Y yo, caraculo. 19.51
Ven yaaaaaa 19.51

Mañana llegoooo 19.52
Te quiero mucho mucho mucho 19.52

Y yooo 19.52
Muchísimooooooo 19.52

Mientras la azafata recogía las sobras del tentempié de las mesas supletorias y el piloto anunciaba el aterrizaje, la niña que estaba a mi lado, otra vez una niña, qué curioso, se abrazó a su muñeca de trapo, que era más grande que ella, y yo me puse a mirar por la ventanilla. El cielo era como una mezcla de pigmentos rojos con aceites. Impresionante. Parecía una pintura. Cogí el móvil y saqué una fotografía del ala. Apuntaba maneras de ser una foto chulísima, pero el cristal estaba mugriento por fuera y se veía borrosa, qué despropósito; turbia como mis primeros meses en Milán.

La memoria es caprichosa.

Es un carrete mal cargado en una cámara analógica. Una película a trompicones que va dando saltos sin ningún orden cronológico. Ignoro de qué está hecha. Ignoro por qué somos capaces de recordar sucesos insignificantes de la infancia con una nitidez asombrosa y olvidar aquello que dijimos hace tan solo veinte minutos. Ignoro, aún con mayor necedad, qué artimaña emplea la muy caradura para distorsionar los recuerdos e incluso traer a nuestro presente sentimientos vívidos de un hecho que nunca vivimos. Me refiero a que no lo vivimos tal y como lo recordamos o que fueron otros los que lo vivieron, pero nos lo contaron tantas veces que nos convencimos de haber estado allí también, de haberlo presenciado con ellos. Por eso no es raro que tengamos conversaciones de este tipo: «Sí, sí. Si yo estuve también…». «No, tú no estuviste». «¡Qué sí, mamá, de verdad! Lo recuerdo perfectamente». «Pero ¡niña, si ni siquiera habías nacido!». «Ah, ¿no?…».

Así que no es muy difícil negar un hecho cuando preferimos olvidarlo…

… Y ahí en la negación decidí quedarme.

28
Reencuentro con olor a Tijuanas

—¡¡¡Lo has hecho!!! —grité.

—¡Lo he puto hecho! —Carlota giró el cuello bruscamente de un lado hacia otro, casi se lo rompe—. ¿Cómo me queda?

—¡Increíble!

—¿Verdad que sí?

—Te queda increíble.

—Ya lo sé. ¡No sé por qué no me lo había hecho antes!

Carlota se había cortado el pelo por encima de los hombros. Y con flequillo. Le quedaba genial.

—¿Y sabes qué he pensado? —añadió excitada.

—¿Qué?

—Que me voy a disfrazar de Mia Wallace para la fiesta de fin de año.

—¡Ay, claro! ¡Es perfecto!

—¿A que sí? Ya lo tengo todo decidido. Esta mañana estuve mirando por internet para inspirarme. ¡Qué emoción! ¿Qué te parece si decoramos el salón y ponemos una especie de *photocall* en la entrada? Ahí, mira —señaló—. Compramos paneles, pintura, todo lo que haga falta…, ¡y lo pintas tú!

—¿Yo?

—Hombre, ¡claro! No lo voy a pintar yo. Que si no vamos a espantar a los invitados.

—Ja, ja, ja.

—Yo te hago de ayudante.

—Veeenga vale.

—Por cierto, ya tengo mi lista. Me tienes que decir la tuya. De momento hay treinta personas apuntadas.

—Pero ¿adónde vas, Carlota? ¡Treinta es muchísimo!

—Es fin de año —trató de justificarse.

—¿Y tú estás segura de que cabemos todos aquí? —Echamos un vistazo al salón.

—¡Pues claro! Todos muy pegaditos. —Carlota tenía un optimismo descomunal.

—Ja, ja, ja, eres tremenda.

Me acerqué a la cocina, bebí un vaso de agua y luego me senté en el sofá. Carlota abrió un paquete de pipas Tijuana, cogió un cuenco gigantesco para las cáscaras y se sentó a mi lado.

—Bueno, cuéntame… ¿Qué tal Milán?

—Pues ha sido todo como… muy intenso.

—Pero ¿bien?

—Sí, sí, bien. Bueno, al principio no tanto… solo al final…

—¿Y eso?

—No sé, tía. Milán no ha sido como me esperaba. Me he llevado una buena hostia de realidad. Solo castings y más castings y colas infinitas de modelos y…, el trato también, en general, como muy frío todo.

—¡Pues vaya…! Pero ¿conseguiste trabajos chulis al final?

—No, no. Cero patatero. Solo uno, donde, además, me cortaban la cabeza. Lo justo para cubrir gastos.

—Jo… —se lamentó consternada.

—Pero estoy bien con eso, de verdad. —Me miró curiosa—. No sé… Estos meses me han servido para darme cuenta de muchas cosas… También para valorar lo que tengo, ¿sabes?

—Pues me alegro mucho, Lu. Mucho mucho. ¡Y ya saldrá algún trabajo…! Además, lo de Jade Blanco que me dijiste, aunque fuera aquí en España, eso es un pelotazo, tía. ¡Que vas a estar en los carteles de las tiendas!

Y entonces sentí una presión de mil demonios en la cabeza, como cegada por un fogonazo. Me dieron ganas de vomitar. Necesitaba meterme debajo de un chorro de agua caliente, hirviendo, hasta quemarme la piel a ver si así la despistaba. «Qué cansada estoy. Será del viaje. Normal. La vuelta a casa…, uno baja la guardia y a veces se pone hasta enfermo. De la presión, de aguantar, de ir a noventa kilómetros por hora en primera. Sí, será de eso…».

—¿Y de ligues?

—¿Cómo que de ligues? —contesté como ida.

—Coño, pues que si has ligado con alguno… Tres meses rodeada de modelos guapos e italianos… Dime tú, vamos.

—Ah, qué va. Nada…

—¿Nada? —bramó.

—Nada.

—Pero ¿nada de nada?

—Nada de nada.

—Qué chasco. —Golpeó el sofá con un puño y casi derramó el cuenco lleno de cáscaras—. Uy, uy, que casi la lío parda. Ja, ja, ja. —Puso el cuenco sobre la mesa—. Y yo que me moría por que me contaras aventuritas nuevas…

—Pues va a ser que no… —Me reí.

—¿Y no conociste a nadie? En plan amigas y eso.

—Sí, sí, la amiga esta de la que te hablé.

«Una amiga alucinante. Que ya te digo yo que prefiero las charlas intensas con Julieta que follarme a veintitrés modelos».

—Pues menos mal, hija… Al menos, una. —Sonó a madre.

Que para madre, la mía. A la que tenía que llamar y decirle la verdad: que ahora me dedicaba a posar en bragas. Lo de Milán no. Quiero decir, el viaje me lo podía ahorrar. Así evitaba que se sintiera tan desplazada, tan lejos de mí. Aunque lo estaba…

—Creo que voy a llamar a mi madre y se lo voy a contar —le dije a Carlota con una entereza que me sorprendió—. Le voy a decir que trabajo de modelo. Y punto. Y que se lo tome como quiera.

—Me parece un regalo de Navidad estupendo —bromeó—. Les va a encantar. A tu madre y a tu padre.

—Ja, ja, ja.

—No, en serio. Yo también se lo diría. Al final lo van a aceptar, Lucía. Son tus padres.

—No sé si lo van a aceptar..., pero necesito contarlo.

—Solo se preocupan por ti —trató de mediar.

—Vale, sí, Carlota. Pero no quita que estén proyectando sus frustraciones en mí. Entiendo que se puedan preocupar, pero para mí apoyar a tu hijo es darle la libertad de hacer lo que quiera, aun sabiendo que se puede equivocar. Me refiero cuando ya es autosuficiente, claro. Pero no invalidarlo por tus propios miedos. —Cogí aire—. Aunque ya no me siento tan enfadada con ellos... No sé... Soy consciente de que lo hacen lo mejor que pueden y que soy yo la que tengo que aprender a independizarme de ellos. No solo en lo económico, ¿sabes?

—Sí, por supuesto. Creo que lo mejor es que te muestres segura de tu decisión, que no te vean dudar, ¿me explico?

—Sí, intentaré hacerlo así. Bueno, y cuéntame tú cómo estás. —Cambié de tema—. ¿Quién es ese hombre que me decías?

—¿Quién es ese hombreee? —Comenzó a cantar la canción esa de *Pasión de Gavilanes*—. Que me mira y me desnudaaa. Una fiera inquieta que me da mil vueltas y me hace temblar, pero me hace sentir mujeeer... —Y entonces levanté los brazos y me uní a cantar con ella.

Y cuando terminamos, satisfechas, cogió su móvil y me enseñó fotos del tal Guillermo, que no Guille, me advirtió, no le gustaba que le llamaran así.

—Me gusta mucho, pero estoy más tranquila. De verdad —aseguró—. Si no me contesta a los mensajes, no me devora la ansiedad. ¡Eso es un paso enorme!

—Sí que lo es.

—Y creo que estoy consiguiendo no imaginarme un futuro con él. O sea, no verme ya casada y con hijos como siempre me pasaba…

—Cómo me alegro, Carloti. Eres increíble. Por mucho que tu hermana te diga que eres muy inestable y que no estás bien de la chota, no es verdad. Solo que tú lo reconoces todo sin filtros.

—Ay, ¡dame un abrazo, coño! Que te he echado mucho de menos. —Sacó el labio inferior haciendo un pucherito y levantó las manos para que la abrazara.

—¡Y yo! No sabes lo que agradezco tenerte en mi vida…

Y me tiré encima de mi amiga sintiendo cómo sus brazos envolvían mi cabeza. Y allí me quedé unos segundos, apoyada sobre su pecho, oliendo a pipas Tijuana.

29

Mis padres y los mejores tomates del mundo

Llamé a mis padres por videollamada a la mañana siguiente para anunciarles la noticia, bien tempranito para no recular, y se la lancé así. No sé si se quedarían los pobres en estado de shock, pero ni se sorprendieron ni se indignaron. Nada. Se quedaron ahí pasmados, mirándome a través de la pantalla como dos ciervos recién fumados. Pero ¡qué alivio sentí! Pensaba que no, pero me di cuenta de que, en efecto, el secretito me pesaba.

—Pues nada, hija. Haz lo que tú quieras —dijo mi madre por fin—. Ya eres mayorcita.

—¿Y modelo por qué, Lucía? —añadió mi padre.

—Pues no sé… Ha surgido así. Me ha elegido una de las mejores agencias de España y me están saliendo buenas opciones de trabajo.

—¿Te pagan bien?

—Sí…, aunque aún estoy empezando… Ahora me toca hacer muchos castings.

—Pero ¿piensas estar mucho tiempo más con eso? —agregó mi madre.

—No lo sé. Hasta que me decida por otra cosa. De momento no me veo en nada… Y antes necesito dinero…

—Ya, ya…, oye, pero estás muy delgada, ¿no? ¿Estás comiendo bien? —A la Marga no se le escapaba nada.

—No sé… Igual he adelgazado un poco, sí, porque no he parado en Mil… En Madrid. Madrid. Es enorme esta ciudad.

«Coño, que casi la cago».

—Bueno, pues aliméntate bien.

—Sí, sí.

Seguí hablando un buen rato con mis padres. Pregunté por Coco, al fin, y mi madre me aseguró que estaba estupendo. Viejo, el pobre, pero feliz. Después mi padre añadió, con tono de broma, que el perro nos iba a enterrar a todos. Nos reímos los tres, pero la verdad es que yo me sentí fatal por no haber preguntado antes por Coco. Le quedaba poco de vida.

También me informaron de que habían abierto una nueva frutería debajo de casa; pequeñísima, pero que traía unos tomates buenísimos de un huerto. Los mejores del mundo, repitieron tres veces con énfasis, y luego agregaron que a ver si iba prontito a Jerez y así me llevaba una bolsa llena de tomates en la maleta. Me imaginé subiendo al tren, cargadísima de tomates hasta los topes, qué disparate, y sonreí. Era un gran paso poder mantener esta conversación con mis padres, sin discutir.

Les hablé de mi nueva agencia. Bueno, más bien les mentí otra vez. Porque aseguré que me llevaba genial con Rebecca Ricci, que éramos casi como amigas. Esto último me produjo picores insoportables en la garganta. Pero bebí un poco de agua y no lo notaron.

Al terminar la videollamada, deshice la maleta, puse una lavadora de color (todo era negro) y me metí en la ducha. Y mientras me enjabonaba el pelo, oí mi móvil vibrar. Asomé la cabeza y un brazo por la cortina, sequé el dedo índice con la toalla y desbloqueé el móvil como el que comprueba los resultados del Euromillón.

Premio. Era Julieta.

Ju

Hoy

Me ha encantado conocerte, Lu 11.20

Y a mí, Ju. Me he sentido muy cómoda contigo desde el principio..., como si ya te conociera pero sin conocerte. No sé, raro. 11.20

Yo también tengo la misma sensación. 11.20
Y otra cosa... 11.21

...? 11.21

Estabas linda ayer.
Te sientan bien las despedidas. ☺ 11.21

Yo creo que fue por mi maleta vieja..., jajaja. 11.21

Jajaja
Justo eso. Fue la maleta... 11.21

Jajajajaja. 11.22

¿Te apetece que vayamos al teatro mañana?
Llego a Madrid por la mañana temprano y hay una obra que quiero ver. A las 20.00 en el teatro Lara. Si querés, decime y saco una entrada para vos también. 11.22

Me apetece 11.22

Ay, qué bien. Entre la conversación liberadora de mis padres y la invitación de Julieta, yo estaba que no me sostenía. De ilusión. Porque la ilusión, a veces, te puede entorpecer. Incluso paralizar. Ese subidón de energía frenética desde el estómago hasta la garganta, que te dan ganas de gritar y saltar y abrazar; y si no puedes en ese momento porque estás en mitad de una reunión o en la cola del supermercado con señoras mayores a las que les podría dar un infarto, y no te queda otra que apretar los puños y dientes, lo haces fuerte, muy fuerte, y ahí te quedas, en parálisis, atrofiada.

Pero aquella mañana sí que podía gritar. Y en efecto lo hice. Grité como una lechuza, un chillido agudo y desprendido. De esos en los que sueltas hasta lo que no tienes, que te abres hasta lo que aún no sabes que sientes.

30
Pulpa de saúco

Era un hecho que, en la mayoría de los aspectos de mi vida, la **duda seguía** con insistencia pisándome los talones, como ese coche que te quiere adelantar en un carril de curvas muy cerradas y no se atreve, y se te pega detrás, cada vez más cerca, acelerando y frenando, acelerando y frenando… «Chico, sepárate un poco y deja de joder. ¿No ves que no se puede adelantar ahora? **Pesado. Que** eres muy pesado». Qué coraje, de verdad. Tanta impaciencia.

Pero a lo que iba, que por muchas dudas que hubiese en mi persona, ese día tenía la certeza de que ir con Julieta al teatro era el plan que más me apetecía del mundo mundial. Al día siguiente, por la tarde, abrí de nuevo la conversación de Whats-App con Julieta. No habíamos vuelto a hablar. ¿Habría sacado las entradas? ¿Por qué no me las había mandado? Eran ya las seis de la tarde. ¿Se habría olvidado? Decidí dejar de alimentar mi barullo mental y escribirle.

Ju

Hoy

JuJu. ¿Sigue en pie lo del teatro? 18.02

Claro, LuLu. 18.18

Tengo tu entradita acá. ¿Nos vemos a las 19.40 en la
puerta? 18.18

Perfecto. 18.19

¿Jugamos a un juego? 18.19

¿Qué juego? 18.19

Si llegas más de tres minutos tarde, entro sin ti. 18.19

Eso no es un juego. Eso es una putada. 18.19

Jajajaja.
Es verdad, porque no te pasé la entrada. 18.19

Jajajaja. 18.19

Pero es que…, bueno, vale, te confieso una de mis taritas:
no me gusta esperar… Me da miedito que me planten.
18.20

No te voy a dar plantón, Julieta. 18.20

Vale. Te espero entonces si llego antes. 18.20
Y, si al final te arrepentís y no querés venir, decímelo. 18.20

Vale. 18.20

Tardé justo cuatro minutos andando desde casa hasta el teatro Lara, con las manos en un puño metidas en las mangas de un plumas negro y largo hasta las rodillas. Hacía frío de diciembre y el viento me golpeaba el rostro y me dejaba la piel estirada como un gato asustado. Algunos balcones de Malasaña habían añadido guirnaldas y justo en ese momento pensé en decirle a Carlota que podríamos comprar adornos para el nuestro. Siempre me han gustado esas lucecitas cálidas que no parpadean.

También me dio por meditar (hay que ver para cuánto dieron esos cuatro minutos) en qué pasaría si daba plantón a Julieta. Vamos, gastarle una broma. Me surgió de repente. Cuando me quise dar cuenta estaba sola inmersa en una conversación en mi cabeza como si aquello estuviese sucediendo; y, cuando le estaba diciendo lo siento entre risas, tomé consciencia de la locura de los pensamientos. Porque esto pasa mucho. O, al menos, a mí me pasa, que cuando me percato me he montado una escena de película de más de diez minutos con sus diálogos y todas las variables de los mismos en una realidad que solo existe en mi mollera.

(Que la meditación me salve).

Pues eso, que tardé cuatro minutos y no me hizo falta buscar a Julieta entre el gentío para verla.

Estaba allí, esperándome.

Dicho así parece como de película, pero no. No tenía ningún foco de luz que la hiciese resaltar entre la gente, qué va. La vi porque era alta y punto. Cinco centímetros más que yo, para ser exactos, que me fijé un día en su *composite*. O sea, uno setenta y nueve centímetros más los dos centímetros de las botas Dr. Martens negras que llevaba. Estaba guapa. Guapísima. Con su chaqueta de cuero negra encima de un jersey blanco de cuello vuelto y unos pantalones negros. Me fijé en sus gafas hexagonales, de grosor muy fino y montura metálica dorada. No se las había visto antes.

—No sabía que usabas gafas. —Le sonreí disimulando con aquella apreciación los temblores que me acababan de entrar al verla.

No sé si fue Madrid o la puerta del teatro Lara o qué, pero la notaba diferente. A ver, ella seguía igual. Nos habíamos visto hacía solo dos días y no se había hecho ningún cambio. Lo que quiero decir es que... ¿Por qué sentía mi mirada distinta?

—Las gafas las uso cuando es tan bonito lo que tengo delante de mis ojos que no quiero que se me pase ningún detalle.

Me hizo un repaso con la mirada y mis cachetes se colorearon superando al viento glacial.

—Decía la obra —vaciló.

—Ya sé que estabas de coña —contesté haciéndome la tonta.

—¿Cómo lo sabés? También podría habértelo dicho a vos...

Me cogió de la mano y me arrastró hasta el final de la cola para esperar a que abrieran las puertas de la sala. Sentí una ilusión desmesurada. Necesitaba gritar de nuevo. Necesitaba cantar y gritar con los brazos muy abiertos. Necesitaba montarme a caballito sobre Julieta y que ella corriese campo a través en un atardecer mientras yo arrancaba dientes de león con los pies descalzos.

—¿Me vas a decir ya qué vamos a ver? —pregunté buscando entre los carteles.

—*La llamada.*

—¿*La llamada?* ¿De qué va?

Se acercó a mi oído con seguridad.

—Dejate sorprender, señorita Callado.

Casi me atraganto ante su susurro, pero disimulé riéndome y me recompuse.

—Vale, vale. No insisto.

Abrieron las puertas y nos indicaron los asientos que teníamos. La sala era espectacular. Una arquitectura llena de detalles con luces cálidas en contraste con el rojo de las butacas. Tenía una pintura extraordinaria en el techo que me dejó varios segundos embobadísima. Luego indagué y descubrí que era una alegoría del arte y que fue pintada por José Marcelo Contreras Muñoz. Aunque lo que más me sedujo, sin duda, fue el gran telón rojo. Me imaginé allí de pie, con el telón abriéndose y yo jugando a disfrazarme y a encarnar distintos personajes como cuando era niña. Sí, me vi en aquel escenario contando historias, sumergida en un mar infinito de creatividad, modelando vida de la vida. De repente, sentí mucha envidia. Había valientes que se atrevían y yo no era uno de ellos. Qué chasco. «Quizá algún día fuera capaz de probar», me dije.

—¿Nos hacemos una foto para el recuerdo? —Julieta sacó el móvil y nos apuntó con la cámara.

—No, no. —Me tapé la cara con las manos—. No me gustan las fotos.

—Ja, ja, ja. Boluda, sos la primera modelo que conozco que no le gustan las fotos.

—Porque yo soy una modelo de pegatina.

—¿De pegatina? —Rio—. ¿Qué es eso? A ver. Explicame.

—Pues que lo intento, pero en el fondo soy un desastre. No entiendo de tendencias ni de diseñadores… Y solo tienes que mirarme las uñas o la ropa interior.

«Ay, la ropa interior. ¿Por qué has dicho eso, Lucía?».

—¿Qué le pasa a tu ropa interior? —preguntó con socarronería.

Le di un codazo fuerte y se quejó mientras trataba de aguantar la risa.

—Estoy de broma, boluda. Ya sé que no soy tu tipo.

—¿Y cómo sabes tú cuál es mi tipo?

«Pero ¿qué haces, Lucía?».

—Bueno, no tengo polla, que yo sepa.

Tragué saliva.

—Ya, pero…, bueno, es que yo no… —balbuceé—. Da igual.

—No, ¿qué?

—Es que no sé cómo explicarlo…

«Normal. Si no sé ni lo que me pasa».

—Intentalo, dale —invitó.

—Pues…, a ver, que nunca me he liado con una mujer.

—Vale…

—Pero…

—¿Hay un pero?

—Me estás poniendo nerviosa —dije apartando la mirada.

—¿Yo?

—Sí, tú.

—¿Por qué yo?

—Porque sí —sentencié sin más argumentos.

—Bueno, te ayudo, a ver, ¿te gustan las mujeres?

—No lo sé. De verdad.

«¿Me gustan las mujeres? A ver, Lucía, ¿qué te pasa? ¿Crees que te podrías enamorar de una mujer? Pues no lo sé, la verdad, porque nunca me ha pasado. Pero sé que las mujeres siempre me han parecido igual de atractivas que los hombres. Porque a mí el físico de un hombre así porque sí no me dice nada. Me refiero a que yo veo el cuerpo desnudo de un hombre y no me pongo cachonda perdida como le pasa a Carlota. Y no sé por qué. ¿Por qué no me pasa eso a mí? ¿Tengo algún problema? No lo creo, porque he disfrutado del sexo con hombres y me he enamorado, pero… Entonces ¿qué te pone cachonda, Lucía? ¡Pues no sé! Yo creo que los gestos, la intención, el roce, la persona… Sí, no sé, creo que depende de la persona y de cómo me sienta en ese momento. Hostias. Pues por esa regla de tres, te podrían gustar también las mujeres. ¿Tú crees? No sé. ¿No sabes? ¿Y ahora qué, soy bisexual? Joder… Más incertidumbre a la historia no, Lucía, por favor. Ya, lo siento, ¡pero es que se trata de mi orientación! Tendré que saberlo, ¿no? Saber. Saber. Tanto saber. Siente, Lucía. Cállate de una puñetera vez y siente».

—«La función está a punto de comenzar… Les rogamos…».

—Luego seguimos hablando —susurré.

—Vale. Disfrutá, modelo de pegatina.

El silencio se fue extendiendo por la sala hasta abarcarla por completo y permitir así el comienzo de la obra. Nos metimos en ella de lleno. Bueno, de vez en cuando miraba de reojillo a Julieta, con mucho cuidado para que no me pillara. No quería que pensara que *La llamada* no me estaba gustando. No era para nada así. Pero no podía aguantar la tentación de espiar la línea que delimitaba su labio superior, apenas unos milímetros más pronunciada que la de su labio inferior. Y, en una de esas, Julieta se dio cuenta y apoyó con naturalidad su mano derecha sobre las mías, que estaban colocadas en el hueco que conformaban mis muslos.

Sentí un latigazo. Y, mientras Dios cantaba por Whitney Houston, me descubrí deseando abrir los muslos para ahuyentar todo lo que no podía entender. Pero no lo hice. ¿Te imaginas allí en el teatro? Tremenda escandalera… Aunque tampoco hizo falta, ya te digo. Sus dedos jugaban sobre el dorso de mi muñeca dibujando círculos muy pequeñitos, como cuando se rodea un pezón que uno acaba de chupar con suavidad. O así lo sentí yo. Así que respondí girando mi mano para hacer frente a la suya. Y a partir de ahí nos dejamos llevar en un flujo imantado donde cada movimiento revelaba ganas de más. Las mías de seguir expandiéndome sin contención. Las suyas…, bueno, eso no lo sé. Pero de pronto sentí miedo. Miedo de hacerlo mal. ¿Adónde iba? Si yo no sabía, si nunca había… Separé mi mano y me rasqué el brazo contrario para disimular.

Y ya no pude volver.

31
El rinconcito

Salimos del teatro con una sonrisa.

—Gracias por invitarme, Ju —dije—. Me ha gustado mucho la obra. ¡Me he reído tanto!

—Ya, ¿eh? Menos mal. Porque en realidad no sabía de qué carajo iba...

—Te la jugaste haciéndote la interesante, ¿no?

—Ja, ja, ja. Pero me ha salido bien la jugada. ¡Toma ya!

—Ja, ja, ja.

—Algún día vos y yo haremos una obra. O un corto. Ya verás.

—¡Pero si yo nunca he actuado, Julieta! ¿Qué obra ni qué obra voy a hacer? ¡Yo no sé!

—¡Qué pesada que sos! ¿Y si supieras...? Imaginate que estás en un mundo fantástico y que te aseguran que todo va a salir bien. ¿Lo harías?

—¿Un mundo fantástico?

—¿Lo harías o no?

—Sí... —contesté con la boca chica.

—¡Pues ya está, boluda! —Se atizó el pelo—. Vos vete pensando qué te gustaría contar al mundo.

«¿Contar al mundo? ¿Yo? Lo único que tengo son siempre voces ansiosas en mi cabeza que me narran. ¡Uff, qué tostón!

¿A quién cojones le van a interesar tus neuras, Lucía? Pobre mundo».

—Mi abuela siempre dice que, para saber lo que de verdad quiere tu alma, tenés primero que pensar que podés. Porque a veces hacerlo ya es suficiente. Y no importa si está bien o mal. Ya aprenderás. O no. Pero si lo disfrutás, ya está. Eso también es éxito, dice, hacer lo que te hace sentir bien. Y la verdad es que la veo, con el párkinson que tiene la cabrona, aprendiendo a tocar el piano a sus setenta años... ¡Buah, bolu-da! Se me ponen los pelos de punta cuando la escucho tocar en casa.

Julieta vivía con su padre, su hermana Zoe y su abuela paterna en la calle de la Magdalena. Su madre había fallecido en un accidente de tráfico en Argentina pocos meses antes de que se mudaran a España (de esto hacía más de quince años). Según me había contado, era con su abuela con quien tenía el vínculo más fuerte, mucho más que con su padre. A su hermana la adoraba, aunque notaba que le costaba hablar de ella.

—Es que lo de tu abuela es increíble.

—Mi abuela es la mejor. Te juro que no sé qué haría sin ella. Y a veces la veo tan mayor... —Tornó el gesto a uno más alicaído, pero huyó a toda velocidad de ese sentimiento—. Pero bueno, ahora está bien, muy cansada, dice, pero mejor. Ya pasó la infección esa que tuvo de riñones.

—Es que una infección de riñones te deja lista de papeles. Y lo que te da es justo mucho cansancio. Es normal.

—¡Ah, claro! Que vos sos farmacéutica y entendés de estas cosas.

—No terminé la carrera, Julieta.

—Ya, pero, si yo me pusiera malita..., ¿vos me podrías cuidar con una bata blanca?

—¿Con una bata blanca? —Me reí.

—¿De qué te reís? Soy una paciente espectacular.

Puso cara de niña traviesa y me sorprendí imaginándome el escenario: ella en la cama y yo dándole cucharadas de Baileys como si fuera jarabe para la tos. Yo, claro, con la bata blanca y nada debajo. Pero enseguida me sentí mal porque con la enfermedad no se juega, coño, y porque no entendía a santo de qué estaba fantaseando de aquella manera.

—¿Entramos acá mismo? —preguntó Julieta señalando La Pescadería después de que hubiésemos subido la Corredera Baja de San Pablo como dos cotorras sin prestar atención al trayecto—. A ver si está libre el rinconcito…, aunque suele estar siempre ocupado.

—¡Vale! —exclamé sin tener ni puñetera idea de a qué se refería con eso del rinconcito… ¿Qué más daba? Ya estaba dentro. De cabeza con Julieta hacia lo desconocido (del rinconcito…).

Bien, pues el rinconcito resultó estar libre aquella noche. Y a mí y a mi afán de sosiego nos pareció espectacular. Porque el rinconcito era un espacio íntimo y tranquilo, separado del resto de los comensales por paredes, con dos sofás enfrentados, uno negro y otro rojo, y una mesita baja de madera en el centro.

—Qué chulo —exclamé al entrar—. ¡Me encanta el rinconcito!

Julieta sonrió como quien gana una partida de póquer y se sentó en el sofá rojo. Yo en el negro.

Y fue allí, bajo la iluminación cálida de una decoración industrial, con sabor a vino blanco en los labios, donde descubrí nuevas versiones de Ju que hasta entonces desconocía.

—Nunca soñé con ser modelo —me confesó.

—¿No?

—No, no —aseguró—. Empecé a laburar para pagar mis estudios de fotografía y ya seguí con las dos cosas. Y luego también quería estudiar interpretación.

—Pero ¿eres fotógrafa también?

—Sí.

—Nunca me lo habías dicho…

—Ya, no sé… Llevo un tiempo parada con eso. Me enfadé. Estoy recansada de que las marcas me pidan retocar los cuerpos de las mujeres. Son naturales así, ¿por qué hay que licuarlos? —Dio otro sorbo a la copa de vino y prosiguió activa con su protesta—. Necesitamos un lavado de cabeza de todo lo que nos han metido. Aceptar que las mujeres somos más que eso. Más que nuestras tallas. Más que nuestra celulitis.

—Ya…

Y dije «ya» porque no sabía qué más decir. Las palabras de Julieta resonaban dentro de mí, sembrando dudas por todo mi cuerpo. Pero ¿qué podía hacer yo, Lucía Callado, más que conformarme con una realidad impuesta?

—¿Querés otro? —preguntó sorbiendo lo que le quedaba de vino.

Asentí con la cabeza (teniendo en cuenta las ciento setenta y ocho calorías que supondría aquella decisión), y ella se levantó para pedir. Es curioso, porque seguía sin reconocer ni plantearme que cada vez tenía un problema mayor con la comida.

Si bien es cierto que con Julieta me estaba dando una tregua, era algo que andaba siempre rondando en mi cabeza.

Julieta volvió al rinconcito con una sonrisa, se quitó el jersey blanco y lo dejó a su lado en el sofá. Llevaba una gargantilla de terciopelo negro ajustada al cuello y una camiseta gris de tirantes anchos. Sin sujetador. Tenía unas tetas medianas (pequeñas, si las comparabas con las mías) y pocas veces usaba sostén. Aquel día no llevaba y me resultó atrayente al mismo tiempo que molesto, porque yo también quería ir sin la mierda de un sujetador incómodo. Solo que mis tetas no quedaban tan colocadas como las suyas. Mis tetas pesadas se desparramaban, botaban dolorosas, chocaban contra las costillas y sudaban en verano como dos ubres de vaca por los pliegues inferiores.

Y atrayente porque, bueno, al verlas marcadas me dieron ganas de esparcir ocre rojo sobre ellas y hacer una pintura rupestre (trampantojos de mi subconsciente para disimular mis verdaderas intenciones).

—¿Cómo empezaste a ser modelo, Ju? —le pregunté—. ¿Te presentaste a alguna agencia?

—Me dio la idea el Jose, un amigo que es fotógrafo. Yo necesitaba plata y dije: «Dale». Jose me ayudó a hacer mi primer *book*. Qué risa, boluda. Cualquier cosa hicimos. Imaginate. Los dos empezando sin tener ni puta idea. —Negó con la cabeza—. Pero al final conseguí una agencia. Y empecé a trabajar mucho desde el principio. Y ya de ahí firmé con una agencia en Miami, luego en Nueva York…

—¿Y te fuiste a vivir allí o cómo?

—Sí. En Miami estuve un año. —Miró al techo reflexiva—. La verdad es que tuve experiencias superbonitas allá. La gente que conocí…, todo, boluda. Fue increíble. Lo que pasa es que psicológicamente la moda es una profesión rejodida. No sabés lo que es hasta que te metés. Bueno, vos ya comprendés de lo que hablo. Te tenés que hacer el hueco mientras muchos escupen. Y te podés ir al carajo fácil…, más si estás empezando, ¿entendés? Yo tuve una época fatal. Estuve un año que salía mucho de fiesta y me drogaba… Me engañaba diciéndome que era porque disfrutaba así, pero en realidad me sentía tan vacía… Tuve depresión. Y ahí me ayudó Paolo, que era uno de mis compañeros de piso de cuando estuve en Londres. Mi cubano. Lo amo mucho. A ver si lo conocés, que viene a Madrid pronto. Te va a encantar. Él fue quien me recomendó a mi psicólogo. Y ahora él está estudiando para terapeuta.

—¡Qué bien! Pues ya me avisarás cuando venga y así lo conozco, sí.

—Sí, sí. Pero, bueno, que eso te digo. Que en la moda tenés que aprender a poner tus límites, si no, te comen.

—Pero es que las agencias se aprovechan mucho, tía —me quejé—. ¡Son unas interesadas!

—Bueno, no todas son así, Lucía. Ya sé que a vos os tocó una gilipollas como Rebecca por lo que me has ido contando. Pero, boluda, yo he tratado con *bookers* muy guais y con clientes que son la polla y que te tratan genial. También tenés vos que saber elegir y largarte de donde no te quieren.

—Ya...

«Yo debería irme de Vernet. Y de Record Models. Pero ¿cómo lo hago? Tendría que buscar algo antes...».

—¿Sabes una cosa que me pasa, Ju? Algo que me gustaría aprender.

—¿Qué?

—Que me cuesta mucho ponerme delante de una cámara. Me pongo tensa. Lo paso fatal.

—Pero eso te ayudo yo si querés. Le pedimos al Jose que nos deje su estudio y probamos para que te vayas relajando. Te tenés que encontrar.

—¿Cómo?

—Tenés que escuchar a tu cuerpo por dentro... y no a las vocecitas de tu cabeza, no. Esas fuera. Sentirte. Moverte sin pensar qué está bien o qué está mal, ser vos, y desde ahí crear tu personaje. Acá en la moda, como en el resto de las cosas, todos opinan y te dirán que hagas esto o lo otro. Te van a juzgar. Pero lo que una marca piense no es mejor que lo que vos hacés.

Alzó las dos manos hacia el techo y se dispuso a crear entre ellas una danza libre. Los ojos de Julieta contemplaban atentos cada uno de sus movimientos. Y así estuvo durante un rato inconcebiblemente largo, como si el secreto de la vida se escondiese en el disfrute sin urgencias de aquella corriente intuitiva.

—Yo te vi bailar una vez, LuLu... —recordó con la mirada aún ensimismada—. Bailar sin prejuicios. Bailar de verdad. Y allí no había tensiones. Allí eras magia. Eras vos.

—Bailo fatal, Julieta —gruñí.

—¿¡Por qué!? ¿Quién carajo te dijo eso?

—¡Nadie! Pero no hace falta.

—Te movías libre y gozabas como una niña pequeña sin hacerle daño a nadie. ¿Cómo va a estar eso mal?

—Ya, pero...

—Pero nada —concluyó.

—Bueno, vale, tienes razón. Entonces ¿me podrías ayudar?

—Pues ¡claro! De verdad, Lucía. Contá conmigo para lo que necesites. Si no nos ayudamos entre nosotras... Además, yo de momento estaré por acá.

—¿Así que te quedas en Madrid?

—Sí, creo que sí..., aunque tampoco lo sé seguro. Yo también dudo, ¿viste? No sos la única. —Sonrió—. Aunque me siento orgullosa por haberme atrevido a invitarte hoy...

Nos miramos las dos con cierto reconocimiento y me sentí como cuando iba a la feria de Jerez de pequeña y me ponía delante de un gancho deseando atrapar al peluche. Solo que este gancho funcionaba de verdad, no estaba trucado y encima te devolvía la moneda con simpatía.

Abracé al peluche.

32

A dos milímetros de la comisura

—Ju, ¿te puedo pedir otro consejo? —pregunté.

La verdad es que en el rinconcito era más fácil hacer confidencias de todo tipo.

—¡Claro! Todos los que quieras. Mientras no sean tips sobre cómo hacer una mamada…, que de eso entendés vos más que yo…

—¡Qué idiota eres! —Me reí nerviosa.

—¿Qué necesitás?

—¿Te acuerdas de Matteo Simone? El *booker* que te conté de Visione Models, el que conocí cuando fui a devolver el móvil… —asintió—. Es que estoy pensando en escribirle. Porque, como sabes, no estoy contenta con el trato que me dan mis agencias de ahora. Siento que no me valoran.

—Yo le escribiría, Lucía. Sin duda. Contale y que te diga, y ahí ves qué te propone y decidís. Rebecca Ricci no es la única que verá algo en vos. Las agencias tienen sus intereses. Y sus consejos están condicionados por lo que es mejor para ellos. Pero ¿qué es mejor para vos? Ahí está el tema. Tenés que mirar y apostar por vos. Siempre. Tenés que creer en vos. A mí también me costó al principio, por eso te entiendo y te lo digo. Quitate lo de modelo de pegatina de la cabeza porque sos especial. Sos real. A mí me encanta la ropa, pero la moda debería empezar en la libertad de ser lo que a cada uno le salga del papo ser.

Me quedé alelada. Cómo me gustaba escucharla hablar.

—Gracias. De verdad —dije a punto de llorar.

—¿Te emocionaste?

—Pues sí… —reconocí.

—Me encanta que te emociones.

Sonrió con una ternura reconfortante y a mí se me escaparon dos lagrimitas.

Después pagamos, salimos del restaurante y cogimos la calle Pez en dirección a mi apartamento. Julieta quiso acompañarme y a mí me entró una cosita extraña por el estómago cuando me lo dijo. Y entonces, cuando me quise dar cuenta, ya habíamos llegado a mi portal. ¿Cómo era posible? A ver, es cierto que vivía a escasos metros de La Pescadería, pero aun así se me había hecho excesivamente corto el trayecto. De esto que no te das cuenta y de repente ya estás.

Me puse nerviosa. Tanto que me llevé el cuarto dedo de la mano izquierda sin darme cuenta a la boca y le arranqué un trozo de uña con los dientes. Crac. Hostias. Un trozaco enorme. Qué dolor más terrible. Y encima me había dejado un piquito afilado. No podía quedarse así. Mordí de nuevo. Más dolor. Joder. «Lucía, no te engañes más. Estás así porque Julieta te está acompañando a tu casa. ¿Qué dices de Julieta, loca? Sí. Julieta. Julieta en tu casa. Julieta en tu cama. Julieta desnudándote en tu cama. Julieta subiendo. ¿Y si sube? ¿Qué va a pasar si sube? ¿No quieres que suba? Que no, calla, que estamos aquí hablando de fotografía ética…».

Julieta se acercó un poco más a mí. Estábamos muy cerca. Joder. Cerquísima, vamos. Casi podía sentir su respiración compensando el frío que hacía.

—Gracias por esta noche —murmuró.

—Gracias a ti.

—Mucho mejor que con el Chucky en Milán…

—Ay, Dios, calla, calla, no me lo recuerdes. —Me tapé la boca con la mano.

—Eres la puta hostia, Lucía.

Nos miramos como si estuviésemos encerradas en una burbuja de silencio. Como si, en mitad de una de las calles más atiborradas de Madrid, tan solo estuviésemos nosotras. Lo juro. El resto de seres habían desaparecido para dar espacio a nuevas constelaciones. Rayos gamma. Olor a jazmín. Afrodita bañándose desnuda en las cascadas del nacimiento de un río. Hilos de seda entre sus pliegues carnosos y los míos. Julieta se separó unos centímetros de mí, buscando el control. Pero sin duda no lo encontró porque se acercó de nuevo. Y entonces noté cómo su boca se apoyaba en mi mejilla derecha con extrema delicadeza, a dos milímetros de la comisura de mis labios. Quise continuar. Quise atrapar con mis labios aquella abertura húmeda y pulposa. Sentir esa intimidad sobre mi piel, pero…

—Me voy —musitó.

La miré.

—Me voy —reiteró—. Sí, me voy. Me voy.

Y se marchó, sí, con los ojos encendidos, con una sonrisa que lo ocupaba todo.

Y a mí me dejó en el portal con todo mi cuerpo palpitando de emoción.

33

Los ahora

Después de la despedida de Julieta con ese beso en la comisura de los labios, tenía claro que quería abrirme y sentir con ella. Fue algo que supe de pronto, aunque supongo que esa verdad llevaba un ratito ahí, esperando a que la dejara salir. Es curioso, cuando vives un «a partir de ahora» y miras hacia atrás, hasta lo más insignificante cobra sentido; es como si todo lo anterior se hubiese estado colocando de la forma más precisa para llevarte a ese momento presente. Desechar esta totalidad es como querer separar la marea del mar o como observar la vida con la cabeza metida en una caja de cartón agujereada con un punzón.

Tuve esa misma sensación de mudanza con el hecho de ser modelo. En esa profesión, en la que cada vez me sentía más inmersa, se me presentaba la posibilidad de llamar a Matteo Simone y apostar por mi carrera de otra manera.

Soñaba con viajar, con ganar dinero e invertirlo más adelante en formación o en un proyecto que me apeteciera. Soñaba con conocer a otras personas con distintas maneras de pensar y abrazar la vida. Gente que como Julieta me despertaran otras inquietudes; y me inspiraran y apoyaran e impulsaran para encontrarme a mí misma.

Me di una ducha, me preparé un café con leche de soja y cogí la tarjeta de contacto de Matteo Simone. Sentada en la banquetita de la cocina con el móvil sobre la barra americana esperando que lo usara, pensé en qué debía decirle y cómo hablar con él; si contarle mis experiencias pasadas o mi nueva perspectiva, si demostrar mucho interés por el mundo de la moda, si poner un tono de voz efusivo o mejor reposado… Pero al final me di cuenta de que tenía que dejarme ya de tanto titubeo y tontería. Marqué el número italiano con decisión y esperé mirando el trocito de cielo que me permitía la ventana.

Al sexto pitido, aquel hombre contestó, menos mal. Y qué alivio también que hablara español y pudiera conversar con fluidez durante más de treinta minutos, aunque me sangraran luego en la factura del teléfono, aunque me tocara enfrentarme a Rebecca por haber movido hilos a sus espaldas, aunque tuviera que hacer las maletas y coger un vuelo de diez horas en menos de un mes…

Sí, de diez horas. De verdad, no me creía lo que estaba pasando. Debía de tratarse de una broma pesada. La típica con cámara oculta en la que al final entra un familiar graciosillo con el equipo del programa. Y todos riéndose mientras tú te cagas en sus muelas, porque hay que estar aburrido para joder con bromitas de esas; que algunos participantes, yo los he visto, pobres míos, se llevan el sofocón de su vida.

En fin, que al final lo mío no fue ninguna inocentada. No, no. Matteo acababa de fichar como *booker* en una de las agencias multinacionales más prestigiosas de Nueva York y me propuso firmar con ellos.

Y entonces ahora…

¿Ahora, qué?

Pues tenía que enfrentarme a Rebecca y eso me costó un poquito más. ¿Cómo le diría que había contactado con otro *booker* sin tenerla en cuenta, y que, además, quería mandar a tomar por culo a Vernet y a Record Models e irme a Nueva York porque ya estaba harta de que nadie me valorase? Pero tenía que hacerlo. Quería hacerlo. Así que me presenté en la agencia esa misma semana, antes de que cerraran por Navidad, con un traje de color camel con rayas diplomáticas combinado con unas deportivas blancas (un *outfit* que había copiado de una de las revistas de Carlota).

Al entrar por la puerta, Rebecca me brindó el abrazo más afable de la historia de nuestra no amistad. Disimulé el tembleque como pude y me concentré en no apretar los labios más de la cuenta para que pudiesen salir las palabras que guardaba en mi interior, encerradas como moscas dentro de un coche estrellándose contra los cristales. Rebecca no se olía nada de nada. ¿Qué se iba a oler esa mujer? Lucía Callado no tenía pinta de ser capaz de algo así.

—¿Cómo estás, querida? —me preguntó con simpatía—. ¿Qué tal la vuelta?

—Muy bien —contesté.

—Me alegro. —Me miró de arriba abajo—. Te noto cambiada.

—¿Cambiada? ¿En qué sentido?

—Mejor. Más delgada. Milán te ha sentado bien. Ahora sí que pareces modelo y no una paleta de pueblo. Ja, ja, ja. Y ese conjunto que llevas me encanta. Te queda ideal.

—Gracias. —Sonreí. La Ricci sabía cómo dar puñaladas revestidas de amabilidad y humor.

—Esta semana te propuse para varios trabajos. Estás en opción para una campaña de Wella.

—¿Sí? ¡¡Qué bien!! —disimulé.

—*Good money, babe.* A ver si sale, que ahora está todo muy parado por *Spain.* —Señaló una de las sillas vacía—. Siéntate.

—¿No están Gustavo ni Flavio hoy?

—No. Flavio está en Alemania de reuniones con agencias. Y Gustavo está acompañando a Lisa B., una modelo nueva que tenemos y está haciendo su primera editorial con *Vogue.* La hemos fichado hace dos semanas y ya está con editoriales y la quieren en Londres, París, Nueva York… La chica tiene diecisiete años. Guapísima. Mira. —Me enseñó desde su ordenador las polas que le habían hecho a Lisa B. La chica era delgada, la mitad que yo, morena de piel y con las cejas negras muy anchas.

—Muy guapa —apunté.

—Se la están rifando en todos sitios. La nueva promesa del año. Es posible que abra el desfile de María Escoté.

—¡Guau! —exclamé con cierto dolor. Rebecca había confiado en mí, pero nunca de aquella manera.

«Lucía, venga, encuentra el hueco para decírselo. Es lo que quieres. Lo tienes claro».

—Rebecca… —titubeé—, justo te quería comentar una cosa.

—Cuéntame. ¿Tienes novio?

—¿Cómo? —contesté sin entender.

—Lo veo venir…, ahora estáis en ese punto de buscaros novios ricos y famosos y abandonar vuestras carreras. Pero se te puede acabar el chollo, chica. Así que tienes que ser inteligente. Si quieres que…

—No, no, Rebecca. Que no es eso.

—Pues tú me dirás.

Tragué saliva.

—Conocí a un *booker* en Milán… que justo acaba de empezar a trabajar en Motion Models de Nueva York.

—¿Y qué pasa?

—Pues que le gusté mucho como modelo cuando lo conocí… porque él era *booker* en Visione Models de Milán y…, bueno, pues… estuvimos hablando…

—Vale, Lucía, ¿y? ¿Por qué estás dando tantos rodeos? Me estás poniendo nerviosa. Al grano —arrojó estas palabras con autoritarismo.

—Que me ha ofrecido firmar con Motion Models en Nueva York.

—¿Cómo?

Se quitó las gafas de pasta y las dejó sobre la mesa del escritorio para mirarme y tratar de absorberme al máximo con sus ojos pequeños. Pequeños y redondos como dos canicas. Ojos oscuros que se convertían en mojones de rata cuando se tensaban.

—Que me ha propuesto firmar con M...

—Ya, ya me he enterado, Lucía. Pero eso lo tendré que decidir yo, que para eso soy tu agencia madre.

—Ya... —contesté blanda—. Pero por eso te lo estoy contando, porque me apetecería irme una temporada a Nueva York..., para que te pongas en contacto tú con...

Sí, decidí rebajar el radicalismo de mi propuesta. No me salió de otra manera. Me bloqueé con su respuesta. Y pensé que sería una buena opción no mandar al carajo de golpe a Vernet y a Record Models y hacer creer a Rebecca que seguía moviendo los hilos de mi carrera...

—No es el momento —contestó tajante.

—¿Por qué? Me has dicho que aquí está todo parado... Que para una modelo es imprescindible viajar a las ciudades más representativas para abrirse mercado. Y no quiero volver a Milán con Record. Allí no me ha ido bien, Rebecca.

—Vale. Pero no es el momento.

—¿Por qué?

—¿Cómo te vas a ir a Nueva York si no has trabajado ni en Milán, Lucía?

Sentí que me arrojaba una lanza a la altura del ombligo y que me penetraba hasta salir por la espalda desgarrándome las ilusiones. Me llevé las manos al abdomen para protegerme.

—Me han dicho que en Estados Unidos hay más diversidad de cuerpos... —respondí con un hilo de voz—. En Milán todas eran más delgadas que yo. Y más jóvenes y mucho más altas. ¿No crees que encajaría mejor allí? Varias personas que entienden me han dicho que…

—No insistas. Te estoy diciendo que no.

—Pero ¿por qué?

—Porque no eres nadie, Lucía.

Agaché la cabeza, acongojada. La reacción de Rebecca me empujó otra vez a la alcantarilla. Me sentí débil e impotente, a punto de cerrar la tapa de hierro y sumirme en el conformismo. Pero me acordé en ese momento de las palabras alentadoras de Matteo, de la fe incondicional de Julieta y de los últimos pensamientos motivadores que mi cabecita loca había tenido durante los días anteriores. Me agarré a esa cuerda trenzada con solidez y salí del conducto subterráneo.

Si yo no era nadie…

Entonces ahora…

¿Ahora, quién?

—Rebecca, te estoy diciendo que una de las mejores agencias de Nueva York me quiere. Necesito apostar por ello.

—Lucía, si te vas a Nueva York, estás fuera de Vernet.

La miré sin dar crédito, buscando un atisbo de broma. Su mirada dictatorial me desmontó las sospechas. ¿Estaba hablando en serio? ¿De verdad me iba a echar por querer irme una temporada a Nueva York cuando ella, por ser agencia madre, seguiría llevándose comisión sin hacer nada? Sentí que me asfixiaba. Me levanté de la silla como un robot y balbucí que ya hablaríamos, que tenía cosas que hacer.

Las piernas me pesaban. Tanto que no sé ni cómo llegué a la puerta. Pero la alcancé. Y, al salir, noté que poco a poco volvían a su estado natural y decidí coger el metro y darme un paseo por Madrid Río mientras escuchaba canciones tristes con mis auriculares. Sé que algunos aconsejan una lista de *good vibes* para los momentos difíciles, pero, no sé…, yo soy más de ponerme una melodía bien mohína y pesarosa y regodearme en mi mierda un buen rato.

Así que caminé y caminé sin mapa ni dirección entre árboles y gente de todo tipo: algunos con chaquetones gordos y capuchas de pelito, niños que no paraban de correr, músicos callejeros que llenaban las calles de música. También me topé con varios perros que o ladraban o hacían sus necesidades mientras sus dueños esperaban con su bolsita de plástico correspondiente o la botellita de agua para limpiar la zona… Todos me recordaban a Coco y me hacían sonreír. Y seguí caminando con el cielo gris incierto, a puntito de echarse a llorar y empapar tanto el suelo como mis deportivas blancas. O tal vez de dar un giro inesperado y ofrecerle el testigo al sol. Seguí caminando; avanzando hasta perderme entre mis dudas mientras me cuestionaba la certeza y mi propia existencia. Caminaba, extraviada, hallando la calma precisa en la inevitable incertidumbre de la vida; perdidamente encontrada.

Había empezado a notar que, aunque mi vida parecía un accidente de coches en plena Gran Vía, estaba dando los primeros pasos atrevidos como individua autónoma. Aún no me atrevía a contestar a mis propias preguntas, pero el hecho de preguntármelas me emocionaba.

Y entonces ahora…

¿Ahora, dónde?

Me acordé de Julieta y pensé en las ganas que tenía de escribirle, pero me contuve; debía encontrar una excusa que justificara mi mensaje imprevisto. ¿De verdad la necesitaba? Pues sí. Porque estaba aprendiendo muchas cosas, pero otras me costaban aún un montón, como escribir a Julieta diciéndole que pensaba en ella o que tenía ganas de que me comiera el coño.

«Vale. Pues piensa entonces, Lucía. Piensa algo original que te justifique y que dé pie a una conversación. Algo como… una foto de un árbol. ¿Una foto de un árbol? ¿Qué excusa es esa, por favor? Es malísima. Es un mojón pinchado en un palo. Un mojón como el que Julieta le regaló a su *booker*. Ay, ya; ya, ya lo tengo. ¿Y si busco un mojón de perro y le mando una foto? Pero ¿cómo le vas a enviar un mojón, Lucía? Eso no es gracioso. Es forzar una broma. Y el humor forzado está destinado al fracaso. Ya, es verdad. Jolín. ¿Entonces? Mira, no te vuelvas loca y vete a lo básico: ¿cómo le podrías decir a Julieta que piensas en ella sin decírselo? Mmm… ¿Con una película? Esa es buena. Sí, porque a ella le gusta el cine… ¡Claro! Buah, sí, sí. Esta excusa es perfecta».

Ju

Hoy

Ju, ¿has visto la peli de *Quiéreme si te atreves*? 17.32

No… ¿Debería? 17.48

Deberías. 17.48

Apunto. 17.48

¿Capaz o incapaz? 17.49

¿Cómo?
No entendí. 17.49

Claro, porque tienes que verla para entenderlo. 17.49

Jajajajaja.
Eres buena. 17.49
Ahora sí que me han entrado ganas. 17.49

Jajajaja.
Era lo que quería conseguir. 17.50

Pues yo quería otra cosa… 17.50

Uff. Abrí la boca para que entrara aire. Esos puntos suspensivos…

¿Qué cosa…? 17.50

Te lo cuento mejor la próxima vez que te vea y vos ya lo
pensás. 17.50

¿Y no me das una pista? 17.50

Mmmm… no sé, no sé…
Si lo querés saber, vale, pero antes necesito saber cómo
te sentiste el otro día en tu portal. 17.50

¿Es la contraseña para la pista?
Jajajaja. 17.51

Algo así. Jaja.
Sé que todo esto es nuevo para vos
y no quiero hacer nada que te descuadre. 17.51

Pues me sentí muy cómoda contigo. Aunque, si te
refieres solo al portal…, la palabra no sería
realmente «cómoda». 17.51

¿Y qué palabra sería? 17.51

«Joder. ¿Qué palabra le digo? Lucía, sal del WhatsApp para pensar una buena, que no te vea conectada. Vale. Venga, ahora piensa, coño. Rápido. ¿Qué palabra sería? ¿"Cachonda"? Cachonda no. No me gusta esa palabra. ¿"Ansiosa"? Ansiosa suena mal, a necesidad. A ver, voy a buscar sinónimos en internet de "cachonda": salida, libidinosa, calentorra... De "caliente", fogosa. De "fogosa", ardiente. De "ardiente", encendida. EN-CENDIDA... Sí, me gusta. Encendida como una llama. No, sin llama. Mejor sin llama. Solo encendida. Vale».

Ju

Encendida. 17.55

Mmm..., interesante. ¿Encendida por la farola que no parabas de mirar o porque casi me meto en el portal contigo y te bajo los pantalones? 17.55

ME CAGO EN MI PUÑETERA VIDA.
Y entonces ahora...
¿Ahora, cuándo?

Ju

¿Qué haces en fin de año? 17.56

¿Qué me proponés? 17.56

Vamos a dar una fiestecita de disfraces en casa. ¿Te apetece venir? Con quien quieras. 17.56

Me apetece todo ese plan.
Seguramente se lo diga a mi hermana Zoe.

¿Temática? 17.57

Películas. 17.57

Preparate. Solo te digo eso. 17.57

34
La novia

Carlota y yo nos pasamos toda la tarde del 31 de diciembre lia-
das con los preparativos para la fiesta. Decidí dejar por ahora
atrás los problemas emocionales y las decisiones que debía tomar en el terreno profesional. Ya tenía el *photocall* preparado
y las tarjetas para entregar a los invitados en las que había pintado con acuarela distintas figuras abstractas. Pero todavía nos
faltaba por comprar globos plateados, un 2015 en dorado y otros
complementos como palomitas y estatuillas de los Premios Os-
car para la temática de cine. Ay… ¡qué nervios! Me sentía como
un cañón de confeti en manos de una niña el día de su décimo
cumpleaños. Quedamos en que fuese Carlota la que bajara un
momento a la calle para comprar los últimos detalles y terminar
así con los arreglos.

Yo iba disfrazada del personaje principal de *Kill Bill:* un
mono de licra amarillo con una cremallera delantera, tira negra
en los laterales y catana de plástico. Me gasté setenta pavos en
el disfraz, pero me apetecía. Y lo bueno era que no necesitaba
peluca. Carlota tampoco con su nuevo corte de pelo. Tuvo que
comprarse un maquillaje especial para hacer el efecto de sangre falsa en la nariz; aunque no se puso mucha porque decía
que no podía entrar en el Año Nuevo pareciendo una rata topo
con mosqueta. Las dos íbamos de mujeres de Tarantino, de los

personajes que creó su actriz fetiche, Uma Thurman. ¡Qué emoción!

Sonó el timbre y corrí hasta el telefonillo. Estaba segura de que sería Julieta porque era la única que había afirmado que llegaría antes para ayudar a colocar la comida y lo que hiciese falta. La esperaba impaciente, sin saber aún de qué se había disfrazado. «Es una sorpresa. Te vas a morir —me había dicho—. Está pensado por el asunto que vos y yo tenemos pendiente».

—¿Sí? —pregunté.

—¿Beatrix Kiddo? —contestó una voz falsamente grave.

Me reí. Era ella. Pulsé el botón, me subí con rapidez la cremallera delantera del mono y abrí la puerta. El ascensor sonaba. Estaban subiendo. Subiendo como mis ganas de averiguar de qué estaría disfrazada. Y, cuando la vi salir del ascensor, ¡no me lo podía creer! La cabrona venía disfrazada de Eduardo Manostijeras. ¡¡Con las putas manos de tijeras!!

—Pero ¡mírate qué increíble estás! —gritó con las manos en alto—. Ella es Zoe, mi hermana.

—¡Encantada! —contesté.

Zoe se acercó a darme un abrazo.

—A mí me tenés que perdonar, Lu... —añadió Julieta con un gesto de picardía—. Yo hoy no te puedo abrazar. No te puedo tocar...

Apreté la boca para que no se me notara la risa tonta.

—No te preocupes... —contesté siguiéndole el juego.

El disfraz de Julieta consistía en un vestidito negro elástico con cintas y cinturones, unos guantes largos y unas botas planas pero altas hasta las rodillas. Estaba espectacular. Zoe iba de Lola Bunny de *Space Jam*.

—... aunque me dijiste que ibas a venir antes para ayudarme a preparar la comida, ¿no? —la vacilé—. Pero ahora ¿cómo vas a hacerlo?

—Para eso me traje a Zoe.

—Un timo. Me utiliza… Toda la vida igual —añadió su hermana divertida.

Cerré la puerta una vez que pasaron y Zoe apoyó una bolsa sobre la barra de la cocina.

—Mirá —dijo Zoe mientras sacaba varios táperes—, trajimos una torre de panqueques y huevos rellenos de atuncito, arroz, queso y mayonesa. Y de postre alfajorcitos con dulce de leche.

—Genial.

De modo que la ayudé a colocarlo todo en platos mientras disimulaba el malestar que sentí al ver tanta comida grasienta junta. No podía ni pensar en comer algo de aquello. El pánico a engordar persistía.

—¡Che! —exclamó Zoe mirando a su hermana—. Está muy bien que te metas en tu papel de actriz, pero qué onda, boluda, ¿de verdad no pensás quitarte las tijeritas para ayudarnos? Dale, Julieta, relájate, que todavía no te cogieron para el musical.

—¿Musical? —interrumpí.

—Sí —contestó Julieta—. Hice el casting antes de Navidad.

Qué callado se lo tenía. No me había contado todavía los planes que tenía después de regresar de Milán. Ahora sabía cuáles eran.

— Qué guay, ¿no? ¿Y cuándo te dicen algo?

—No sé. Eso tarda más…, pero ojalá me salga, ¿te imaginás?

—¿Por qué no? ¡Claro que sí! —la animé.

—¿Y vos? ¿Hablaste al final con el pibe ese de la agencia de Milán?

—Sí, sí. Muy fuerte. Te tengo que contar —anuncié.

—¿Qué pasó?

—¡Que quiere que vaya a Nueva York!

—¿A Nueva York cómo, boluda?

—Matteo firmó con Motion Models y me ha propuesto que vaya allí unos meses.

—¡Qué bueno, Lucía! —Julieta abrió los ojos con entusiasmo.

—¡Ya! —grité—. Lo que pasa es que Rebecca dice que, si me voy a Nueva York, me echa de Vernet. Palabras textuales.

—Esa Rebecca es una pelotuda. Ni caso. ¿A vos te apetece ir a Estados Unidos?

—Sí. Sí que me apetece. Aunque tengo que reflexionar sobre esto porque no sé qué hacer… Pero no hoy. No quiero pensar ahora en proyectos profesionales ni en nada de nada. Quiero bailar, cantar, disfrutar…

—¡Es que hoy es día para eso! —bramó—. Venga, te dejo que me abraces, que la ocasión lo merece… —Abrió los brazos—. No, pará, pará. Sos vos la que me tenés que decir: «Abrazame, Edward». Como la Winona. ¿Sabés?

—Sí, pero yo soy Beatrix Kiddo, no Winona —vacilé.

—Yaaa. Pero ¡un segundo solo! Metete en el papel y hacemos la escena, dale, que me recontrarremil apetece —insistió—. Poné la música con el móvil, Zoe.

—Hacelo, Lucía, por favor —me suplicó Zoe—. Que si no esta pelotuda no va a parar…

Salí de la barra de la cocina y me puse enfrente de Julieta, a una distancia de unos veinte centímetros. Mi corazón era una banda de cornetas y tambores detrás de la Cofradía del Niño Jesús y de la Hermandad de Nazarenos del Santísimo Cristo de la Buena Muerte, con gitanos de Santiago cantando saetas en la calle Ancha de Jerez durante la Madrugá de Semana Santa. La Buena Muerte era la que me estaba esperando a mí para recogerme. Me preparé para ella.

—Abrázame —susurré.

Julieta se fue acercando a mí muy despacio hasta detenerse a escasos centímetros, sin apartar su mirada de la mía ni un segundo.

—No puedo... —contestó con desconsuelo.

Se retiró unos pasos hacia su derecha y miró por la ventana, melancólica. Ahora me tocaba a mí acercarme y abrazarla. Así que avancé, nos miramos y la envolví con mis brazos dejando caer mi cabeza sobre sus pechos.

—Pero ¡¿qué mierda hacéis!? —gritó Carlota riéndose desde la puerta.

35
2015, ¿me ayudas?

Carlota y Julieta congeniaron de forma increíble desde el primer momento. La verdad es que fue guay verlas a las dos reír y presenciar cómo Julieta saciaba el ansia de Carlota por conocer los trucos secretos de las modelos. Un rato más tarde comenzaron a llegar los invitados: un Capitán América, una Lilo con su peluchito Stitch, una Sandy con su pareja Danny de *Grease*, un Jack Sparrow, un grupo de cuatro chicas de rosa imitando a las de *Chicas malas*..., hasta entró uno vestido de caja de cartón de palomitas.

Yo solo conocía a la que iba de Regina de *Chicas malas* porque había estado en casa alguna vez. No obstante, todos los personajes que se presentaron en la fiesta se transformaron poco a poco en una masa gozosa que hablaba, comía, reía, se hacía fotos en el *photocall* y bailaba con música de películas. A Zoe le gustó el Jack Sparrow (me lo cuchicheó Julieta); ambos estaban inmersos en una larga conversación, pero con las manos no dejaban de tocarse mutuamente, insistiendo sobre todo en los brazos y los hombros.

Mientras, Carlota contaba anécdotas de su vida y nos hacía reír hasta llorar como si aquello fuese la Chocita del Loro de Madrid. Estaba cumpliendo su promesa de pasarlo bien y cuidarse a sí misma. El tal Guillermo ni estaba ni se le esperaba, había decidido pasar el fin de año con su familia; y fue agradable ver a mi amiga disfrutar y no pasar la noche obsesionada y frustrada por un hombre. Julieta y yo estábamos de pie, pegadas a la barra de la cocina. Un rato más tarde, Carlota subió dos puntos el volumen de la música y yo apagué una de las luces del techo para hacer nuestra casa más acogedora.

—Necesito ayuda. ¿Podés? —me susurró de pronto Julieta al oído, con suavidad.

—¿Qué te pasa? —contesté.

—Pues… verás… que tengo mucha mucha hambre y no puedo comer con estas manos… —Sonrió socarrona—. ¿Me cogés un tomatito relleno y me lo metés en la boca, por favor?

—Eres idiota… —Me reí.

Me reí, pero bien que fui a coger el tomatito y se lo metí en la boca. Una, dos, tres y todas las veces que me lo pedía, con la excusa de que la pobre no podía comer con las tijeras. Pero las dos sabíamos, y muy bien, de qué iba esto. Y en una de esas, sin esperármelo, con una aceitunita rellena de anchoas que me había pedido, avanzó sutilmente su cabeza hacia adelante y retuvo mis dedos en su boca. Tres de mis dedos metidos en ese orificio cálido. Su lengua acariciaba y empapaba las yemas. Casi me da un telele allí en medio. Bueno, creo que algo me dio, porque Carlota se dio cuenta; me estaba mirando como si intuyese algo, pero no lo entendiera del todo. Porque, claro, a Carlota no le había contado nada. Continuaba con la política de no hablarle a mi mejor amiga de todo lo que me estaba pasando en ese periodo convulso. Pero es que, aunque suene a excusa, yo aún estaba tratando de comprender lo que sentía.

Pues eso, que me puse un poco tensa y refrené las ganas que me habían entrado de seguir metiendo, uno a uno, todos los dedos de mis manos en la boca de Julieta. Me terminé la segunda copa de vino y fui a la cocina a preparar las uvas para los invitados en los vasitos de cartón que había traído Julieta. De cartón, porque decía que así se evitaba el uso de plástico. Ella siempre reciclaba todo muy bien; hasta doblaba el papel en vez de arrugarlo para que ocupara menos espacio. Yo jamás había visto hacer eso y admiraba su educación ambiental. Quería contagiarme. Y, desde que me había dado una de esas charlas intensas sobre conciencia y compromiso con el medio ambiente, estuve intentándolo. Pero aún no conseguía hacerlo tan bien. Tengo que reconocer que a veces me escaqueaba.

Pasaron cinco minutos, y luego diez, y después quince…, y a las once y cincuenta ya estaba la masa gozosa delante del televisor, todos más o menos calladitos y expectantes. Yo siempre había pasado la Navidad y el Fin de Año con mis padres, la familia de mi padre y mis tres primos pequeños. Tenía muy buenos recuerdos, pero acabar el año por primera vez entre personas de mi quinta me resultaba fresco y excitante.

Comenzaron a sonar los cuartos. Todos estábamos preparados como atletas antes de una carrera de velocidad. ¡Las campanadas, las campanadas! ¡Ay, qué emoción! Una uva, dos, tres… Doce y… ¡¡Feliz Año Nuevooo!!

Aplausos. Abrazos. Felicitaciones. Carlota con una botella de champán. Tres chillidos agudos. Un tapón que se estampa contra el techo y rebota en la cabeza del que iba de palomitas. Carcajadas. Música de nuevo. Más fuerte que antes. Bailes desatados. Luces apagadas. Una bola de colores de esas de discoteca. Julieta y Lola Bunny perreando. Carlota pasándome el brazo por encima. Carlota con Lilo y Stitch. Yo con Lilo y Stitch. Regina George con Lola Bunny. Yo con Regina George. Carlota con Julieta y el Capitán América. Yo con Lola Bunny. Julieta con Regina George. Yo con Carlota. Lola Bunny con Jack Sparrow. Yo con Julieta. Yo con Julieta. Yo con Julieta. Yo con Julieta.

—Creo que necesito ayuda de nuevo —me dijo enseñándome las tijeras de gomaespuma—. Pero solo si te apetece y vos querés.

«¿Qué si quiero? No sé qué mierda te vas a inventar ahora, Eduardito Manostijeras, pero sí a todo. ¿¡Lucía!? Sí, Lucía al habla. Lucía quiere decir sí. Y dice sí».

—Estoy dispuesta para ayudarte. ¿Qué necesitas?

—Necesito que en tres minutos andes al baño —murmuró.

Casi me atraganto.

—Cinco golpecitos en la puerta, Beatrix —indicó—. Cinco.

Se dio la vuelta y salió por la puerta del salón sin mirar atrás. En ese momento me sentí como en una película, una de esas con sus necesarias pautas y directrices, pero de las que dejan a veces espacio para la improvisación. Comprobé la hora en el móvil: 1.21 a. m. Y otra vez: 1.22 a. m. Y una más: 1.24 a. m.

Grabando…

¡Acción!

No sé si fue el ambiente, el vino, el 2015 o el disfraz de *Kill Bill*, pero no dudé ni un segundo en dirigirme hacia el baño y golpear la puerta cerrada. Cinco toques muy suaves.

La puerta se abrió y ahí estaba Julieta, libre de los guantes negros y las cuchillas de las tijeras. Entré, cerré el pestillo y me quedé con la espalda apoyada contra la puerta blanca de madera. Nos miramos. Tres segundos de reconocimiento, paralizadas por una tensión dolorosa y placentera al mismo tiempo. Hasta que estalló una estrella que dejó escapar todas las capas externas, las nuestras, porque ya no podíamos aguantarnos más las ganas.

—No quiero que hagas nada que no te apetezca —musitó con voz melosa después de sujetarme por las muñecas y empotrarme un poco más contra la pared—. No me tenés que complacer, Lucía, por favor. ¿Vale? Fluye y siente.

Asentí. Aquellas palabras eliminaron esa presión que aún sentía anclada en mi cuerpo ignorante.

«Fluye. Disfruta. Siente. ¿Qué sientes, Lucía?».

Me acerqué a sus labios húmedos y me lancé a por ellos como la que se lanza al mar. Sabía a vino y a piruleta. Sabía a todo lo bueno que ofrecía la vida y que no me permitía. Julieta agarró la cremallera de mi disfraz y, tal y como lo había imaginado unas horas antes, comenzó a bajarla con lentitud poniendo sus treinta y tres sentidos en ese acto.

—Llevo toda la noche deseando hacer esto… —me dijo seria—. Bajarte esta cremallera.

—Y yo deseando que lo hagas. Bájala hasta donde quieras —contesté.

Y tiró con fuerza de ella hacia abajo, hasta que asomaron mis pechos por la rendija.

—¡Jodeeer! ¡Lucía! —Se mordió el labio y deslizó su dedo índice por mi esternón. El suelo tembló, las paredes se fundieron y me sentí segura—. ¿Dónde está tu habitación? Que vamos a estar más cómodas…

Asentí. Me pareció buena idea. No quería que nadie pudiera interrumpirnos aquel instante.

—Pero una cosa —advirtió con picardía.

—¿Qué?

—No podés subirte la cremallera durante el trayecto.

—¿Y si me ven?

—Pues te pegas bien a mí por detrás. O te inventás algo. Una rotura, por ejemplo… ¿Capaz o incapaz?

Abrí los ojos, asombrada.

—¿¡Viste la peli!?

—La vi ayer —aseguró levantando las cejas—. Así que dale. No habérmela recomendado.

—Eres tremenda…

—Te encanta que lo sea.

Sonreí. La verdad es que sí.

Por suerte nadie nos vio atravesar el pasillo. Al llegar a la habitación, Julieta se quitó antes que nada la peluca y también las botas. Después me empujó por los hombros hasta sentarme en la cama y me fue quitando el mono elástico dándome lengüetazos por todo el cuerpo. Desaté la correa que llevaba ella en la cintura a modo de cinturón y la dejé en el suelo. Necesitaba meter las manos por debajo de ese vestidito negro con vuelo. Quitarle las braguitas y tocarle con mis manos los muslos y el culo; tocar todas y cada una de las partes del cuerpo y volar dentro. Sin embargo, preferí que fuese ella, de momento, la guionista de esa secuencia.

Julieta empezó a bajarme con delicadeza el tanga. Sentí cómo la tela iba acariciando cada centímetro de mis piernas hasta los tobillos. Arqueé la espalda y ella tiró de mí desde la cadera hasta dejarme en el borde de la cama. Me separó las piernas y acarició la parte interna de los muslos. Diosss. Estaba chorreando. Me notaba palpitar con un tremendo vigor. No aguantaba más. Necesitaba notar su piel mezclándose con mi lluvia. Y, como si me hubiera leído la mente, fue introduciendo dos dedos por ahí abajo hasta el fondo y empujó hacia delante. Una vez y otra. Primero suave. Luego más fuerte. Y después suave de nuevo. Los sacó empapados y rozó mi clítoris. Ahí ya me fui. Lo juro. Me fui. Me subí a un cohete que salió disparado.

Trance.

Julieta se quitó el vestido y la ropa interior, me tumbó en la cama y se dejó caer sobre mí restregándose como una gata; sus tetas desnudas rozando las mías tenían un lenguaje único. Su cabeza entre mis piernas, el mejor de todos los universos.

Fue curioso, porque durante unos segundos me resultó extraño verla allí abajo. Me refiero a ver una larga y ondulada melena de mujer agitándome. Pero lo sentía tan natural, íntimo y placentero al mismo tiempo que todo me conducía a seguir. Era como si siempre hubiese sido así, como si aquella no fuera la primera vez, aun sabiendo que lo era, claro. Le agarré la cabeza y la empujé contra mí.

—Empújame más —me dijo.

Y la apretujé más y sin contención durante unos segundos mientras ella lamía y lamía sin parar. Me sentí la reina. La reina junto a otra reina. Aflojé, alzó unos centímetros la cabeza y me contempló salvaje con sus ojos grandes e incendiados entre la luz tenue. Qué guapa estaba. Éramos animalitos libres en la sabana rompiendo con amor unas verjas cerradas y puestas a la fuerza. Toqué su boca con mi mano derecha y la cerré hasta dibujar un infinito.

III
La voz alzada

36
Mensajes de Año Nuevo I

Si te digo que no me sentí extraña al abrir los ojos a la mañana siguiente, es posible que no me creas. Pero fue así. Ver a una mujer desnuda a mi lado y acariciar su pecho me resultó lo más natural del mundo. Yo misma me sorprendí. Si me esforzaba en entender por qué o lo que suponía para mi identidad el hecho de que me gustara una mujer por primera vez a los veintidós no. Pero estoy hablando de sentir. La verdad es que fue un alivio no escuchar a mi cabeza durante varias horas.

—Buenos días —susurré al ver que despertaba.

—Buenos días, linda.

Se frotó los ojos y me dio un beso en el hombro.

—Voy al baño, ¿vale?

—No.

—¿No me dejas?

—No te dejo. —Se tumbó sobre mí y me aplastó, divertida, dándome besos por el cuello.

—¡Para, Julieta! ¡Que me hago pipííí! —Me reí.

Recuerdo el peso de Julieta sobre mi cuerpo, el roce de nuestras pieles. Recuerdo el sonido de mi risa y la luz que entraba por la ventana, por el lado izquierdo. En ese mismo instante supe que, si aquello no continuaba, recordaría esa escena toda la vida.

Se me quitaron las ganas de ir al baño. Le acaricié la espalda. Subí hacia los hombros y volví a bajar. Apoyé mis manos en su culo. Qué libre me sentía.

—¿Tú no querías ir al baño? —bromeó.

—Síí, pero mira cómo me tienes: atrapada.

—Yo te veo en la gloria...

—La verdad es que sí.

Nos reímos.

—Bueeeno, te dejo ir. Pero no tardes.

—No tardo.

—Y tráeme un poco de agua, porfi.

Me puse unas bragas y una camiseta, fui rápido al baño y volví con dos vasos de agua.

—Creo que esta noche he tenido un sueño revelador —dije.

—¿Ah, sí?

—Sí. Voy a mandar a tomar por culo a Rebecca y me voy a ir a Nueva York.

—¿¡En serio!? ¡¡Bieeen!! —Pataleó sobre la cama como una niña—. Boluda, lo llego a saber y te como antes.

Solté una carcajada.

—Sí, lo estoy viendo claro. Rebecca no me hace sentir bien. Se acabó. No quiero seguir mendigando.

—Enhorabuena, Lucía, de verdad. Estoy tan orgullosa de ti.

No sabía cuánto necesitaba oír aquellas palabras hasta que Julieta las dijo.

—Sé que te voy a echar de menos si me voy, pero...

—No, no, no. ¡Pará! ¿De verdad te vas a excusar por mirar por ti?

—Eeh...

—Lucía, este es tu momento. Me gusta verte así y saber que te atreves a arriesgar. Yo también tengo acá mis proyectos.

—Ya…, pero te voy a echar de menos.

—Buscaremos la forma. Y todo fluirá como tenga que fluir. Forzar o prohibirse por miedo a… no trae nada bueno.

—Lo sé. No quiero limitarme justo ahora que empiezo a sentirme con confianza.

—¡Que no te excuses! Que te vas porque te da la gana, y punto. A mí no me debés nada, Lucía.

—Bueno, una comida de…

—Ja, ja, ja. Bueno, eso sí… que ayer no te dejé…

—No me dejaste. ¿Por qué?

—Me gusta más dar.

—Ya, pero… se puede dar y recibir.

—Tenés razón… Y me lo estoy trabajando; no sentirme incómoda cuando solo recibo y no doy.

—Tú ya me das sin hacer nada. No necesito que me hagas favores ni me des consejos. Que quieras pasar tiempo conmigo es lo más bonito que me puedes dar.

—Me has hecho llorar… —dijo limpiándose dos lagrimitas que le caían del ojo derecho.

Y así celebramos el comienzo del año, metidas en la cama, entre caricias, risas y palabras. Me hubiese quedado allí una eternidad.

Fue liberador comprobar que las dos estábamos en la misma ruta: fluir, sentir y ver cómo nos sentíamos sin compromisos. Tan solo comunicación y sinceridad.

Julieta me preguntó cómo me sentía con respecto a lo que había pasado y le conté la verdad: que no me resultaba raro ni chocante, y que, aunque no entendía por qué me había pasado esto con ella, no sentía que tuviera que etiquetar mi orientación sexual. Ella me contó que había leído en un libro que a veces las etiquetas nos ayudaban a ordenar nuestro sistema de ideas y que eran convenientes para que la mente entendiese de qué iba cada cosa, pero que sentir debía de estar siempre por encima de cualquier clasificación. En resumen, que no era necesario etiquetarme de bisexual.

Zoe fue otro de los temas de conversación. Cada vez notaba que se sinceraba más conmigo y me gustaba. Me contó con aflicción en la voz que lo había pasado muy mal por su hermana. Al parecer, tuvo anorexia y bulimia durante cinco años y hacía poco más de un año que lo había superado. Pero, aun así, y a pesar de haberle pagado una terapia durante dos años, se sentía culpable por no haberse dado cuenta antes, por haberle hecho fotos y haber cedido incluso a retocarlas cuando su hermana se veía gorda. Además de la culpa, vi que aún le acompañaba cierto temor, pues casi había perdido a su hermana. Yo no pude sino sentir un pinchazo fuerte con esa confesión. A pesar de que seguía en la fase de negación, sus palabras y conocer la experiencia de Zoe me tocó muy profundo. Más de lo que en ese momento creí. Pero a veces las cosas… bueno, no son tan sencillas y tardan en salir a la luz.

Unas horas más tarde, nos metimos juntas en la ducha y nos enjabonamos lentamente, con sonrisas tontas. Ahí sí que se dejó. Apoyó las manos contra la pared y se entregó a mí de espaldas. Su pelo largo era una cascada de mechones ondulados. Froté sus hombros, su cintura y su pecho con esmero. Después me puse en cuclillas y restregué más jabón por sus piernas, pero entonces me entró en los ojos, y me empezaron a escocer muchísimo. Traté de aguantar y limpiarme con la muñeca, pero fue peor.

—¡Ayuda! —grité.

—¿Qué pasa?

—¡Que me ha entrado mucho jabón en los ojos!

Julieta empezó a reírse muchísimo. Yo no podía ver nada.

—Joder —me quejé—, con lo bien que me estaba quedando la limpieza.

—A ver, que te ayudo.

Me cogió de la barbilla y me limpió con suavidad la frente, que seguro tendría pegotones de champú.

—Gracias. Ahora, sí, ya puedo seguir.

Y volví a hundir mis manos en sus piernas.

—Nunca me había resultado tan divertido esto de limpiar —dije—. Creo que se ha convertido en mi nuevo hobby.

Cuando terminamos, le presté ropa a Julieta y nos pusimos a recoger la cocina y el salón. Madre mía. Los estragos de una fiesta en casa son siempre terribles. Pensé en Carlota. Tenía que contarle lo que había pasado. Ahora sí que sí. Pero no estaba por allí. O igual estaba aún dormida, aunque eran ya las dos de la tarde… Vete tú a saber.

Picamos un poco de las sobras del día anterior y nos fuimos a dar un paseo por El Retiro. La Puerta de la Independencia estaba a reventar.

—¡Qué de gente! —protesté. Y en ese mismo instante me di cuenta de que me estaba quejando sin motivo alguno, porque en realidad no me importaba en absoluto que el parque estuviera abarrotado.

—Ahora giramos por allá y buscamos, si querés, un caminito más tranquilo.

—No, no, da igual. Si me he quejado por costumbre.

Julieta se echó a reír a carcajadas y me puso el brazo sobre los hombros. Su peso me hacía sentir más ligera.

—Cuéntame lo del casting, Ju. —le dije—. ¿Qué musical es?

—El de *Cabaret*.

—¡¿En serio!? —Abrí la boca como un personaje de dibujos animados—. Joder, qué guayyy. ¡El de Cabaret me encantaaa! Con la canción de «Maybe This Time», que es una de mis favoritas.

—¡Yaa! Ay, me pongo supernerviosa si lo pienso. ¿Te imaginás que me cogen?

—Ojalá. Te lo mereces. Y, si no sale, te saldrá otra cosa. Estoy segura.

—Pues aplicate también esa confianza.

—Bueno, sí, pero...

—Pero nada.

—Vale, pero ahora estamos hablando de ti. Así que calla y cántame.

—¿Que te cante? —Julieta me miró con los ojos muy abiertos.

—Claro. Tendrás que practicar, ¿no? —vacilé.

—Ya sabés que yo no me corto, Lucía. Vos igual sos la que te aver...

—¿Capaz o incapaz?

Y allí se puso a cantar en mitad de El Retiro, con los brazos abiertos, acogiendo todas las miradas sin vergüenza ninguna. ¡Qué ser esta Julieta! Qué poco le importaba lo que pensaban los demás. Y yo que me avergonzaba hasta de mis pensamientos.

Aunque ella también tenía sus limitaciones, como hablar de Zoe o de su abuela. Después del fallecimiento de su madre, la acompañaba un pánico terrible a la pérdida. Además, por cosas que me había contado, era evidente que había asumido un papel de protectora en la familia que no le correspondía, la exigencia de tener que estar siempre disponible para ellos y cuidarlos. Pero ¿quién la cuidaba a ella? Es cierto que había aprendido a hacerlo muy bien sola (como todos deberíamos hacer), pero yo hablo de dejarse mimar o ayudar de vez en cuando. Julieta no se lo permitía nunca. Se sentía incómoda, como en deuda con los demás si no daba.

Aplaudí cuando terminó de cantar. En sus ojos había un brillo brutal.

—Julieta... Te van a dar el papel.

—¿Vos creés?

—Fijo. Y si no es que son idiotas y no saben lo que se pierden.

Nos reímos, y después nos liamos a besos allí en medio, abrazadas, mientras la gente pasaba, mientras los árboles nos abrazaban a nosotras también, mientras gran parte del mundo hacía listas con los nuevos propósitos del año.

Yo no sabía qué propósitos iba a lograr aquel 2015, pero estaba segura de que nada me detendría.

37
Mensajes de Año Nuevo II

De: Lucía Callado Prieto <lucia.callado.prieto.22@gmail.com>
Para: Rebecca Ricci <rebecca.ricci@vernet.com>
Fecha: 9 de enero de 2015, 10.02

Hola, Rebecca:

Antes que nada, quiero darte las gracias. Que no te confunda esta carta ni sus verdades directas porque, por encima de todo, es una carta de agradecimiento. Una carta escrita sin resentimiento por lo que espero que tú también agradezcas la sinceridad de estas palabras.

Gracias.

Gracias por aquella noche en Malasaña en la que te acercaste a mí y me propusiste trabajar en Vernet. Por abrirme una puerta en un momento en el que solo veía paredes. Por descubrirme y conseguir que descubriese en mí una belleza oculta, salvaje, poderosa. Gracias por este camino en el que también he podido darme cuenta de que no soy un terreno del que adueñarse.

Yo desconocía cómo funcionaba el mundo de la moda. No tenía a nadie cerca que tuviera una mínima relación con la industria ni a referentes que pudieran darme consejos y me ayudaran, lo que me llevó a no saber poner límites y a conformarme con las migajas de un trato que ahora sé que fue desatento y desprovisto de empatía...

Hace apenas seis meses que empecé en Vernet, pero han sido suficientes para darme cuenta de que merezco más respeto. No quiero que me pongan sobre unos tacones bonitos para luego colgarme de los tobillos a ver qué cae. Quiero más cuidado, y supongo que para eso me tengo que cuidar yo primero.

Entiendo y acepto que tú tengas tus intereses. No te puedo pedir que veas en mí lo que no ves, pero no te enfades si se me cae la venda. Ojalá hubieses sido esa mano que yo necesitaba. Ojalá hubiese recibido un poco de tu verdad. Pero no lo fuiste y tampoco supe verlo hasta este momento.

Así que elijo.

Porque yo también puedo elegir.

Y elijo confiar un poquito más en mí porque es lo único que tengo. Y elijo dejar la frustración y la queja e irme de aquellos lugares donde no me quieren. Y elijo darme una oportunidad aunque me equivoque, pero al menos el error será por una buena causa.

Sé lo que piensas: que me estoy equivocando, que no sé de lo que hablo, que no voy a trabajar en Nueva York sin *book*... Pero ¿sabes qué? Que una amiga me dijo el otro día una cosa: «Cuando te apetezca hacer algo, y lo peor que te puede pasar es tener que volver, hazlo. Hazlo, siempre». Es a eso a lo que me voy a agarrar.

Porque estoy cansada de vivir desde el miedo y anularme. Cansada de que las personas me invaliden y de sentirme menos que ellas. Cansada de poner siempre buena cara y no decir lo que pienso de verdad.

Soy una persona con sentimientos que importan.

Y ¿sabes qué siento?

Que me tratas como si me hicieras un favor y creo que hay mejores formas de sacar provecho en un trabajo; ser equipo. Tú y yo nunca fuimos un equipo. Fuimos un yo por y para ti.

Es por eso por lo que tomo la decisión de dejar Vernet e irme a Nueva York.

Espero que lo entiendas y de nuevo gracias por todo lo bueno que me has aportado.

Un beso.

Cuídate,

Lucía

38
Progreso con fracturas

Aceleré en las últimas zancadas, siempre resistente, como quien exprime media naranja con una mano e insiste en sacarle todo el jugo hasta dejarla seca y desprovista de líquidos que solo sirven para engrosar la figura.

Aquella mañana, como acostumbraba desde mi llegada a Nueva York treinta y tres días atrás, salí a correr por McCarren Park, uno de los lugares más populosos de Brooklyn. No acudía a este parque por su afluencia, sino porque tenía unas pistas de atletismo que me recordaban a las del Estadio de Chapín en Jerez.

En ellas competía cuando era pequeña con los niños de otros colegios. Y estas eran similares, con sus ocho carriles separados por rayas blancas. Olían a goma quemada y a sudor. Olían a ganas, a un número fortuito enganchado con alfileres en la camiseta, a mis papis animándome orgullosos desde las gradas, a los abrazos de mis compañeras cuando ganábamos, a juego y a esperanza, a todos los desafíos superados y a los que quedaban por superar.

Cuando terminé la carrera, me dirigí caminando hacia mi nuevo apartamento: un estudio situado en Kent Avenue, entre la 3rd St. y la Metropolitan Avenue, al norte de Williamsburg, un barrio de Brooklyn que antes no molaba pero ahora sí, al parecer, porque estaba lleno de jóvenes emprendedores y comercios modernos, zumos detox, *brunchs* de huevos benedictinos en cafeterías amables, tiendecitas *vintage* y vistas increíbles hacia el distrito de Manhattan, con el que comunicaba directamente a través de las líneas de metro M o J. En ocho minutos, una parada. Increíble.

Subí las escaleras hasta la segunda planta, entré, me deshice de los leggins y del incómodo sujetador deportivo y me tumbé en la cama. Mi habitación estaba en el mismo salón junto a la cocina y al recibidor (lo que viene siendo un estudio, vaya). Un cubículo luminoso y acogedor con una de las paredes de ladrillo marrón y repleto de plantas. Estas últimas las regaba siguiendo unas indicaciones escritas en una hoja plastificada que había dejado la propietaria.

La verdad es que nunca había tenido que cuidar de ningún organismo vivo (en Jerez, ya lo hacía la doña perfecta Marga, antes de tiempo y mejor que nadie), y no sé por qué, pero le cogí el gustillo a esa labor, como si poder cuidar de otros me enseñara que también podía hacerlo conmigo misma. Tiene sentido si consideramos que venimos de una generación en la que nos educaron con frases como: «Búscate un marido que te proteja, que sola no puedes».

Manda narices.

Lo único que no me gustaba del nuevo apartamento era que no tenía un espejo de cuerpo entero donde poder analizarme y asegurarme de que todo seguía en orden. Algo que no me había pasado en las otras casas donde había vivido hasta ahora. Tan solo había uno pequeño colgado en la pared del salón donde me veía de ombligo para arriba. De forma que cada día tenía que arrastrar el sofá hacia atrás, subirme en él y desde allí observarme de cuello a rodillas. Vamos, un coñazo. Pero, bueno, como ahora iba al gimnasio tres veces por semana, sí podía controlarme y pesarme en la báscula gratuita. La verdad es que todavía no había encontrado tiempo para comprar un espejo más grande (o quizá en mi subconsciente no quería hacerlo).

Por lo demás, la sensación de vivir sola por primera vez era maravillosa: podía pasearme desnuda sin otras miradas cotejando mi cuerpo o comparándose con él, tirarme pedos a mis anchas, sacarme los mocos, leer cuando tenía insomnio, bailar con música a toda leche, no fingir y ocultar mis continuos cambios emocionales… Sí, mis cambios de mujer inestable, de niñata complicada y desequilibrada que se despertaba sonriendo y se acostaba llorando según le pegaba el viento sin más motivos que el de ser demasiado dramática y sensible para vivir en este mundo. Eso pensaban muchos, pero a mí me daba igual. Bueno, miento. Sí que me importaba ser una montaña rusa. Solo que ya estaba acostumbrada a esta cadencia asimétrica, aunque no me gustase, y vivir sola me quitaba presión. Era como que podía darles más espacio a mis vaivenes.

De modo que allí estaba la desequilibrada de Lucía manejando su libre albedrío por la ciudad de Nueva York, revelando cada uno de sus instintos, explorando su extensión, tomando la iniciativa…

De verdad, si alguien me hubiese dicho dos meses atrás, antes de Navidad, que yo iba a estar en aquel lugar, así de bien, con un anuncio de Clinique en mi historial de curro, un anuncio por el que me habían pagado la gran cantidad de tres mil euros por un día, me hubiese reído en su cara. Hubiese soltado tales carcajadas con salivazos desmedidos en su oreja que le habría cerrado el pico y también le habría hecho dudar. Sí, le habría hecho dudar de que es posible conseguir los sueños.

Nueva York me mostró algunos aspectos sobre mí misma que desconocía, como mi capacidad para resolver incidentes, desenvolverme en un continente desconocido y el gusto por viajar en silencio. Aquel mes escribí más que nunca. Tuve que comprar otra libretita porque la completé. Y lo mejor de todo fue que la encontré en la primera tienda que entré. Impresionante. De verdad. Estaba para mí: allí apoyada en la vitrina, con una ilustración de Frida Kahlo en la portada.

Sonó mi móvil y alcancé la riñonera de un puf negro que había a los pies de la cama. Era Matteo.

—*Good morning*, Lucía!

—*Good morning*, Matteo!

—¿Qué tal ha ido el finde? ¿Fuiste a ver el musical de *Aladdin?*

—¡Síí, sííí! Al final decidí ir a verlo sola. Es que tenía tantas ganas que no me pude aguantar. Y me encantó. Disfruté como una niña pequeña.

—*Oh! Nice!* Está bien tener citas con uno mismo —apuntó con afecto—. Esta semana Motion va a organizar una fiesta, *so you can meet people there.* Hay dos chicos españoles majísimos.

—¡Genial! ¿Qué día?

Dios. De repente sentí unas ganas tremendas de ir a esa fiesta. De hacer amigos con los que poder disfrutar más de la ciudad. Tenía una larga lista de recomendaciones en el móvil: conciertos, exposiciones, un sitio chulísimo para jugar a los bolos… Además, cada vez disfrutaba más del inglés y me manejaba mejor con el idioma.

—Sábado. Luego nos mandarán la invitación por mail.

—Pues sí, me apunto, que me apetece mucho.

—*Amazing!* —exclamó—. Y otra cosa que te iba a decir. *Good news!* ¡Te han confirmado para la campaña de Wind!

Abrí la boca como un avestruz. No me lo podía creer. Sabía que la última campaña de Wind la había hecho una modelo superreconocida que estaba también con Motion Models.

—Guuuau —pegué un grito.

—*Amazing, right? I'm sooo happy!* —aulló—. Y te acaba de salir otra opción para el catálogo de Ralph Lauren el 2 de marzo. Esto sería en Los Ángeles.

—¿De verdad?

—Buenas noticias para empezar la semana.

«Joder, ya te digo. Coño. Me va a dar algo como sigas…, pero sigue, sigue si quieres».

—Síííí. Muy buenas noticias —contesté.

—Los clientes nos están dando muy buen *feedback* de tus últimas polaroids. Yo creo que estás muy bien físicamente, tal y como estás ahora. No tienes que adelgazar más. Eres modelo comercial, y la mayoría de los clientes interesados en ti son de baño. Pero sí tienes que mantenerte.

«Mantener. Sí, tengo que mantenerme. Las galletas que me comí ayer no estuvieron bien. *Fuck*. ¿Por qué me las comería? Mantener. Tú puedes, Lucía. Que por fin estás consiguiendo buenos trabajos. Mantener. Por fin los castings, las esperas y el esfuerzo están dando su fruto. Mantener. Ahora te valoran. Aprovecha la oportunidad. Mantener».

—Sí, sí. Me pongo a tope para mantenerme. Ya me apunté al gimnasio hace un par de semanas.

—¡Genial! Ahora te mando los detalles de la campaña. Te va a gustar. Muy chulas las referencias —aseguró—. *So, enjoy the day! Ciao!*

—¡Gracias, Matteo! *Ciao!*

Y eso fue lo que hice cuando colgué: pensar con esmero en la forma en que podría disfrutar del día, pero disfrutar de verdad. Lo cierto es que nunca había tenido buenas relaciones con el placer.

El placer supone una entrega honesta: un equilibrio entre el dar cuando se siente y el negarse cuando no. Pero, durante toda mi vida, me había limitado a no aventurarme por temor a un mal comentario o me había perdido indagando en un gozo ajeno, amoldándome como un colchón de látex al cuerpo de otro, siempre diciendo, haciendo y dejando de hacer para agradar al contrario. Quizá un poco de todo esto venía de la educación y la herencia que había recibido de mis padres. Por cierto, no se tomaron muy mal lo de mi viaje a Nueva York, es más, percibí cierta indiferencia. Sí, manteníamos conversaciones correctas, pero cada vez eran más frías y distantes. Creo que nos habíamos estancado. Que no sabíamos todavía comunicarnos en esta nueva etapa en la que yo había volado del nido. Que ninguno de los tres estábamos lo bastante bien como para tomar las riendas y reconstruir una relación. Coño, nos queríamos. Pero había demasiados silencios y heridas.

Volviendo al tema del disfrute, ahora el placer me hablaba de Julieta, de las pecas en sus mofletes, de aquellos ojos color miel que atravesaban la luz, de su tatuaje en el brazo izquierdo. «Hay que fluir. ¿Qué sentido tiene si no disfrutás, boluda? —diría ella quemando incienso para las malas energías—. Si el universo nos ha regalado el placer, ¿por qué lo convertimos en hacer?». Así que cogí de nuevo mi móvil para escribir a Julieta y me quedé de piedra cuando comprobé que me había escrito ella antes, justo hacía tres minutos. ¡Guau!

Ju

Hoy

¿Cómo vas, LuLu? 11.14

¡No te lo vas a creer! 11.14
Estaba a punto de escribirte... 11.14

¿Conexión? 11.14

Síí. 11.14
Pues me va muy bien. ¡Estoy de suerte! 11.14
¡¡Me acaban de confirmar hoy una campaña
para Wind!! 11.15

De suerte no. 11.15

Estás donde tenés que estar 11.15

¡Enhorabuena! 11.15

Me gusta verte así y saber que estás disfrutando de tu
experiencia. 11.15

Estoy muy contenta, sí. 11.15

Te lo mereces. 11.15

♥

Tus clases de fotografía me han ayudado mucho...
Gracias, en serio. Me siento más segura
y relajada en los castings. 11.15
Aunque estoy un poco agobiada, ¿y si no consigo
mantenerme? 11.15

No pienses. Vive el momento y que desaparezca esa
ansia. 11.18
Con el miedo que tenías hace unos meses y mirate
ahora. 11.18

Ya... 11.18

Como te fuiste a Milán, no te has ido a Nueva York. 11.18
Estás aprendiendo mucho de la vida y de las
experiencias. 11.18
Eso es la clave de todo. 11.18
Y cada vez estás más guapa... 11.18

Jajajajaja. 11.19
O cada vez tú me miras mejor. 11.19

Sabés que no es eso. 11.19

Jejeje. 11.19

Hoy me gustaría estar allí hablando de todo esto contigo. 11.19

A mí también 11.19

¿Y si cojo un avión esta tarde? 11.19

Dale. Te espero acá para ver una peli. 11.19

O inventarla nosotras… 11.19

¡¡¡Lucía!!! 11.19

¿¿¿¿Qué???? 11.19

Como sigas así, voy a ir a Nueva York, pero de verdad. 11.20

Es lo que quiero. 11.20

¿¿Que vaya y te coma?? 11.20

Y comerte yo a ti. 11.20

Vibración. Julieta me estaba llamando. ¿Videollamada? Joder. Sentí el corazón retumbando tanto que parecía que se me iba a desenganchar del pecho. Descolgué. La sonrisita tonta delineada en mi rostro fue inevitable.

—¿Qué fue lo que dijiste recién? —me preguntó vacilándome.

Vi su boca sabrosa y acolchada a través de la pantalla en un primer y único plano. Me dieron ganas de pasar mis dedos por allí y comprobar su higrometría. Mezclar sabores y deseos y lamer sus intenciones hasta derretirlas.

—¿Yo? Nada… —esquivé con tono de broma.

—Sí, sí. Pusiste algo… ¿Me ha parecido leer algo como «Comerte yo a ti»?

—Leíste mal…

—Viste que tengo mucha práctica leyendo obras… Y a mí me parece que el personaje de Lucía Callado se está empezando a mojar…, a mojar en esta historia, quiero decir; y eso es algo que me encanta.

—Yo creo que es un personaje que está muy desorientado.

—¿Vos creés?

—Mmm…, me da que sí.

—Fijate qué curioso, che. Yo la veo con bastante claridad… o sea, como que da muchas vueltitas, pero que en el fondo sabe lo que quiere. Su instinto puede con ella. La supera. Y la orienta.

—Ja, ja, ja. Puede ser…

—Yo me baso en lo que dice. —Levantó las cejas a modo de sentencia.

—¿Y qué dice? —susurré.

—Que está deseando comerme.

De inmediato se formó un océano en mi boca, uno más extenso que el Atlántico que nos separaba. Me estaba provocando una abiogénesis que desmontaba toda teoría científica. Porque las yemas de mis dedos se deslizaban por la cara interna de sus suaves muslos creando el origen de todo lo que estaba bien. Porque su perfume había marcado mi trayectoria. Porque su mirada de animal salvaje estaba allí conmigo, en ese justo instante en el que avivaba mis pezones con sus dientes. Y que digan los científicos lo que quieran. Julieta y yo sabemos que ella viajó a mi estudio del barrio de Williamsburg aquel día. Que se sentó de rodillas sobre la cama con sus braguitas blancas de encaje y su camiseta sin sujetador. Que nos hicimos para deshacernos. Que tocamos la vida con las manos.

No pude con tanto placer…

… Abrí los ojos. ¿Me había quedado dormida después de hablar con Julieta? Ya te digo, dormida a las doce de la mañana. BOCA ARRIBA y espatarrada. En la gloria. Aunque me hubiese gustado poder abrazarla después del trance, la verdad. La echaba de menos.

Por lo que me contó el otro día, había pasado una primera fase de selección para el musical y ahora le tocaba ir a la final. Esto implicaba que se tuviera que quedar en Madrid de momento. Pero yo me sentía tan feliz por ella que no pensaba en la posibilidad de que las cosas fueran diferentes. Me gustaba este amor incondicional que habíamos decidido darnos desde el principio. Este aceptar las cosas tal como eran y el momento vital de cada una, sin forzarnos ni exigirnos nada más.

Así que esto era fluir…

Me di una ducha, me puse mis cremas, me vestí y me preparé un cuenco con fruta troceada. Después me tumbé en la cama a leer. Tras un rato, fui a comprobar la hora en el móvil, y fue entonces cuando advertí un wasap de Carlota. De mi querida Carlota, con la que no me había sincerado ni contado mis oscuridades. Ella que era mi amiga del alma y, sin embargo, yo la tenía en el más absoluto desconocimiento de lo que pasaba por mi cabeza.

Comprobé que me había enviado una foto de ella junto a un cartel con una de mis fotos para Jade Blanco y una nota de audio:

«¡¡¡Luuu!!! —escuché la voz de Carlota gritando con júbilo—. Tía, qué ilusión me ha hecho verte en este tamaño. No te imaginas. Cuando he entrado, casi me da algo… ¡Se te ve cuerpazo! ¡¡Estás guapísima!! ¡¡Toda la tienda llena de fotos tuyas en grande!! En serio. Toda la puta tienda. Vine con mi madre y no sabes la que hemos liado para hacer la foto… porque, de los nervios o no sé qué me pasaba, salía horrible todo el rato y con los ojos cerrados. Entonces, una señora se acercó a nosotras y empezó a quejarse en voz alta porque quería pasar a ver un sujetador o no sé qué mierda. Total, que la dejamos pasar, cogió el sujetador, se fue y volvió de nuevo enfurruñada, protestando de que estuviéramos allí. ¡Bueno, bueno, bueno! Que casi se lía. ¡Qué vergüenza! Porque mi madre, ya sabes cómo es, no se pudo contener, y va y le soltó muy serena: "Señora, es usted insoportable. Váyase con su mal genio a otro lugar". Y no veas cómo se puso la otra… Madre mía. ¿Te imaginas que nos detienen? "Madre e hija detenidas por armar escándalo en Jade Blanco, una de las tiendas de lencería más frecuentadas en España. Al parecer, se fotografiaban de manera obsesiva con un cartel, modo fan, obstaculizando el tránsito de las clientas…". Ja, ja, ja. ¡Qué risa, por favor! Pero, bueno, mereció la pena… Nada, eso, que estoy muy muy orgullosa de ti. Y que te echo mucho de menitos. ¿Qué tal por *New York Ssshity?* ¡Cuéntame, perraca!».

Qué iba a saber Carlota lo que acababa de estallar en mi interior al leer sus palabras y mirar la fotografía…

Opresión. Entumecimiento generalizado. La imagen de mi amiga junto al cartel en Jade Blanco removió todos mis cimientos sin esperarlo. Un ardor denso y oscuro fue ascendiendo desde el estómago hasta asaltar mi cabeza. Un incendio que procedía de mi vergüenza. Tuve náuseas cuando me di cuenta de que yo era aquella mujer rubia que posaba sensual en lencería, que con una sonrisa falsa mostraba una seguridad que no tenía, que se dejó fotografiar desnuda buscando desesperada aprobación. Sí, era esa mujer tan cegada, estúpida y permisiva que ignoró la mirada sucia y el aliento desagradable de un animal en celo.

Bloqueé el móvil sin contestar. Las ansias me levantaron de la cama buscando alguna manera de escapar. Necesitaba expulsar los demonios, encerrar los malos pensamientos, prohibirles la salida para protegerme, llenar el embudo, rociarme con agua helada y frotarme hasta sangrar, hasta desprenderme de aquella piel repugnante.

Clic. Clic. Clic.

Su cámara me perseguía por el estudio, corría detrás de mí buscando un hueco. La veía por todas partes. En el reflejo del televisor, en el suelo, en los cuadros. La veía entre las plantas, como el fantasma de un buitre leonado, a la espera de ver la pieza herida para atacar. Oí ruidos. Zumbidos en el silencio. La culpa golpeando las paredes.

Abrí la despensa. La cerré de un golpe. La abrí de nuevo. Saqué los frutos secos, la avena, las tortitas de maíz, todo lo que había… Quería engullir, pero no debía. Encerré la lengua con los dientes. Cerré los ojos. Apreté los puños. Saqué toda la comida de los envoltorios y estuve a punto de tirarla a la basura, desesperada. Pero de la basura la podía sacar de nuevo. Así que la puse en la pica, bajo el chorro de agua. Y allí esperé, ida, hasta que el conjunto se hizo una masa espesa y asquerosa. Después corrí hacia el baño y cerré la puerta con prisa, como el que se esconde para salvarse. Abrí el grifo de la ducha. Me desnudé para meterme en ella. Estaba sola, pero no era suficiente.

Ridícula.

Incapaz.

Volví hacia la puerta. Giré el pestillo.

39
Portada para la revista *Elle*

Nueva York, abril de 2015

¿Por qué no puede uno conseguir lo que se propone? No me refiero a esos casos en los que los hechos lo imposibilitan, sino a esas ridículas limitaciones que se pone el ser humano por creer lo que le dicen. O tal vez por sacar conclusiones de un pasado que lo tachó de incapaz.

Incapaz.

Cuando me siento incapaz (algo que me suele ocurrir con bastante frecuencia), pienso en la imagen de un elefante. No me refiero a Dumbo volando con sus grandes orejas. No. Hablo del elefante de Jorge Bucay, el que se queda encadenado a un pedacito minúsculo de madera. El elefante que antes fue pequeño, claro…, y que tiró y tiró con su cuerpecito y siguió tirando y tirando y nada. Hasta que un día el pobre mío se rindió convencido de que jamás podría liberarse. Y así creció, preso hasta el final de sus días… cuando de un simple tirón podría haber derribado todo el chiringuito. Qué triste.

Tras varios meses de estancia en Nueva York, fui consciente de que yo había vivido siempre como aquel lamentable animal. Y, si ya jode ser un desgraciado, ¿cuánto más dolor provoca darse cuenta de que lo eres? No obstante, empecé a cavilar sobre otras formas de liberarme de aquellas creencias.

Aquella mañana tenía una sesión para la portada de *Elle*. Al llegar al estudio, una chica joven me condujo hasta la silla de maquillaje y allí me tuvieron sentada como cuatro horas o más (sin exagerar), haciéndome de todo: un masaje linfático facial, seguido de otro relajante con aceites esenciales de jojoba con vitaminas E y D; una mascarilla tisú de celulosa para dar luminosidad (de esas que pareces Casper el fantasma); unos *cooling eye pads* con ácido hialurónico para reducir las bolsas de los ojos; ochocientos mil productos para dar textura al cabello…; y, a partir de ahí, maquillaje, peinado y manicura. Virgen santa. ¿Cómo no iba a lucir resplandeciente después de tanta faena? La Lucía que se había levantado esa misma mañana con la cara de un bulldog no era la misma que se elevaba ahora desde aquel trono mágico y se dejaba vestir y retocar. Aquella Lucía que se plantaba en el espacio blanco que la esperaba, aparentando ser una diva entre incontables focos colocados de la mejor manera posible para favorecer aún más su piel, una piel recubierta de los mejores potingues de Chanel y Dior.

Ya ves, tanto aderezo llevaba encima que no tenía ni que posar. Así de pie, tal y como estaba, tiesa como un palo, ya se me veía asombrosa. Además, tampoco es que pudiera moverme; me había puesto un vestido palabra de honor blanco de tul de seda que habían terminado de confeccionar sobre mi cuerpo. Cuatro manos cosiendo por arriba y por abajo durante más de cuarenta minutos hasta conseguir dar con la forma deseada. De ahí que cada paso fuese un riesgo, para la prenda y para mi vida. Porque aquellos tacones de veinte centímetros de aguja con el dedo puntiagudo me daban vértigo con solo mirarlos.

—*Oh my God!!!! You look amazing, Lucía!* —escuché a Emily, la estilista jefa, que miraba una pantalla grande en la que iban apareciendo las fotografías al instante de tomarlas.

El resto del equipo, que eran como unos treinta, asintieron con aprobación y entonces pasaron de los flashes de prueba a los de verdad. Ya no me perdía ni una sola palabra de las conversaciones en inglés.

—*Let's try first some poses from the side* —dijo Emma, la fotógrafa.

—*But you can't see the shape of the dress from the side* —rebatió Emily.

Dos mujeres de la misma estatura y proporción vestidas de negro como gemelas se acercaron apresuradas:

—*We also think that is better to shoot from the front* —habló una por las dos—. *Just from the front. We want her strong and sexy. We want her confident. Hands in the waist to show the power would be perfect.*

—*OK, OK. No problem* —contestó la fotógrafa—. *So, Lucía, just front to me and hands in the waist, please, and show us all your power.*

De manera que puse los brazos en jarra y me creí poderosa ese día, como si el poder fuera cuestión de porte y no de franqueza. Y así me hicieron fotos y más fotos durante cuatro horas sin cambiar de postura, tan solo subiendo y bajando la barbilla escasos milímetros y alternando con distintas expresiones en la cara. Mientras tanto, la asistente de peluquería agitaba el aire con un trozo de corcho duro. Agitaba enfática y sin parar, ya veíamos qué agujetas tendría aquella mujer al día siguiente. Agujetas de agitar y agitar para que la tela del vestido y mi cabello denso crearan el movimiento perfecto. Perfecto e inhumano, porque ya te digo yo que sola nunca hubiese podido hacerlo.

Intenté alejarme de esa imagen de mujer herida y desgraciada con capas y capas de maquillaje y superficialidad. Eso no podía ser bueno.

La vida me había enseñado que mostrar mi personaje patético e inseguro era abrir una puerta al daño. Qué curioso que la verdad entra por el mismo lugar…

Algo así me pasó, precisamente con una puerta, pero aún quedaba un largo camino para llegar hasta ella.

40
Era mi oportunidad... y no fui

Libretita del escupitajo

Julieta tenía razón. Trabajar en Nueva York es una experiencia diferente. Aunque sea una profesión superficial, siento que se reconoce a la modelo como trabajadora y no como un número más. Los castings están muy organizados por horas y tanto directores como agencias valoran y respetan tu tiempo. Pero supongo que hay de todo, claro...

También hay más diversidad y no buscan solo a modelos esqueléticas. Además, muchas marcas tienen en cuenta otras habilidades como bailar, cantar, pintar, si practicas algún deporte... Esto me gusta. Ojalá la moda cambie. Porque cada mujer es diferente. Es una mierda que nos quieran a todas con el mismo cuerpo.

Ahora peso cincuenta y seis kilos, dos más que cuando llegué a Nueva York y cinco más que cuando vivía en Milán.

Es raro. Porque en Milán creía que no estaba tan delgada, pero esta mañana vi mis fotos del año pasado y me impresionaron muchísimo. ¡Estaba delgadísima! ¿Cómo no me di cuenta? La verdad es que ahora me veo mejor, pero es cierto que estoy al límite de la forma permitida y, en cuanto me hincho un poco, no salgo bien en las fotos.

Matteo no me ha pedido que adelgace, solo que me mantenga. Pero siento por dentro una presión horrorosa. Esta última semana me está costando muchísimo controlarme con la comida. Sobre todo por las noches. No sé qué me pasa. Es como si se apoderaran de mí, y aunque me digo que no debo comer muchos hidratos, no puedo evitarlo. Y luego me siento mal. Con una rabia terrible hacia mí misma. Me están pagando mil euros por cada trabajo. A veces dos mil. Y no soy capaz de hacer lo que tengo que hacer. Si soy modelo y trabajo con mi cuerpo, me tengo que cuidar con la alimentación. Pero te juro que a veces no puedo...

Estoy agotada. Me paso el día entero pensando en comida, en lo que no debo comer, en las cantidades que comí. Desde que me levanto por la mañana hasta que me acuesto. A veces siento que me estoy volviendo loca. Y es algo que me condiciona. El otro día, por ejemplo, me escribió una prima de Carlota que vive por aquí. Es española también, de Sevilla, pero lleva dos años haciendo un máster en Nueva York. Me invitó a cenar al *rooftop* de su apartamento en el Soho con el grupo de amigos que tiene aquí. Era mi oportunidad para conocer gente, pero tenía un casting importante a la mañana siguiente y no quería cenar. Y no fui...

Podría haber ido e inventarme alguna excusa para no comer, o tan solo decir que soy modelo, que tengo un casting importante y que no puedo, pero es tan incómodo... Me agobia mucho que piensen que tengo un problema con la comida. Es una sensación angustiosa. Porque, si no conocen esta industria, no entienden las exigencias que tenemos. Fíjate qué estupidez: me estoy jodiendo porque me preocupa lo que piensen los demás de mí. Y lo peor de todo es que esa noche me quedé en casa y no solo no pude evitar no cenar, sino que me comí dos cuencos de avena con sirope. Soy gilipollas.

Pero bueno, aparte de esto, me siento con una energía diferente desde que he llegado a Nueva York. Es como si esta ciudad me empujase y me ayudase a deshacerme de algunas ideas que me inculcaron desde pequeña, como por ejemplo que solo llegaré a ser una persona válida si tengo unos estudios universitarios. Al carajo. Estoy conociendo a personas maravillosas y con unas capacidades asombrosas que no tienen estudios. Algunas de estas personas son artistas, muy creativas, y las admiro muchísimo.

Una de ellas es una maquilladora con la que trabajé hace unas semanas. Fue increíble la conversación que tuve con aquella mujer. ¡Me dio tan buen rollo! Me recomendó un par de libros de espiritualidad que tengo muchas ganas de leer. En fin, que estoy conociendo a personas increíbles y manteniendo conversaciones muy interesantes que me abren la mente. Me alegro mucho de haber venido a Nueva York. Estoy convencida de que es una de las mejores decisiones que he tomado, porque siento que cada día me conozco más, aunque haya cosas que no me gusten de mí, pero otras sí. Me noto con más poder y determinación, por ejemplo. Y también los castings me los tomo de otra manera. Ya no creo que sea menos que los demás si no me confirman un trabajo. Me han rechazado tanto que lo bueno es que ya no me lo tomo como algo personal. Ja, ja, ja. Y eso es un gran paso.

El otro día, en un casting para un anuncio, me preguntaron qué era lo que me gustaba de mí. La verdad es que lo que contesté fue una cagada tremenda, qué vergüenza, aquella pregunta me cogió desprevenida y me puse nerviosa. Pero luego al salir me quedé pensando… y hay algo de lo que me siento orgullosa: me he dado cuenta de que me importa un pepino la vida de los demás. O sea, no es que la gente no me importe, pero he dejado de criticar porque no me hace sentir bien. Supongo que, después de hablar con tantas personas diferentes, veo que cada una tiene su historia y sus motivos.

¿Por qué nos gustará tanto juzgar a los demás?

Ayer hablé con mis padres por videollamada. Desde que saben que me va bien en Nueva York y que estoy ganando mucho dinero, no han vuelto a decirme que vuelva a Jerez. Me parece que empiezan a aceptar que viva mi vida como quiera. Pero a veces me siento sola e incomprendida. Aunque también orgullosa de haber sabido romper con ellos y no sentir rencor. Creo que a veces es necesario romper para volver a establecer un nuevo vínculo, más sano, más justo, más equilibrado. Espero que ellos sepan verlo de la misma manera algún día.

41
Campaña para Dulce Intimate

Me di cuenta de que estaba sonriendo porque vi mi reflejo en el espejo de un estudio. O fue al mirarme cuando sonreí. Me veía estupenda con aquella lencería roja. Era notable lo mucho que había cambiado mi cuerpo desde que comencé a ir al gimnasio. Joder, era admirable... Tenía las piernas estilizadas, el abdomen marcado, los hombros rectos... y ya no me asomaban por debajo los cachetes del culo cuando me miraba de frente.

Entonces sentí una corriente de optimismo que me subió desde el estómago hasta las sienes, como las burbujas de champán, como las fuentes de las plazas que nacen del suelo o como todo lo material que es perecedero y que termina marchitándose, dejándonos en ese vacío de no ser suficientes por habernos creído lo que no éramos.

¿Qué somos?

—*It's a wrap!!!* —gritaron todos anárquicamente cuando hicimos la última foto—. *Great job, Lucía. It was a pleasure to work with you. You were amazing! Hope to see you soon!*

—*So nice to work with you too! Really. Thanks sooo much* —respondí con orgullo.

Después me puse mi ropa y me despedí de cada uno de ellos con un abrazo, evitando mirar la mesa del catering que había en el set. Los cabrones la tenían llena de todo tipo de frutos secos son sal, gominolas de corazones con azuquita por encima, barritas energéticas de chocolate de trescientas calorías, Snickers, Reese's... Carajo, si exiges que una modelo esté delgada y *fit*, no llenes el catering de alimentos calóricos. Es una tortura.

En fin, que superé la prueba y salí del edificio. Aprovechando que estaba en el Midtown y que había terminado el trabajo más rápido de lo que esperaba, entré en el MoMa. Y, al salir, me acordé de que Julieta me había dicho que empezaba los ensayos para el musical esa tarde. Pero allí eran ya las doce de la noche, claro. Con la diferencia de horas, se me había pasado escribirle antes.

Ju

Hoy

¿Cómo ha ido el primer día de ensayo, Ju? 18.03

¡Hola, LuLu! Pues ha sido increíble. Tengo una sensación por dentro tan guay... ¿Sabés cuando sentís que es eso para lo que estás aquí? No porque te defina, sino porque sabés que te mueve desde el corazón. 18.11

«No, la verdad es que no».

Me alegro muchísimo. :) Te lo mereces. 18.12

Gracias, linda :)
¿Vos cómo estás? 18.12

Estoy muy contenta también.
Ayer llegué de Chicago de hacer un catálogo de un día, y acabo de salir de una campaña para Dulce Intimate. Mañana tengo dos castings y el jueves

me voy a Milwaukee para otro trabajo. Y luego a lo mejor voy a Miami porque me han dicho que igual me quieren para la Miami Swim Week de este año, pero no es seguro aún... 18.13

¡Qué buenoooo! Lo estás petando, ¿no? 18.13
¡Me alegro tanto! Vos también te lo merecés. 18.14
¿Y qué tal con Matteo? 18.14

Con Matteo, genial. La verdad es que me está tratando muy bien. Pero, bueno, él tiene su interés como todos. Así que soy yo la que tengo que poner mis límites..., pero creo que poco a poco lo estoy haciendo (esto lo aprendí de ti, jeje). 18.15

Qué bueno, Lucía. 18.15
¿Y todos esos fans que tenés ahora en Instagram? ¿Qué pasó, boluda? Jajajaja. 18.15

Jajajaja.
Es por las marcas de aquí, que todas tienen miles de seguidores y me etiquetan.
Y también porque el otro día hice una entrevista para *GQ* y me subieron como veinte mil.
Yo flipé. Jajajaja. Es que aquí lo del Instagram es..., o sea, para que te hagas una idea, en los castings te piden la cuenta de Instagram en vez del *book*. 18.16

¿Me estás jodiendo? 18.17

En serio. Una locura. Ahora las agencias no te dejan subir cualquier cosa. Te controlan para que des la imagen que conviene, porque algunas marcas te contratan por eso. 18.17

No te la puedo creer. 18.18

Ya te digo. Por eso estoy cuidando lo que subo... 18.18

Ahora entiendo... 18.18
Pues tengo ganas de verte, no solo en fotos. 18.18

Y yo. 18.18

Muchas. 18.18

Pero estás muy lejos..., a 5764 kilómetros exactamente
(lo acabo de mirar en Google). 18.19

Jajaja. 18.19

Jajajaja. Sos una pelotuda. 18.19

¿Y cómo lo hacemos? 18.19

Decime vos. 18.20

Te propongo una cosa... 18.20

A ver... 18.20

Pero no te asustes. 18.20

¿A estas alturas crees que me voy a asustar, LuLu?
Dale. 18.21

Escribiendo...

...

Escribiendo...

Si te pago la mitad del billete, ¿te apetecería venir unos
días a Nueva York? 18.22

«Lucía, ¿qué acabas de hacer? Le acabas de decir a Julieta que venga a verte. ¡Se te ha ido la pinza! A ver, tranquilidad, que solo le he preguntado si quiere, no se lo estoy pidiendo. Y creo que ella ya es mayorcita para saber elegir, digo yo… Y que, oye, igual sí le apetece tanto venir como a mí que venga. Pero, Lucía, ¿a ti te apetece? Sí, sí me apetece. Aunque me voy a agobiar, seguro, porque Julieta va a querer hacer planes fuera para comer, como es normal. Querrá probar todo tipo de helados, qué pesada con los helados… Pero, bueno, siempre puedo inventarme excusas o decir que estoy mala del estómago o que tengo que cuidarme por la piel o algo que no se note que es mentira, ya pensaré… Lo que sí tengo claro es que no puedo bajar la guardia porque ella venga, que esta semana, además, no lo he hecho bien… Hoy he tenido que comer ensalada de pasta porque no había otra cosa en el trabajo. Es verdad que no me la he comido entera, pero tampoco sé cuánta cantidad habrá sido en total y eso es todo hidratos, con una salsa que se parecía a la mayonesa. Pura grasa. Más el puñado de M&M's. Y ayer por la noche me comí al final una bolsa de cuatro galletas, porque no pude controlarme con la ansiedad de mierda. ¿Ansiedad por qué, Lucía? ¿Ansiedad de qué? Eres gilipollas. Lo que tienes que hacer es agradecer y no engordar. Para hacer bien tu trabajo. Porque eres modelo y te están pagando un dineral. Bueno…, por lo menos esta mañana no desayuné nada. Digo yo que algo compensará… Además, hoy me he visto bien en el espejo del trabajo. Sí. Todo está bien, Lucía. Relájate. Vale. Pues sí, que venga Julieta, que me apetece mucho verla. Jo… Sí, me apetece. La echo muchísimo de menos. Quiero abrazarla y oler su perfume que me encanta, de…, no recuerdo qué marca era, pero me encanta. ¡Ya te digo! Yo pagando un billete de avión para ver a otra persona. Quinientos euros por amooorr. ¿Por amor? ¿Cómo sé que es amor si no sé bien qué es el amor? ¿Qué es amar? No creo que sea igual que enamorarse o tener una pareja o casarse. Creo que es algo más grande que eso, como una energía bonita desde la que se forman vínculos. Solo que con algunos se genera como una química especial… Sí. Para mí amar es desear lo mejor para uno mismo y en consecuencia para el otro. Y yo le deseo lo mejor. Y también deseo verla y besarla. Y ella a mí. Aunque no nos hayamos establecido como pareja y tengamos la libertad de conocer a otras personas, pero tengo un sentimiento muy fuerte dentro, en el corazón. Así que supongo que la amo».

Ju
Hoy

Me encantaría. 18.25

¿De verdad?
Pero ¿podrías? 18.25

¿El 22 de mayo no era tu cumple, señorita géminis? 18.25

¡¡¡Te acuerdas!!! 18.26

Claro, boluda, qué te pensás…
Además, te lo debo por la felicitación que me hiciste… No todo el mundo compra veinticinco globos y los hincha solo para felicitarme por videollamada. Jajaja. 18.26

Jajajaja.
Qué menos si no podía estar allí. 18.27

El 22 cae en viernes y justo puedo escaparme.
Lo acabo de comprobar.

MAGIA.

Tenía que ser así.

Así que reservamos ese finde para nosotras :) 18.28

Ay, Ju, qué nervios. 18.28

42

Próximo objetivo: Miami Swim Week

Me esperaba un avión a las siete de la mañana destino a Miami. Motion Models era una agencia internacional y al parecer tenía oficinas en Nueva York, Londres y Miami. Esto no quería decir que, si una me representaba, todas lo hicieran, pero sí que había más oportunidades ya que entre ellos se contactaban y se entendían. Y algo debieron comentar unos y otros porque a mí me convocaron allí para conocerme y decidir si me presentaban o no a los castings para la Miami Swim Week. Esa era la semana más importante de desfiles de baño de todo el año, y, por lo que Matteo aseguraba, una exposición bestial en todo el mundo. El acontecimiento más provechoso para las modelos de lencería. Trabajo asegurado de cara a los próximos meses.

De modo que hice mi maleta para dos días, cogí un taxi hacia el aeropuerto John F. Kennedy, pasé el control de equipaje, esperé dos horas de retraso, volé otras tres viendo la película *Up* (recomendación de Julieta) y aterricé en el estado de Florida ardiendo de furor y esperanza, al mismo tiempo que una bofetada de calor húmedo me notificaba que por primera vez estaba pisando Miami.

Joder, Miami.

Pedí un Uber al salir, tal y como me habían recomendado, porque el taxi costaba el doble y el bus tardaba el triple, y tenía que llegar a la agencia antes de las dos. Después de que el conductor me mirara raro por llevar aún una chaqueta de cuero puesta para no tener que cargar con ella, me subí al coche y atravesamos Miami por la A1, una carretera flanqueada a ambos lados por un río y repleta de palmeras altísimas que parecían querer tocar el cielo.

Y cuánto cielo había allí... Qué barbaridad. Nada que ver con Nueva York o Madrid y mucho menos con los tonos grises de Milán. Toda la ciudad era ancha y llana. Y el verde palmera contrastaba con el azul cielo... Y los dos a su vez con el rosa de las aceras. La verdad es que hasta los supermercados parecían hoteles bonitos y los dentistas estaban situados en la casa de tus sueños pintada en tonos pasteles con un cartel en la fachada donde se leía DENTIST con una tipografía de las chulas, de esas que no encuentras por defecto en el Word y que a lo sumo te tienes que descargar de una web determinada.

Cuando llegué a mi destino, comprobé que se trataba de un hotel enorme y lujoso. ¿Cómo iba a estar Motion Models en un hotel? Pues estando. En la octava planta se hallaba la agencia como si fuera una habitación más, pero sin ser una habitación, claro. Porque pronto comprobaría que se trataba de una oficina enorme con más de cinco salas, dos baños y una terraza.

Al entrar por la puerta abierta con el letrero de Motion Models, justo salían dos chicas. Salían de lo que intuí que sería la sala de espera, pues contaba con dos sillones blancos, tres sillas y un cuadro enorme en el que un chico moreno de ojos verdes con barba de tres días, recién salido del agua, sujetaba un perfume. Era espectacular. ¿De dónde salía aquel ser? El chico me miró profundamente y yo a él. Y me siguió mirando y yo disimulé, avergonzada, porque me costaba sostenérsela a los desconocidos (la mirada, me refiero). Entonces me di cuenta de que solo era un cuadro y me atreví a atacar de nuevo como una pantera, no como las mujeres panteras de hoy en día que rompen estereotipos y compiten con los hombres en el plano laboral (un brindis por ellas), no, sino como una felina misteriosa y elegante a la vez para que no se me notara la cara de pazguata de tanto nervio que me entró. Y en ese instante, en ese justo instante, el chico del cuadro apareció por mi derecha vestido de lino con pantalón pitillo beige, camisa blanca y la misma barba de tres días.

Me cago en la leche. Era él. Estaba allí. Me puse histérica y corrí a sentarme en una de las sillas. Casi me caigo. Entonces él se acercó sonriendo, riéndose de mí porque seguro que me había pillado en plena faena intercambiando miradas con el cartel. Qué bochorno.

—¿Lo conoces? —me dijo señalando el cuadro y haciéndose el serio—. Yo un poco…

Hice el amago de empezar a reírme, pero tenía la garganta tan seca de los nervios que me puse a toser sin parar. Dios mío, qué suerte la mía, hablaba un español dulce y perfecto, con un acento que de momento no identificaba.

«Pero ¿qué me pasa? ¿Por qué de repente me gusta este hombre si no lo conozco? Si es que, además, a mí no me gustan nada los modelos… A ver, mongola, ¿y Julieta, qué es? Ya…, pero no es lo mismo. ¿Por qué? Pues porque Julieta no es la típica modelo. ¿Y qué es eso de la típica modelo? No sé. La típica. O el típico. Modelo de media neurona, obsesionado con su imagen, que no le da para más. ¡Aaah! Ja, ja, ja. Vale, vale, ya veo por dónde vas… Pues te recuerdo que tú también eres modelo, chica. Sí… ¿Y también eres la típica tonta? Pues seguro. Lo que pasa es que un tonto no se da cuenta de su tontería… Y, si resulta que no lo soy, la gente seguro que lo piensa, así que… Pero ¿qué coño estás hablando, Lucía? ¿De dónde te viene todo esto? O sea, estás preocupándote por lo que crees que piensan de ti sin saber qué piensan de ti. La que estás prejuzgando eres tú misma, amiga, no sé si te das cuenta. ¿Yo? Sí, tú, prejuzgando a personas de tu profesión así de gratis, sin conocerlos de nada…

¡y todo por lo que la gente dice! LA GENTE. ¿Quién es la gente y qué mierda sabe? Este chico del cuadro no tiene pinta de ser idiota. ¿No? No. Bueno, veremos a ver…».

—La verdad es que en fotos sale increíble —añadió el chico del cuadro abriendo los ojos con aprobación—, pero no te fíes porque es tonto perdido. El típico modelito, ya sabes…

«¡¿Ves!? Si hasta él mismo se lo dice. ¡Lo sabía! ¡Lo sabía! No, Lucía. Te está vacilando… ¡Ay, calla, déjame, que ya lo sé!».

—Eres Lucía, ¿no?

—¿Cómo lo sabes? —pregunté atónita y halagada al mismo tiempo.

—Acabo de ver tu *composite* dentro. Justo estaban hablando de ti.

Quise preguntarle que qué habían dicho, pero logré contener la desesperación.

—Decían cosas muy buenas, tranquila… —me contestó riéndose, sin duda me había leído los pensamientos—. Y como luego me han dicho que eras española y que estabas a puntito de llegar, he querido salir para presentarme y ver si necesitabas algo. —Me tendió la mano—. Edu.

—Encantada.

—Soy cubano, pero vivo en Tenerife.

—Aaah. ¡Qué bien! Yo soy de Jerez. Estuve en Tenerife con mis amigas hace poco, bueno, hace ya tres años…

—Mira tú por dónde, oye…, jerezana de la Frontera. Allí van por la calle en caballo y esas cosas, ¿no? —vaciló—. Estoy de broma, no te cabrees… Ya te advertí que soy un idiota.

—Un poco sí, la verdad… —me mofé—. Qué pena…, porque en las fotos parecías majo…

—Las fotos son todo mentira, ya lo sabes…

—La verdad es que sí…

Hubo un silencio cómodo, como si el chico del cuadro y yo lleváramos quince horas hablando y no tres minutos.

—Pues, jerezana, esta tarde a las siete vamos a ir a jugar al vóley a la playa, ¿te quieres venir? Hemos hecho un grupito de españoles por aquí muy guay. Luego iremos a tomar algo a Bodega. Es un sitio que tienen unos tacos buenísimos. Los mejores de todo Miami. ¿Te gustan los tacos?

—Pues…, bueno…, no mucho.

—Pero ¡¡jerezana!! ¿Cómo no te van a gustar los tacos?

—Bueno, sí, a ver…, me los puedo comer, pero tampoco es que sea algo que…, no sé, no me matan, vaya… —Dios. No sabía cómo salir de esta. Me había cogido desprevenida.

—Bueno, te dejo mi número y me dices luego si te animas al vóley o a los tacos o a las dos cosas o a ninguna… Apunta. —Saqué el móvil y anoté su número—. Y también puedes venir un rato a Bodega y no comer tacos, que no es obligatorio. Pero es un grupo muy guay y te va a gustar conocerlos.

Respiré.

—Vale, vale. Pues sí, creo que iré a las dos cosas.

—El vóley es en Ocean Drive con la 8.

—¿Cómo? —Puse cara de no saber ni un pimiento.

—Tranqui, te mando luego la dirección por WhatsApp.

—Sí, mejor. —Me reí—. ¿Tú vives aquí? —pregunté sin venir a cuento.

—No, vivo en Tenerife.

—Ah, coño, que me lo acabas de decir, perdona…

«Joder, Lucía. El que pensará que eres tonta va a ser él al final».

—Pero sí que paso largas temporadas aquí todos los años, cuatro meses más o menos. Mi madre se vino a vivir aquí con mi abuela cuando se separó de mi padre, y así aprovecho para verlas. Tengo también buenos amigos de la infancia que se mudaron aquí, así que en realidad me siento como en casa. —Se le encendieron los ojos con una melancolía risueña—. Por eso te digo, cualquier cosa que necesites, dime, que no me cuesta nada.

—Vale. —Sonreí—. Gracias.

«Joder, que al final va a resultar que es majo y todo».

—Bueno, no te entretengo más y te dejo que entres, te están esperando. Mucha suerte y no hagas caso si te hacen malos comentarios, sobre todo el calvo. Hay uno calvo que es un mamón. Conmigo la tiene tomada... Ni caso. En fin, que luego hablamos. Chao, bonita.

—¡Chao!

Cuando desapareció de mi vista, volví a mirar al cuadro con una sonrisa y me preparé para entrar. Me sentía expectante, aunque al mismo tiempo abrumada por la existencia del calvo. Porque el saber sí ocupa espacio. Hay conocimientos que se pegan a tu mente como una carabela portuguesa venenosa con tentáculos de treinta metros, tentáculos que atrapan todos los traumas del pasado y te condicionan la mirada con la que percibes en ese mismo instante la realidad.

El calvo.

El calvo fue lo primero que contemplé de aquel equipo formado por diez personas. Aquella cabeza reluciente me tuvo secuestrada unos segundos hasta que conseguí deshacerme de sus fastidiosos tentáculos que dibujaban erres; erres de Rolando y Rebecca. El pasado me alcanzaba incluso sin folículos.

—*Welcome to Miami, Lucía!!* —gritaron dos mujeres rubias al unísono desde sus sillas.

—*How are you doing, Lucía? How was your flight?* —añadió otro hombre alto y ancho con gafas redondas y cara de bonachón, que se levantó y me rodeó con sus brazos regalándome todo su afecto en un abrazo—. *I'm Ethan.*

—*Very good!! Thanks* —contesté mientras me dejaba abrazar.

Ethan me presentó al resto del equipo, a quienes también abracé, uno por uno, incluido al calvo de los cojones que ya lo odiaba sin más fundamentos que mi propio pavor. Una vez finalizado el protocolo de las presentaciones, Ethan me invitó a pasar a otra sala y me explicó los detalles del programa de la Miami Swim Week y lo interesados que estaban en presentarme a los castings.

De repente allí me percaté de la tremenda cara que le estaba echando al asunto porque nunca antes había desfilado. Pero conseguí mandar a cagar a tiempo al síndrome del impostor y me puse a desfilar por la sala en biquini, creyéndome toda una experta, mientras Ethan me grababa con una cámara de vídeo profesional en un plano horizontal. El trabajo consistía en caminar hacia la cámara, hacer una parada con una pose y mirada interesante y volver sobre tus pasos. Tres vueltas seguidas.

Parecía que todo estaba saliendo increíble desde mi punto de vista hasta que..., pues hasta que Ethan descargó el vídeo en su ordenador y nos lo mostró. No pude fijarme en si desfilaba bien o mal. Qué horror. Yo solo veía las carnes flojas de mi culo. Un culo fofo que no dejaba de botar y rebotar. Unas piernas más gordas de lo que yo pensaba, que se rozaban entre ellas. Una barriga que sobresalía cada vez que tenía que girar el cuerpo y quedarme de perfil ante la cámara. Unos brazos blandengues. Unos pliegues en la espalda horribles. Unas tetas desmesuradas que aporreaban las costillas y que se desbordaban por todas partes.

¿Cómo era posible? Yo no me veía así en el espejo. Y la cámara era la misma con la que grababan al resto de modelos, que salían bien. La luz era natural. ¿Tanto había engordado en dos semanas? Es cierto que no había parado de un sitio a otro. Tantos viajes, tanto trabajo, tantas comidas a deshoras... Sin control, mucho cansancio, mucho café, mucho chocolate, los putos cereales que me comí el otro día, la ensalada de pasta con mayonesa, las almendras saladas... No me había dado cuenta. ¿En qué momento había sucedido? Estaba hinchada. Estaba como no tenía que estar. No merecía estar allí ni desfilar en ropa de baño en la semana más importante del año. Yo era un timo que no había sabido estar a la altura ni mantenerme... Porque solo necesitaba eso: mantenerme, como me dijo Matteo. Pero no había sido capaz. Era débil, torpe, idiota y repulsiva. Era todo lo que terminaba en decepción.

Decepción que debió de sentir todo el equipo al verme en vídeo sin ropa y que, sin duda, suscitó la llamada a Matteo, y que este me llamase a mí para transmitirme el mensaje. Porque no recordaba qué más había pasado en esa sala, ni me fijé en la reacción del calvo. Salí de allí como si fuese una zombi.

—Lucía, ¿cómo estás? —escuché la voz de Matteo a través del móvil.

—Bien, bueno… —logré decir al borde del llanto.

—¿Dónde estás?

—En la habitación del hotel.

—Vale.

—Es el mismo que el de la agencia.

—Sí, sí, lo sé.

—¿Por qué? —pregunté.

—Me acaban de llamar desde Motion Miami…

Lo sabía. Sentí la inquietud en el estómago, como una punción, como un aguijón afilado.

—Dicen que no estás en condiciones para los castings, que tendrías que bajar un par de kilos. No lo entiendo. Si yo les envié tus polas y los vídeos… ¿Has subido de peso? La última vez que te vi, estabas genial, pero eso fue hace tres semanas, claro… No les he dicho nada… —Carraspeó—. Quería hablar primero contigo para saber cómo te sientes… ¿Quieres hacerlo?

Las palabras de Matteo me llevaron a un jardín lleno de matorrales secos. La maleza se me enredaba entre las piernas; se me enredaba con pena y subía por el pecho hasta alcanzar el cuello dejándome sin respiración. Quise tirarme al suelo y rendirme, entregarme a la tierra y dejar que me estrujara fuerte hasta sacarme el llanto. Pero apreté los dientes y tiré de las malas hierbas hasta deshacerme de ellas.

Y, en cambio, seguí p'alante, tal y como me habían enseñado, tal y como lo había aprendido. Siempre p'alante.

La resistencia a la debilidad es imperturbable hasta que te destroza. Y yo resistí al decirle a Matteo que me sentía bien, que no entendía cómo había podido ocurrir, pero que adelgazaría esos dos kilos que me sobraban, que me iba a poner a tope, que no había tenido tiempo para ir al gimnasio, que justo me tenía que venir la regla, que me hacía retener líquido y que me hinchaba como un pez globo. Pero que lo solucionaba en una semana, dos como máximo, porque me daba pánico pensar que pudieran dejar de darme trabajo (bueno, esto último no se lo dije). Entonces él me contestó que le parecía bien y se quedó más tranquilo. Lo intuí por el tono de su voz. Sin embargo, me sentí muy irritada conmigo misma cuando colgué, cansada de decepcionarme. Lo de la regla era un tremendo embuste. ¿Y qué esperaba? ¿Que las cosas me iban a llegar con tanta facilidad? No había sabido estar a la altura como debía. No merecía nada bueno.

Me dirigí al espejo de la habitación y me fui quitando la ropa hasta quedarme desnuda. Miré mi cuerpo con repulsión y di vueltas, como si fuese un pollo muerto y grasiento clavado en un palo de metal. Y lo seguí mirando, pellizcando con las manos la grasa sobrante y tirando fuerte de ella para afuera, tirando todo lo fuerte que podía como queriendo arrancarla de cuajo.

Lo odiaba. Me odiaba.

Pero no pude arrancarla. Así que me puse las bragas y el sujetador y me tumbé en la cama boca abajo, con los puños apretados contra el colchón. Mis pensamientos eran como una bola del colegio de plastilina beige impregnada en pegamento líquido, de ese que te deja pellejos blancos por los dedos. Una pelota pegajosa que solo sumaba más y más mierda: nadie me valoraba, nadie me admiraba, tan solo veían un cuerpo, eso es lo que era.

Una chica rubia de ojos verdes a la que trataban como si fuese un trozo de carne insensible porque no servía para nada. Y ya nadie la miraba de verdad. Solo la querían si estaba guapa. Sin su cuerpo perfecto ya podía tirarse por un barranco y despeñarse, que se le reventasen los huesos del cráneo y se esparcieran los sesos por el suelo, que el mundo no se daría ni cuenta, porque no se perdería nada especial. Solo un cuerpo.

Me di la vuelta y busqué el techo para aspirar oxígeno, y de pronto la plastilina beige se volvió del color de la sangre y se llenó de una rabia incontenible, explosiva. ¡Porque ya estaba harta!

HARTA.

¿Quiénes eran ellos para gobernar mi vida?

¿Por qué tener que entrar dentro de unas medidas determinadas?

¿Qué hijo de mierda se había inventado que las modelos tenían que tener una talla treinta y cuatro?

¿QUIÉN?

¿Qué clase de mente degradada nos había metido en la puta cabeza a las mujeres que teníamos que ser delgadas, y que solo así seríamos felices y mereceríamos amor y respeto?

Se acabó. No puedo más.

Me levanté como el que sale a librar una guerra y me planté frente al minibar: patatas fritas, aceitunas, crackers, barritas de chocolate, gominolas... Allí delante de mí se encontraba mi adversario. Una a una me las fui introduciendo en la boca. Combate lento y constante. Mastiqué y mastiqué y mastiqué, con la mirada ida, con las yemas de los dedos manchadas, con la mandíbula fatigada hasta derribar al enemigo. Mi cama era el campo de batalla y así quedó cuando acabó: llena de envoltorios vacíos.

Permanecí sentada varios minutos, quieta muy quieta asimilando lo sucedido... Hasta que de forma inesperada surgió un contraataque: una voz chillona me culpó y me aseguró el desastre, el derrumbe de todo lo conseguido por tan solo dos kilos de más. Porque yo no servía para nada más. Porque era débil y despreciable. Un engaño. Porque dependía de los demás. Porque no tenía voz. Porque, si mi castillo se caía, nadie me querría.

Me levanté. Me encerré en el baño con pestillo. Me puse de rodillas frente al váter, levanté las dos tapas, me introduje los dedos hasta el fondo de la garganta y tosí y tosí con furia hasta vomitar. Vomité una vez y otra. Con dolor. Con las venas de los ojos enfurecidas. Sin dejar de llorar. La garganta abrasada. Los nudillos enrojecidos. El agua de la cadena llevándose el vómito, dejándome a cambio la vergüenza y el odio. Me limpié las manos y la cara. Con el cuerpo tembloroso, volví a la cama y me acurruqué como un cachorrillo enfermo.

+34 603 54 90 XX

Jerezana, ¿qué tal? 16.21
Soy Edu, el chico idiota que te asaltó en la agencia. 16.21
El partido de vóley es a las seis en Ocean Drive
con la 8th. 16.21
¿Te vienes? 16.22
Ventee!!! :) 16.22

Escribiendo...

...

Modo avión.

43
Una de esas noches

Puesto que Julieta aterrizaba en quince minutos, me duché y encendí una varilla de incienso de coco-canela. Me había enganchado a usarlas todos los días por culpa de Julieta. Bendita culpa, también te digo; aquel olor me calmaba.

Me recordaba a cuando de pequeña mis padres tenían que hacer sus cosas de mayores y me dejaban en casa de la abuela. Y no sé muy bien por qué ese olor me trasladaba allí, aunque mi abuela no usó nunca incienso, que yo supiera.

Ella tenía sus rosarios con las bolitas y la cruz colgando. Rosarios a montones por toda la casa, de diferentes formas y colores, que apretaba fuerte cuando la agarraba el malestar. Mi abuela se ponía malita del estómago con frecuencia porque tenía «refruho gáhtrico» como decía ella; y muchas de esas veces la veía vomitar en el baño. La veía porque mi abuela meaba, cagaba, se duchaba y vomitaba siempre con la puerta abierta. Para mí era un juego asomarme para descubrir qué estaba haciendo y que a la vez no me viera. «Si te sienta mal la comida, vomita», me decía. «Si te sienta mal, vomita. Porque ehte refruho e imposible de aguantar».

Aquella semana me había sentado mal la comida. Por eso seguí los consejos de mi abuela. Ella era la única que me entendía. (A eso me agarraba yo).

El cuerpo es sabio, pero la mente es puta.

El incienso de coco-canela también me recordaba a Coco, al perro, aunque tampoco tenía nada que ver. Bueno, el nombre sí. Pero también existía el agua de coco y el aceite de coco y la leche de coco, y eso no me evocaba nada. Era solo ese incienso. Qué curioso.

De manera que me paseé despacio por el estudio con la varita en la mano, asegurándome de que llegaba a todos los rincones. Después, la dejé apoyadita sobre una madera para que terminara de quemarse, puse jazz de fondo y me senté en el sofá. Con los ojos cerrados, me vinieron a la mente los paseos que dábamos mi abuela, Pulga, Coco y yo por la playa de Valdelagrana. Pulga era la perra de mi abuela. Y como mi abuela veraneaba allí, cuando iba de visita unos días, nos levantábamos a las ocho de la mañana y andábamos un montón, hasta el final. Luego nos dábamos un baño y gritábamos como unas posesas hacia el infinito, porque a esas horas aún no había nadie. Qué gustazo.

Parecía que solo podía comunicarme con mis seres más cercanos a través de los recuerdos. No me sentía con fuerzas para llamar a mis padres o a mi abuela.

Un rato después, me vestí con un pantalón pitillo negro (de los que se llevaban en 2015 con tajazo en las rodillas), una camisa blanca así como anchita y unas botas negras de cordones.

Julieta me había dicho que la recogería en el aeropuerto un buen amigo suyo de Nueva York que tenía coche. Así se evitaba las dos horas en tren y metro o tener que pagar cien pavos o más de taxi. Lo prefería, pues le parecía un gasto innecesario.

La espera desde ese momento se me hizo eterna, incomprensiblemente larga teniendo en cuenta que desde que me senté de nuevo en el sofá hasta su llegada pasaron solo doce minutos. Dicen que el tiempo juega con sus propias reglas mientras el ser humano se empeña en controlarlo. Seguro. Y por eso me dediqué a mirar la hora del móvil sin apartar la vista de la pantalla, con la pretensión de que pasara rápido, lo más rápido posible.

Cuando por fin sonó el telefonillo, de tanta emoción que tenía, en vez de atenderlo, que era lo lógico, corrí hacia la ventana y me asomé para contemplar a Julieta antes de que me viese ella a mí. Pero no la veía, joder, la tapaba un árbol. Así que recuperé la cordura y me dije: «Lucía, déjate de mamonadas y ve a abrir la puta puerta que Julieta te está esperando». Por fin abrí la puerta del portal y le dije que se esperara un segundo, que bajaba corriendo para ayudarla con la maleta porque era un cuarto sin ascensor. Ella respondió que vale. Pero no esperó, la muy cabezota no esperó. Por eso nos encontramos en las escaleras estrechas entre las plantas una y dos. Al verme aparecer, apoyó la maleta en uno de los escalones para abrazarme, y al acercarme, con la exaltación que llevaba, le di sin querer un rodillazo y la tiré para abajo (a la maleta, no a Julieta, ¿te imaginas? Qué horror). Aun así, esperé, pensando que Julieta iría a buscarla. Pero me sorprendió porque empezó a reírse fuerte e hizo un gesto como de «a tomar por culo el bulto». Me pasó los brazos por encima de los hombros, me besó y perdimos el equilibrio. O más bien lo encontramos: sentadas de la forma más incómoda en los escalones. Yo estaba encima de ella, así que su columna vertebral fue la más resentida.

Y así nos pasamos un buen rato hasta que decidimos separarnos, no por aburrimiento, sino para poner orden antes de que fuese demasiado tarde y el ardor nos hiciera perder la compostura.

—Decime la verdad —habló Julieta. Estábamos ya tumbadas en la cama. Ella tenía la cabeza apoyada sobre mi pecho y yo pasaba mis dedos por su pelo—. ¿Tenías ganas de que viniera?

—Claro —contesté enseguida—. ¿Por qué lo dices, boba?

—No sé … Te noté relejos esta semana.

—Bueno, estaba relejos —bromeé.

—Es verdad —me siguió con una sonrisa—. No, pero, en serio, ya sabés que no te lo digo por echártelo en cara ni nada de eso. Que está bien si no tenés ganas de hablar o de verme, o, qué sé yo, si estás conociendo a otra persona y no te apetece…, lo que hablamos siempre. Pero prefiero que me lo cuentes.

—Pero, Ju… —interrumpí.

Era verdad que aquella semana había estado muy ida, sin ganas de hablar ni compartirme con nadie.

—Creo que es importante que nos comuniquemos siempre, Lu. Confío en que vos me digas si en algún momento no te sentís bien o lo que sea, ¿vale? ¿Me lo prometés?

—Te lo prometo. Pero que sepas que tenía muchas ganas de verte. —Le puse el pelo detrás de la oreja—. Lo que pasa es que he estado un poco agobiada esta semana… No he parado desde que llegué de Miami. Y mira que quería descansar, pero me salió un casting importante en Los Ángeles y tuve que ir y volver en el mismo día, una paliza. Y tampoco tuve tiempo de ver la ciudad, con la ilusión que me hacía. Pero bueno, muy bien y muy muy agradecida porque el cliente me pagó los billetes y todo, y el trabajo fue genial. —Cogí carrerilla—. Lo que pasa es que tuve que volver porque me confirmaron otro en Barbados, dos días en una villa preciosa y con un equipo superamable, pero me tocó revolcarme en la orilla de la playa, cinco horas, con el agua que venía con muchísima fuerza y me arrastraba. Te juro que no podía aguantarme de rodillas, rojas casi con sangre las tenía ya por el roce de las piedrecitas de los cojones… Y después para terminar querían fotos tumbada así, rollo…, bueno, tumbada mirando al *mal*.

—¿Al *mal*? ¿Sos china ahora?

—Ja, ja, ja. Al maaar, joder. Tumbada mirando al mar. Ja, ja, ja. Total, que se me llenó el pelo de arena una barbaridad y pesaba tanto que no podía mover la cabeza. La peluquera con el cepillo intentó desenredármelo a tirones, la maquilladora me limpió con servilletas la cara y se pegaron las pestañas postizas que me habían puesto. Madre mía, de verdad… —Me reí—. Ahora, eso sí, las fotos espectaculares. Tú ves las fotos y, vamos, te piensas que ha sido el mejor día de mi vida… Vacaciones en el Caribe con mi biquini sexy.

—Ja, ja, ja. No, boluda, cuando vas por laburo, olvidate.

—Ja, ja, ja. Ya. Pero, bueno, somos muy afortunadas de ganar el dinero que ganamos por un día de trabajo.

—Pues sí.

Llevé de nuevo mi mano sobre su cabeza (la había quitado sin darme cuenta) y jugué a entrelazar mis cinco dedos en su pelo. Dios. Cómo me gustaba esa sensación… Era como cuando cogía un puñado de arena de la playa de Cádiz con las dos manos y la arena regresaba a su lugar, lenta y suave, deslizándose por mis dedos, sin poder retenerla, sin querer hacerlo, con el placer del instante que eclipsaba el temor a perderla.

¿Qué tenía yo con Julieta sin tenerla?

—Cafuné —murmuró.

—¿Cómo? —pregunté sin entender.

—Eso que me hacés en el pelo… se llama cafuné.

—Cafuné… —repetí—. ¿De verdad? ¡Qué palabra tan bonita! —De repente me emocioné muchísimo, tanto que casi lloro—. ¡Es preciosa! ¡Por favor! ¡Nunca la había escuchado! Cafuné. Pero ¡preciosa!

Julieta rio y me dio un beso en el esternón.

—Me encanta que seas así, LuLu.

—¿Así, cómo?

—Como sos.

—¿Y cómo piensas que soy?

—Mmmm… —Se quedó pensativa unos segundos—. Por una parte, muy PAS.

—¿Cómo que muy PAS?

—PAS: persona altamente sensible.

—¿Ya me estás diagnosticando un síndrome raro? Que bastante tengo con el de Raynaud… —me quejé con voz juguetona.

—Ja, ja, ja. ¡Ay, el Raynaud! Lo que me contaste de los dedos, ¿no? ¿Ahora estás bien de eso?

Siempre me sorprendía cómo retenía todo lo que le contaba, aunque hubiese sido una conversación cotidiana, de esas que se olvidan en dos días.

—Solo me sale en invierno con el frío…, pero no me cambies de tema. Explícame qué es eso de PAS. ¿Qué trastorno tengo? A ver…

—¡Que no es ningún trastorno! No te me agobies, anda… —Levantó la cabeza con ligereza y comenzó a acariciarme con sus uñas por el abdomen—. Verás… —Sus dedos largos se deslizaban por mi piel siguiendo la cadencia lenta de sus palabras—. Hay personas… que sienten las cosas… con mayor intensidad.

—Desarrolla…

—Vos me contás siempre lo sensible que sos al ruido, a las luces, al dolor, a los cambios…, a mis cosquillas… —Sonrió picarona e introdujo con lentitud su mano en la ranura que dejaban mis muslos casi cerrados. Sentí una descarga eléctrica por todo el cuerpo que casi me mata del gusto.

—Tú me estás vacilando con lo de PAS para meterme mano —me mofé.

—¡¡Qué no, boluda!! —Se mordió el labio conteniendo la risa—. Buscalo en internet, vas a ver. Me lo explicó mi profe de interpretación, Benjamín Luna, una maravilla de hombre. Si alguna vez te animás con lo de actriz, me decís y probás con él. Te va a encantar… Es un monstruo.

—Mmmm. —Entrecerré los ojos—. Vaaale. ¿Y por otra parte? ¿Cómo crees que soy?

—Distinta por completo a todo lo que he conocido —dijo como deslumbrada—. Sos alternativa, peculiar, valiente, transparente…, pero una transparencia extraña…, porque das muchísima confianza, y, sin embargo, al mismo tiempo no sé por dónde carajo puedes salir. Es como que no se puede tener un manual de actuación contigo. Lo que funciona con los demás no funciona con vos. No sé, es como si estuvieras en continuo cambio… Y eso me gusta. Porque sos auténtica.

Boom. Fue como si me inflaran el pecho por dentro con un hinchador de bicicletas. Fff, fff, fff. Jamás, nadie, en mi puta vida, me había dado una descripción tan bonita y real, sin halagos falsos de bienqueda. Me sentí abrumada. ¿De verdad me veía así?

¿Qué tenía yo con Julieta sin tenerla?

—Gracias por venir —dije entregada a la causa.

—Gracias a vos por tomar la iniciativa de invitarme.

—Ya te lo he dicho: tenía muchas ganas de que vinieras. Es solo que no he pasado muy buena semana… Me dijeron los de Miami que tenía que adelgazar dos kilos si quería hacer la Miami Swim Week y me vine abajo… —sollocé—. Tengo miedo. Un miedo terrible. Me ha costado mucho llegar hasta aquí y veo que todo se podría derrumbar en cualquier momento. Me siento como si caminara por un suelo inestable con placas movedizas, que suben y bajan muy rápido y de forma imprevisible. Hoy sí. Mañana no.

—Bienvenida a la incertidumbre de las profesiones artísticas —me apoyó con afecto—. Pero tenés que tomar un poco de perspectiva. La ambición está buena porque hace que no nos conformemos, ¿viste?, pero no se puede convertir en ansiedad. Cuando te invade el miedo a perderlo, ahí es cuando la cagás.

Suspiré.

—¿Y cómo se hace para vivir sin miedo?

—Eso ya no sé… Pero ojalá vivir sin miedo. ¿Te imaginás?

Nos quedamos calladas mirando al techo un buen rato, hasta que Julieta buscó con su mano la mía y, cuando la tuvo, me preguntó:

—¿Qué harías ahora si no tuvieras miedo, Lu?

—¿Ahora?

—Sí, ahora mismo. ¿Qué harías ahora si supieras que te vas a morir en cinco días?

—¡Joder! Cinco días es muy poco —gruñí.

—Cinco. Dale. ¿Qué harías? ¿Cómo lo harías? Pensá que todo se va a acabar en cinco días, eh, hagas lo que hag...

—Por Dios, me está entrando ansiedad solo de pensarlo.

—Ja, ja, ja. Eres idiota.

—Ya lo sé.

—Pero me encanta. —Le apreté la mano.

—¿Sabes una de las cosas que me gustaría hacer? —escupí.

—¿Qué?

—Cantar en un karaoke.

—¿Nunca cantaste en un karaoke?

—Nunca.

—¿Me estás jodiendo?

—No te estoy jodiendo.

—Sí, me estás jodiendo. Nunca cantaste en un karaoke, Lucía.

—A ver, he ido, ¿eh? En Jerez. Dos veces. Pero nunca me he atrevido a cantar.

—Peor me lo pones.

Se levantó de un brinco.

—¿Qué haces? —exclamé.

—Vestite, que nos vamos a un karaoke.

—¿¡Ahora!?

—¡¡Claro!!

—¿¡Dónde!?

—Callate y vestite. Sé de uno en Manhattan que está increíble.

—Pero...

—No hay más peros —arbitró—. Nos vamos ya. Son las... —Miró su móvil—. Cinco. Quedan siete horas para tu cumple. Una para que sea en España. ¿Cómo te sentís?

—No pienso cantar.

—Ja, ja, ja. Dale. Vamos al karaoke y después te voy a llevar a cenar a un restaurante que te va a encantar. Lo reservé hace dos días porque ese lugar se peta, ¿viste? Esta noche es tuya. Dejate sorprender, LuLu.

En efecto, fue una noche llena de sorpresas. De hecho, una de esas noches que se quedan bien guardadas en la memoria y que luego se recuerda o porque quieres o porque te descubres recordándola sin querer en medio de un laberinto de pensamientos que buscan resolverse: «¡Claro! ¡Ahora lo veo...! Fue gracias a esa noche, a la noche del karaoke... ¡Qué jodida es a veces la vida!».

44
Maca para las amigas

Miré a Julieta, se la veía rebosante. Estaba preciosa con ese gesto que tenía al meditar mientras contemplaba el East River, apoyada en la barandilla con su vestido de tirantes, largo hasta las rodillas y rayas verticales. Rayas azules, negras, lilas y ocres. Rayas dispares que se iban adaptando a sus movimientos libres, acostumbradas a la forma de sus caderas, de sus piernas, de su culo y de su pecho. Aquel día me sentía como el vestido de Julieta; en tan solo ocho horas, me había acostumbrado a ella.

—Estás guapísima —le dije.

Julieta se giró para mirarme, apoyó su brazo izquierdo sobre mis hombros y me dio un beso en la sien. Íbamos en la cubierta superior abierta del ferry que comunicaba Williamsburg con Manhattan. Un transporte que no había usado antes porque pensaba que costaba un dineral, y no iba a coger yo sola el barquito para darme el capricho teniendo el metro a dos minutos desde mi apartamento. Qué tontería. Porque, aunque estaba ganando mucho dinero, también gastaba mucho más que antes. Por ejemplo, vivir sola en un estudio me costaba dos mil dólares al mes; más los taxis al aeropuerto cada vez que iba o volvía de trabajar; más los tratamientos de piel, cremas, ropa... Además, según me decían, por mi edad, me quedaban pocos años en la industria. Y uno de mis objetivos principales era ahorrar.

Bueno, a lo que iba, que esa conjetura con respecto al ferry se me desarmó por los cuatro costados cuando descubrí que el precio era el mismo que el de un billete de ida en metro. ¡Lo mismo que un billete de metro! ¿Cómo podía ser? Qué increíble, por favor. Me prometí en ese mismo instante de revelación que cogería siempre el ferry. Siempre que no tuviera prisa, claro. Pero, como la prisa no se tiene, sino que más bien es ella la que te tiene a ti, solo volví a coger el ferry una vez desde ese día en que me lo propuse, porque iba lentísimo, pasaba cada treinta minutos y luego tenía que andar desde la calle 34 en Midtown East o Wall Street hacia donde quiera que tuviese que ir. Un coñazo.

Sin embargo, aquella tarde de verano con Julieta no lo fue. Esa vez los segundos se dilataron para hacerse, paradójicamente, más cortitos, demasiado cortitos. Además, no me importaba si íbamos en ferry o en patinete, si nos dirigíamos al East Village o a La Mojonera de Almería… Yo me sentía en el todo.

—Todo tiene un sentido —dijo Julieta buscando el atardecer entre los edificios—. Que vos y yo estemos hoy acá en este momento haciendo lo que estamos haciendo es por algún motivo. Pensalo… Que nos hayamos conocido en Milán, que vivamos en Madrid, que hoy, 21 de mayo, estemos cruzando Madison Avenue en busca de un karaoke… y que vos estés con ese peto negro que te lo quiero arrancar…

—El peto no es casualidad. —Me reí.

—No lo es, no… —Miró la abertura lateral de mi prenda y se mordió el labio inferior—. Yo no creo en las casualidades. No creo que haya cosas que existan aisladas, sino que todo pertenece a una totalidad, a un cosmos. —Levantó las manos como queriendo tocar el cielo—. ¿Sabés que la palabra cosmos significa «orden»? Pero es un orden que no entendemos… Por eso las personas que aparecen en tu vida no aparecen porque sí y ya, sino que tienen algo que enseñarte, algo que te refleja a vos misma, ¿me entendés?

—Sí… yo también creo que todo pasa por algo. Por eso a veces conectas con alguien de una forma que no puedes explicar… Es como: «¿Qué es esto? ¿Qué hay aquí? ¿No? ¿Cómo puede ser?».

—Sí. Exacto…

Avanzamos unos pasos en silencio.

—¿Por qué crees que estamos aquí, Ju? O sea, ¿qué sentido tiene la vida?

—Yo creo que estamos acá para trascender… Como dice Eckhart Tolle, pertenecemos a una consciencia universal o a una fuerza superior o como se le quiera llamar. Pero se me escapa de la mente, la verdad.

— ¿Como evolucionar?

—Sí. Por eso creo que a veces la vida no te da lo que querés, sino lo que necesitás para aprender y seguir aprendiendo.

—O el karma, ¿no? Dicen que, antes de nacer, elegimos nuestra vida. No sé si eso será o no así, pero puede ser, ¿no?

—Yo creo que es demasiado pretencioso pensar que lo sabemos todo y que solo existe lo que vemos.

—Ya. Totalmente de acuerdo.

—Y también que es un milagro estar vivo. Y que nos perdamos en buscar cuando la vida está acá, ahora, justo en este instante. Vos y yo hablando.

Y con esta reflexión, que continuó con una divagación al nivel de Jack Kerouac y Joyce Johnson en pleno movimiento *beat*, llegamos al karaoke Rainbow Sing, donde se reveló un yo inesperado. No sé cómo fue. No sé qué ente extraño me poseyó (descartando drogas y alcohol), pero no era yo. Lo juro. No era yo. Tal vez fuese una chica rubia que se parecía a mí, con otro nombre; una tal Macarena, Maca para los amigos, en una realidad paralela creada por otra identidad. Una identidad osada y desvergonzada que cantó «Dancing Queen» de ABBA, «Hey Jude» de los Beatles y «I Will Always Love You» de Whitney

Houston. La muy pesada ya no quería soltar el micrófono. «Otra, otra —decía—, que ya he roto el hielo. ¡Esto es divertidísimo!». Y si hubieses visto cómo se puso al final cuando una pareja vino a felicitarla por lo increíble que lo había hecho, vamos…, la Maca no se había visto en otra igual. Estaba pletórica, la mar de contenta acompañada de su amor (no pareja) unas horas antes de cumplir años.

Por eso, cuando salimos del karaoke para ir a cenar, aún quedaban restos de Maca en mí. Debió de ser eso. Sí. Tuvo que ser así. No me explico de qué otra forma pude sentarme a la mesa de aquel restaurante italiano y dejarme sorprender; agarrar el tenedor, pinchar sin miedo la burrata y los tortellini con trufa y terminar compartiendo con Julieta un tiramisú casero sobre el que previamente soplé las velas con el número veintitrés.

Bueno, ahora que lo pienso, tiene lógica que Maca se sintiese con esa libertad de empujarme al deleite. Ella sabía que aquello era lo que yo deseaba de verdad: liberarme. Era mi cumpleaños, bendita sea. Merecía una noche de gozo sin remordimientos; de aroma y gustillo; de vida.

Y ojalá mi querida Maca se hubiese quedado hasta el final. Ojalá se hubiese metido más dentro de mí para seguir dándome calor hasta derretirme como el agua. Ser agua por una noche, sin grumitos ni piedras, solo agua. Pero Maca no pudo quedarse hasta el final. Supongo que tuvo que ser así… Que todo pasa por algo… No sé.

Lo cierto es que aún me jode recordar ese momento…

Sucedió minutos después de la última cucharada de tiramisú. No recuerdo si muchos o pocos. El caso es que el agua, de forma inminente, pasó a ser magma en mi estómago. Entonces sentí la lava y los gases volcánicos que buscaban ascender por el único cráter existente por el que erupcionar la insoportable culpa. De nuevo el terror, el hundimiento, la interrupción. La desconexión de lo aprendido con la realidad.

—Voy al baño, ¿vale? —dije forzando una sonrisa.

Julieta me la devolvió y me encaminé con diligencia para contar con el máximo tiempo posible y evitar así la probable sospecha. Me dolía el pecho solo de pensar que pudiera enterarse. Tanto que me esforcé en rechazar la idea, como a menudo rechazamos todo lo que nos desgarra el corazón; me convencí de que era imposible. Porque yo no podía decepcionarla así. ¿Cómo me vería entonces? ¿Cómo me miraría el amor de mi vida si descubriese la vergüenza que soy?

Crucé como una exhalación el restaurante, abrí la puerta de un empujón y me precipité a uno de los baños, me bajé los tirantes del peto y me quité la camiseta para evitar mancharme. De rodillas, dediqué unos instantes a comprobar que no había nadie y apoyé los dos dedos sobre la base de la lengua hasta provocar la angustia suficiente para expulsar la lava. Tosí dos veces involuntariamente y, con la garganta abrasada, me apresuré a repetir una y otra vez el proceso lo más rápido posible hasta que ya no saliera nada. Vi sangre al final. Y eso me asustó muchísimo. Tiré de la cadena, me limpié con papel higiénico la mano manchada, me puse de nuevo la camiseta, me subí los tirantes del peto y abrí la puerta. Y allí estaba Julieta. Con gesto de dolor, los ojos arrasados por las lágrimas y la boca abierta. Me miró sin moverse. Jamás una mirada me había golpeado tan fuerte.

—¿Qué hacías? —me preguntó.

—Nada —mentí—, que vine a hacer pipí, pero… me empezó a doler muchísimo el estómago y…

—Lucía, decime la verdad.

—Te estoy diciendo la verdad.

Hubo un silencio lacónico.

—¿Te pensás que soy gilipollas?

—¿Por qué? No…, no entiendo. ¿Qué te pasa?

—¿Que qué me pasa?

—Sí. ¿Qué te pasa?

—¡¿Quieres saber qué me pasa!? —gritó sin contenerse—. Que quiero saber qué mierda hacías en el baño. Eso es lo que me pasa.

El silencio regresó de nuevo. Esta vez fue más prolongado, más espeso. Cuando Julieta se lanzó de nuevo, percibí su voz quebrada.

—Lucía, puedo aceptar muchas cosas, pero no que me mientan. No voy a aguantar que me mientan de nuevo. Ya estuve ahí muchas veces como una pelotuda y lo sabés.

Miré hacia un lado, esclava de una ansiedad que arrasaba con todo. El corazón me daba porrazos en el pecho, la cabeza entera me ardía.

—Te lo estoy diciendo muy en serio —continuó—. Si no me decís la verdad, me voy de acá. —Se tiró fuerte del pelo con las manos—. ¡¡No tenés ni idea de lo que significa esto para mí!! Me cago en la reconcha de la lora. La puta madre, Lucía. ¿Por qué? Seis años estuve con mi hermana Zoe así. Seis putos años. Que casi la palma la hija de puta con bulimia y anorexia. Y ella con las mentiras, y yo sin verlo. Yo haciéndole fotos como una pelotuda y retocándolas cuando se veía gorda… No puedo. No puedo, Lucía. Si no querés ayuda, yo no puedo con esto otra vez. Lo siento. Lo siento…

Julieta se apoyó con las manos en el lavabo. Vi cómo le caían lágrimas de los ojos. Yo estaba aturdida, inerte, llena de pedruscos por dentro, pedruscos gigantescos que me taponaban las arterias hasta la asfixia. No podía pensar. No podía decir nada. Entonces Julieta lo dijo por las dos: se marchó.

45

La dieta de la mentira patatera

—¿En serio me lo dices ahora? ¿A dos días de empezar? —se quejó Carlota en su estilo habitual—. Como lo de Julieta…, que no te lo mencioné en su día, pero me jodió que flipas que no me contaras desde el principio que te estabas liando con una tía, ni que yo te fuera a juzgar por eso… Por cierto, ¿qué tal con ella? ¡¡Y cuéntame lo de la Miami Swim Week!! ¿Cuándo empiezas? ¿Cómo que te han cogido en once desfiles? Eso es muchísimo, ¿no?

Carlota me miraba a través de la pantalla de mi móvil con los ojos acoplados en los orificios de una mascarilla facial de arcilla verde. Parecía la princesa Fiona de la saga *Shrek*. Siempre trataba de no perder contacto con ella, aunque a veces tardaba en llamarla (si me retrasaba demasiado ella lo remediaba enseguida), pues mi amiga de la infancia era un asidero. Con ella sentía que ponía los pies en la tierra, que siempre podría regresar.

—A ver, por partes… —respondí atascada—. Lo de Julieta, perdón. Es que al principio no sabía muy bien lo que me estaba pasando con ella…

—Bueeeno…, te perdono. —Puso cara de cabra sonriente y casi se le cuarteó la piel verde.

—Pero ahora está la cosa regular, por no decir fatal. Nos enfadamos la última vez que estuvo aquí en Nueva York y este mes no hemos hablado nada… Tampoco yo he parado, así que, bueno…

—¿Y tú cómo estás?

«Hundida. Con pesadillas y agonía. Un machete se me clavó en la nuca y no sale».

—Bueno…, tú sabes… Peores cosas hay en esta vida… Nos aportamos cosas bonitas en su momento y ya está.

Me hice la fuerte. No por Carlota, sino por mí, como si me hiciera un favor. Pero la verdad era que no había vuelto a hablar con Julieta desde que se fue aquella noche, y no pasaba ni un día sin que pensara en ella. Cotilleaba en Instagram, eso sí. Estaba guapísima, como siempre, la cabrona, con su sonrisa grande y sus pecas en los mofletes. Te juro que me daban ganas de atravesar el móvil para acariciar sus pecas o de coger un vuelo hasta Madrid, llamar a su puerta en la calle de la Magdalena y pedirle un abrazo. Solo que esas ganas eran con frecuencia eclipsadas por un discurso de lo más elocuente.

A veces a una no le queda otra que cruzar una línea que no tiene vuelta atrás para comprender y desdecirse. A veces hay que meterse un topetazo contra el fondo para tomar conciencia del error. Es ahí cuando una intenta salir con resplandor porque ya es tarde para deshacer sin dejar heridas.

Para mí era impensable admitir ante Julieta que me encerraba en el baño a vomitar y que pensaba en comida (en no comer, más bien) desde que me despertaba hasta que me acostaba. No podía confesarle que a ratos me sorprendía el deseo de ver el tiempo correr, y también la vida, para no tener que comer; que me levantaba tarde para no tener que desayunar; que me había convertido en una adicta a los diuréticos y a los laxantes y que no podía estar más de tres días sin hacer ejercicio porque la culpa me golpeaba. Me resultaba inconcebible revelar que me temía. De ahí que transitara por mis días con la certeza de que el parásito era yo, un yo irreparable, un yo que no merecía tener cerca a un ser tan fascinante como Julieta.

De ahí, la coraza.

La vulnerabilidad es el alma desmaquillada. Cualquier día a cualquier hora. Es irte de vacaciones y dejar la puerta abierta sabiendo que quien allane tu morada te va a regar las plantas. También es prepararte para recibir un abrazo sabiendo que la persona que mejor puede dártelos eres tú misma. Yo, como ya era costumbre, me pinté la cara y escondí las llaves.

—No sé cómo lo haces para no engancharte en las relaciones, de verdad —exclamó Carlota alucinada—. Yo quiero aprender a soltar como tú. ¡A soltar! —Sacudió los brazos como un espantapájaros en Tarifa—. Desesperaíta estoy ya. Al final voy a acabar en el poyete, ya verás.

—Serás idiota. —Me reí.

—Lo que yo te diga. Sola en el poyete —sentenció con un dramatismo cómico—. Bueno, cuéntame lo de Miami. ¡Estoy tan orgullosa de ti! El otro día en la uni me preguntaron mis amigas por ti, porque te habían visto en los carteles de Jade Blanco y en la cuenta de Instagram de Ralph Lauren. Y ahora te siguen todas en Instagram. Están como locas contigo, todo el día: «Ay, Carlota, tu amiga Lucía…, es que es guapísima. Es ideal». Y yo siempre digo: «Pues sí que lo es e infinitamente más guapa por dentro».

—Ja, ja, ja. Qué tonta.

—Hombre, claro, yo presumiendo de amiga. Bueno, cuéntame.

—Pues eso, que al final hice los castings en Miami y me han cogido en casi todos los desfiles.

—¿Cómo que al final? ¿No los ibas a hacer?

—Bueno, es que cuando la agencia de Miami me vio el primer día me pidió que adelgazara para los castings.

—¿Más?

—No, bueno, más no. Porque había cogido dos o tres kilos…

—Ajam…

—Pero, bueno, al final bien. Porque por lo visto están las mejores marcas de baño y es una exhibición bestial. Y luego hay también *photocall* y muchas fiestas y eso… Y me conviene para abrir mercado en Miami. Y en muchos países, en realidad. Estoy contenta, lo único es que me noto un poco como…, no sé, tía, sin energía. Estaba pensando en ir unos días a España para descansar, pero es que es inviable. Mañana trabajo en Perú y de ahí directa a Miami. Y, claro, tampoco puedo irme de un día para otro sin avisar a Matteo, porque tengo un montón de opciones por confirmar, siempre tengo opciones. Sería una falta de profesionalidad total, y quiero hacer las cosas bien, que todos en la agencia están encantados conmigo y me están tratando superbién. Desde el principio, vaya.

—Sí…, bueno, piensa que te queda un mes y pico para volver. Y que regresarás con la satisfacción de haberlo hecho bien. En agosto estás aquí ¿no? El viaje a Portugal lo tenemos ya organizado las Berenjenas. Tú te vienes, ¿no?

—Sí, sí. En agosto me vuelvo. Contad conmigo.

—Pues ya está. Ahí nos relajamos, nos bebemos unos mojitos, nos ponemos al día…, que nos va a venir bien a todas, ¿eh?

—Pues sí —me convencí.

—¡Qué ganas, por favor!

—Me apetece mucho. Lo necesito —reconocí—. Bueno, caraculo, te dejo que mañana madrugo. Te voy contando, ¿vale? Te quiero mucho.

—Y yo más. Y te echo de menitos. ¡Suerte!

—Graciaasss. Buenas noches, descansa.

—Chao, chochín.

Tengo que admitir que cuando unos días después aterricé en Miami, me movía el orgullo de haberlo conseguido. Mientras el taxi me llevaba hacia el hotel atiborrado de cuerpos humanos vestidos con finura y extravagancia, *ready* para el gran aconte-cimiento, yo me enorgullecía. Y cuando salía a pasear por la pla-ya con sus míticas casetas de colores, me tumbaba en la toallita después de darme un baño estupendo y haber sobrevivido a esos supuestos tiburones de Florida que me aseguraron que llegaban hasta la orilla y contemplaba el atardecer rosa anaranjado entre las palmeras, uno de los atardeceres más espectaculares que ha-bía visto nunca en mi vida, yo me enorgullecía. Y mientras es-cribía al chico del cuadro para ir a jugar al vóley y luego íbamos todo el grupito de españoles a comer tacos que yo nunca me comía, yo me enorgullecía. La verdad es que sí me comí otra cosa más rica... y me comieron a mí. Y también mientras me mira-ban las piernas estilizadas y el abdomen planito y las tetas gran-des, pero que no rebotaban demasiado en los desfiles ni se me salían del biquini, sí, me enorgullecía. Me gustaba estar en Mia-mi al igual que disfrutaba de estar en Nueva York. Me empapa-ba día a día del montón de experiencias que estaba viviendo.

Total, la aventura de ser modelo se me acabaría prontito. A lo sumo en dos años. Una modelo con veinticinco era carne pasada. Así que lo más inteligente era aprovechar el tirón. Ya ves. Después de las estupideces que había aguantado en mis inicios, tras tantos y tantos castings, por fin tenía trabajo y estaba tenien-do éxito (bueno, lo que yo creía que era éxito, claro).

Por otro lado, me encontraba ganando mucho dinero, via-jando sola por el mundo, conociendo a cientos de personas con culturas y educaciones diferentes que me abrían la mente y me impulsaban, una y otra vez, a cuestionarme mi identidad, a libe-rarme de los prejuicios, de las limitaciones con las que había crecido... Lucía Callado se había convertido en una mujer más atrevida, más resuelta, menos tozuda. Una mujer a la que ya no le preocupaba si el resto del mundo pensaba que era una zorra por posar en bragas o tonta e inculta por no tener una carrera universitaria o desequilibrada por enamorarse de una mujer a sus veintitrés años cuando no era lesbiana. ¿A quién carajo le importaba todo aquello? A mí ya no. Y qué alivio sentirlo así…

Y lo mejor era que todos esos cambios habían sucedido de la manera más natural e inapreciable; como cuando te crecen las uñas de los pies, y cuando te quieres dar cuenta ya tienes peinetas largas y afiladas como para cortar jamón. Entonces te preguntas: «Hostias, en qué momento ha ocurrido esto». Pues eso; muchos crecimientos de uñas habían acontecido en mi vida en tan solo un año.

Los desfiles de Miami resultaron ser un triunfo para mi carrera y se sumaron a las últimas campañas y editoriales que ya empezaban a publicarse. Lo cierto es que nunca busqué la fama, pero, sin esperarlo, me vi invitada a inauguraciones de tiendas reconocidas, a *premiers* y a fiestas privadas con grandes celebridades. Todo ahí bien de focos, glamur y postureo. La mayoría de los eventos eran aburridos, la verdad, pero solía ir acompañada de Matteo y me lo tomaba como si fuera a trabajar. De esta forma surgía alguna fotito para publicar en redes o se daban interesantes charlas con fotógrafos o directores a los que me presentaban y que podían ser puertas a proyectos futuros. Y después de todo esto… a casa.

Agosto se me llenó de castings y trabajos en «la ciudad que nunca duerme». Y era cierto que no dormía, igual que yo, que me pasaba noches con insomnio viendo charlas de TED Talks en inglés para seguir mejorando el recién aprendido idioma. Los compromisos me obligaron a quedarme el resto del verano en Nueva York. Al final me quedé sin el viaje a Portugal con las Berenjenas. De nuevo, Carlota tuvo la paciencia de no enfadarse, de entender que era mi trabajo, de esperarme siempre.

En solo dos meses los seguidores de Instagram se dispararon y también crecieron las agencias de modelos de Europa que me querían: Francia, Alemania, Suecia, Holanda, Reino Unido, Dinamarca…, hasta de España tuve una oferta (de la agencia que era competencia de Vernet). «Uy, uy, uy, verás cuando se entere Rebecca Ricci», pensé. Aunque me importaba tres pimientos que se enterase, aquello era agua pasada. Bueno, miento. Mentira patatera. En realidad, un poquito sí que quería. Me daba gustito imaginar la cara de la Ricci al ver mis preciosas fotos. Sentirla ahí, pordiosera ella, arrepintiéndose por haberme tratado mal. Bueno, no creo que esa señora llegara a arrepentirse de nada… Su ego buscaba siempre tener razón. El mío, una revancha de la forma más estúpida posible (más de lo mismo, vaya).

En fin, que Matteo se encargó de mis contratos con las agencias y de seguir moviéndome a tope para aprovechar el subidón que estaba teniendo.

Aquella mañana en Nueva York, Matteo había intentado conectar conmigo unas tres veces, pero yo me encontraba en mitad de la grabación de un anuncio para Sephora. Entonces, los de producción decidieron hacer un pequeño descanso y cogí el móvil para llamarle, sin imaginar lo que me esperaba, claro, ¿cómo iba a imaginarlo?, pero se había adelantado con un mensaje.

Matteo

Hoy

Lucía
Llámame cuando puedas.
OMG!!!!
Tengo *amazing news for you.*
¡¡¡¡¡Victoria's Secret quiere conocerte!!!!!! 11.04

46
Victoria's Secret

Flipé. Experimenté un subidón de adrenalina que casi escalo todas las paredes del estudio y beso a todos los del equipo de Sephora. No sabía dónde meterme para chillar. Necesitaba chillar. Todo mi cuerpo se había preparado para dar el zambombazo que suponía aquel notición. Sin embargo, allí estaba yo, sin más remedio que guardar la compostura en mitad de un rodaje con profesionales al borde de un ataque de nervios porque íbamos mal de *timing*. Al carajo el *timing*. Por unos instantes pensé en escabullirme, en salir corriendo por la puerta y que les dieran por culo a todos, tenía cosas más importantes que celebrar. Pero al final recobré la cordura y terminé mi día de trabajo lo mejor que pude, como buena profesional responsable y autoexigente que era.

Victoria's Secret.

Joder. No me lo podía creer. ¿Cómo iba a estar interesada en mí la marca de lencería con mayor reconocimiento del mundo? Después de tantísimos castings fallidos, después de escuchar tantos «no»… Por favor, aquello me parecía de broma. Ay, ay, estaba deseando contárselo a Carlota, le daría un patatús. Y a Julie…, no, a Julieta no se lo podía decir. ¿Cómo iba a escribirle solo para eso después de tres meses sin hablar? No, no, no.

Victoria's Secret.

Joder. Yo había visto los desfiles sentada en el sofá *chaise longue* de tela rasposa de casa de Carlota, porque ella nunca se había perdido ni uno, y comentaba siempre el cuerpazo que tenían todas las modelos y cómo le gustaría ser una de ellas mientras se ponía púa de palomitas. Yo me había comprado un pack de tangas de Victoria's Secret en un aeropuerto, no recuerdo ahora cuál, porque una vez se me olvidó llevarme las bragas a un viaje de cuatro días. Qué pavo el mío, por Dios, Lucía ¿cómo se te olvidan las bragas? En fin, que lo que te quiero decir es que yo había oído hablar de Victoria's Secret un montón de veces, pero nunca como en aquel momento, nunca tan cerca.

Al día siguiente me llamó Matteo para que fuera a la agencia y no veas la que se formó allí: todos los *bookers* felicitándome y nerviosos perdidos porque era la única modelo de Motion a la que querían ver en privado, además del casting oficial.

Yo era la promesa. Yo era el futuro. La heredera sin fisuras.

Me abrazaron, me gastaron bromas, me aconsejaron una peluquería para ir esa semana y me repitieron infinitas veces que me mantuviese fuerte mentalmente, que me cuidara y que hiciera mucho deporte. Incluso me pasaron el contacto de un centro de spa muy *cool* cerca de Union Square donde te hacían masajes relajantes con el cincuenta por ciento de descuento si iba de parte de Motion. Qué maravilla.

Me bloquearon la agenda durante esos ocho días hasta el momento del casting para que no tuviese que viajar y estar lo más descansada posible. Tan solo tenía un casting para esa misma tarde a las siete, uno muy importante al que sí merecía la pena ir porque era un *big client*. Pregunté que por qué era un *big client* y me aclararon que era dueño de varias marcas de lujo con sede en Dubái y que tenía mucho dinero.

El caso es que me presenté al casting a la hora indicada y todo pareció ir de maravilla. El *big client* me pidió que hablara un poco sobre mí y mis aficiones. Entonces le expresé mi pasión por la pintura y la inquietud que me rondaba por la cabeza de estudiar interpretación. Él me preguntó que por qué no lo hacía ya, lo de ser actriz. Me dijo que se me veía el brillito en los ojos y que allí era siempre donde había que apostar. Y le expliqué que ahora no tenía tiempo para estudiar porque, claro, no paraba de viajar por trabajo. Ni siquiera había podido tener unas vacaciones de verano en España para descansar, con las ganas que tenía de ver a mis amigas de Jerez... Lo necesitaba, y mucho, porque Nueva York me fascinaba y era increíble lo que me estaba llegando a nivel profesional, pero, a lo tonto a lo tonto, llevaba casi ocho meses sola. Sola ocho meses. Imagínate. Una noche fui a mandar una nota de audio a Oli y me percaté de que no había abierto la boca en todo el día. Qué barbaridad. Eso no debía de ser bueno para la cabeza... Tan atestada la pobre de pensamientos, tan atareada con suposiciones sobre lo que el otro siente, sacando conclusiones sin preguntar, recordando, juzgando, viajando por las conversaciones del pasado, por lo que no dije, por lo que me dijo, por lo que debí decir...

¿Cómo puede sentir uno vacío teniendo tanto ruido dentro?

Pues todo eso y más le conté a ese *big client* con vivacidad. No sé por qué lo hice, supongo que se me juntaría el subidón de lo de Victoria's Secret con la fatigosa soledad, y me dio por abrirme en canal. Y al parecer le gusté, pues esa misma tarde me mandó la agencia un correo confirmándome que había pasado la primera prueba:

De: Motion Models Management <info@motionmodels.com>
Para: Lucía Callado Prieto <lucia.callado.prieto.22@gmail.
com>
Fecha: 22 de octubre de 2015, 18.30
Asunto: CALLBACK

¡Hola, *beauty!*
Tenemos buenas noticias. El cliente de hoy quiere verte
de nuevo. Le has encantado y estás como primera opción
para el trabajo. Tienes el *callback* mañana. ¡¡Enhorabuena!!
Misma hora, mismo lugar. Ponte guapa y gánatelo. Es un *big
client.*

Matteo xx

Matteo Simone
Booker

MOTION MODELS MANAGEMENT
www.motionmodelsmanagement.com

47

Alas para poder volar

«Tranquila. Respira. Nadie viene a por ti. ¿Y cómo lo sabes? Esto te pasa por estúpida. ¿Cómo no te diste cuenta? ¿Qué te pensabas? ¿Que te darían el papel? Baja de las nubes, ingenua de mierda, que solo te quieren porque estás buena. ¿Quién te va a dar una oportunidad a ti? ¿Quién? Olvídate. Tú no tienes talento. Tú no sirves para nada. No eres nadie. Y esto te pasa por seguirle el juego. Me das asco. ¿Quién eres? ¿Quién eres, Lucía? ¿Cómo has podido llegar hasta aquí?».

Nunca olvidaré ese día horrible. Fue el punto de inflexión. El tope.

Me bajé del metro en la tercera parada. Miré hacia atrás. No parecía seguirme nadie, pero a la vez podía sentirlos cerca. ¿Y si estaban escondidos entre el tumulto? «Piensa, Lucía, por favor, piensa». Subí las escaleras mecánicas corriendo y me metí en el metro de nuevo, pero en otra línea diferente para despistar antes de averiguar si conectaba con Williamsburg. ¿Y si sabían mi dirección? ¿Y si alguno de aquellos hombres estaba esperándome cerca? No podía volver al apartamento. Me bajé en la parada siguiente y salí precipitadamente a la calle. ¿Dónde estaba? Las farolas eran amenazas que me acechaban. Cada sombra, un puñal en el estómago. Todos los coches parecía que me seguían. Perseguida. Por ingenua. Por haber confiado. Por haberme quedado sola en aquel apartamento F con mi vestido negro corto. ¿Cómo había podido ser tan estúpida? En eso me había convertido. En una mujer despreciable que provocaba a los hombres. En un trozo de carne inútil que solo servía para que los demás lo analizaran, lo tocaran y lo escupieran. Culpable.

Miré los rascacielos de la ciudad y busqué un lugar donde esconderme. El corazón me bloqueaba el diafragma. El aire provocaba un pitido agudo y violento. «Tengo que pedir ayuda, pero a quién. ¿Grito en mitad de la calle? ¡Vienen a por mí! ¡Vienen a por mí! ¿Vienen a por mí? No lo sabes, Lucía. Te estás volviendo loca. Loca. Loca. Loca».

De repente, pasó un coche blanco y sentí una sacudida en mi pecho. Retrocedí. Cambié de dirección y advertí una luz brillante. Era el cartel de un hotel. Hotel. Corrí despavorida hacia allí, por puro instinto, tratando de salvar mi vida.

«Tranquila, Lucía. No es el fin. No vas a morir. Hoy no. Hoy no. Ya casi estás. Ya estás».

Entré en el hotel, agitada, desconcertada. El silencio me paralizó unos segundos. Después busqué la recepción, pedí una habitación y entregué mi pasaporte. Esperé. Esperé con la congoja aún en mi garganta. Y pagué. Cuatrocientos euros. Lo hubiese dado todo en aquel momento.

—Planta quince.

«Planta quince».

Mi cara deformada en el espejo del ascensor. El terror en mis ojos. Estaba fuera de mí. No era yo. Una extraña. Entré en la habitación. Era enorme, con un ventanal gigantesco y muchas luces diferentes. Las apagué todas. El Empire State iluminaba la estancia de fondo. Cerré las cortinas. Jamás pensé que necesitaría la oscuridad para sentirme a salvo.

Me desnudé. Me metí en la bañera. Y allí, bajo el agua ardiente de un lujoso hotel, sentí que me derrumbaba por completo. Me vi rota, arrojándome a un agujero oscuro. Era como un vacío desprovisto de formas y estructuras. Nada a lo que agarrarme. La muerte al descubierto y yo directa hacia ella. ¿Para qué seguir?

Puse el tapón. Esperé a que se llenara la bañera y me sumergí completamente. Y entonces el agua me llevó a cuando de pequeña me bañaba en las playas de Cádiz, dibujaba en la arena con plumas de gaviota y soñaba con tener alas de mariposa para poder volar. ALAS. VOLAR. Allí estaba, con doce añitos, el pelo despeinado, pintando las paredes de mi habitación con una camiseta llena de manchurrones. Sentí el olor a recién pintado. Mi madre sonriendo mientras me ofrecía un cubo lleno de vinagre. «Para que no te intoxiques», decía siempre. Por un instante, la eché mucho de menos. Yo era el infinito entre los colores.

¿Por qué no lo vi?

¿Por qué no me vi?

¿Qué sentido tenía esta vida tan lejos de mí? Una vida inerte que me conducía hacia la destrucción. Hacia una existencia desperdiciada, con valores perdidos y verdades ocultas.

Había encontrado unas alas, unas alas preciosas de ángel, pero no eran las mías.

Ya no.

No así.

¿Quién era?

En la vida hay respuestas que se buscan y respuestas que te encuentran. Las respuestas que se buscan suelen ser acordes a las preguntas hechas y, aunque no siempre aparecen en el momento que deseas, tu cuerpo suele estar preparado para recibirlas.

Las respuestas que te encuentran, por el contrario, lo hacen como una explosión. Te zarandean por dentro y consiguen que te cuestiones hasta la existencia. De pronto, todo lo que querías ya no lo quieres. Se acabó. El castillo que construiste, con cada columna para sostenerlo, con cada idea a la que te aferraste con fuerza, se desploma por completo hasta derivar en una montaña de polvo. Polvo. Eso es. Te conviertes en polvo.

Salí de la bañera y cogí el móvil con las manos temblorosas. Busqué en la agenda el nombre de Julieta y llamé.

—¿Lucía? ¿Qué pasó? Acá son las cuatro de la mañana, no sé si te acordás, boluda. ¿Por qué me llamás a estas horas? ¿Estás bien?

—Lo siento… —Sollocé.

—¿Qué pasó? ¿Dónde estás?

—No…, estoy… en un hotel, en Nueva York.

—No entiendo —contestó turbada—. ¿Y tu apartamento?

Sentí la desesperación subir hasta mi garganta y rompí en llanto.

—No puedo más, Julieta. No puedo más. Se acabó. No puedo más. Se acabó.

—¿Qué se acabó, Lucía?

—Todo —balbucí.

—Me estoy asustando. Esperá, que te llamo en videollamada.

Colgó. Escuché mi teléfono sonar y descolgué. Era incapaz de hablar. Mi cuerpo temblaba descontrolado. Las lágrimas me asfixiaban. La respiración me dolía. Julieta permaneció un largo rato en silencio. No sé cuánto, pero hasta que conseguí calmar mi agonía.

—Tranquila, Lu. Estoy contigo. ¿Vale? Estoy contigo. Sea lo que sea, pase lo que pase. ¿Podés confiar en mí?

Sentí que su voz me abrazaba. Estaba allí conmigo. No estaba sola.

—No puedo seguir aquí, Ju —exhalé —. No quiero. No así.

—No sigás.

—Necesito volver.

—Volvete. ¿Cuándo podés?

—Hoy. Mañana.

—Pues sácate el vuelo ya. ¿A qué hora podés?

—Voy a mirar el próximo que haya —decidí.

La pantalla se congeló. Julieta desapareció.

—¿Ju?

—Un segundo. Estoy mirando vuelos... —aclaró—. Hay uno mañana a las nueve de la mañana. Con American Airlines. Seiscientos euros. Lo pillo, ¿vale? Lo estoy pillando.

—Gracias. Gracias, Ju, de verdad. Mañana te lo pago.

—Tranqui.

—Gracias.

—Nos vemos mañana, ¿querés? Estoy sola en casa, así que si querés venirte directamente, me decís.

—Por favor...

48
«Blackbird» III

Aquella noche, metida en la cama de un hotel de cinco estrellas en Murray Hill, me di cuenta de cuánto nos necesitamos. No me refiero a la necesidad que tiene que ver con la dependencia emocional, entiéndeme, sino a la más pura esencia del ser humano. Estamos conectados. Nos guste o no. Somos más iguales de lo que nuestra mente comparativa desearía, pero aun así nos empeñamos en disfrazar la tristeza y ocultar la vergüenza como si fuéramos el único ser defectuoso del planeta. Y así nos desconectamos poco a poco de nosotros mismos y del resto hasta que nos pudrimos.

Yo también me estaba pudriendo. No solo por ese último episodio que acababa de vivir. Arrastraba en mi interior demasiadas emociones enquistadas, las suficientes para no poder sentirme bien conmigo misma ni saber para qué hacía lo que hacía. Por eso sé que llamar a Julieta me salvó la vida. No porque fuera ella, podría haber sido cualquier otra persona. Tampoco por lo que dijo, podría haber soltado cualquier bobada o incluso nada. A lo que me refiero es al poder de la vulnerabilidad. Pedir ayuda es lo único que nos salva cuando la vergüenza nos ha encarcelado.

Ahora lo digo así de pronto, pero no te creas, que a mí esto de hablar de mis inseguridades y trastornos sin filtros no me había entrado en la mollera hasta entonces. Era inconcebible para mi sistema neuronal. Demasiado precipicio. Demasiadas rocas. Demasiado en contra de mi propósito de convertirme en una mujer independiente y autosuficiente, una mujer fuerte y valiente. Tan valiente que podía lanzarse a los lobos y salir así como si nada. No, chica. No eres más valiente por demostrar que no van a poder contigo cuando por dentro te sientes destrozada.

Aquel 24 de octubre me pasé la noche entera en un estado de aletargamiento, tomando consciencia de que podría haber sido la última. Y cuando amaneció, me invadió la quietud. No sé cómo ni por qué surgió, pero había espacio en mi interior y una calma infinita. Yo era todo y nada al mismo tiempo. Yo era una inmensidad indescriptible, más allá de mi pelo rubio, mi piel lechosa y mis piernas delgadas. Por supuesto esto me duró escasos minutos, pero fueron suficientes porque oí mi voz. La de siempre, ya sabes, aunque esta vez distinta, como en una nueva versión más serena, más yo. «Vuelve, Lucía», me dijo.

Regresé al apartamento, hice mis maletas y cogí el vuelo con destino a Madrid. Sabía bien lo que dejaba atrás: un casting para Victoria's Secret, la decepción de Matteo, ganar dinero para mi futuro incierto, el éxito…, pero encontrar mi bienestar pasó a ser mi prioridad. Ahora que podía ver con claridad el desequilibrio, me era imposible seguir negándolo.

Además, ¿qué era el éxito para mí?

Lo cierto es que me costaba descifrar ese concepto en aquel entonces. Me costaba porque, aunque disfrutaba de mis trabajos desde que vivía en Nueva York, coexistía en mí un chillido que me zarandeaba por dentro. ¿Qué sentido tenía conseguir esos logros si no sabía para qué lo hacía? ¿Qué sentido tenía si sacrificaba mis valores? Jamás conseguiría llenar el vacío que sentía si continuaba de aquella manera.

Julieta me sorprendió al venir a recogerme al aeropuerto. Intuyo que a ella también le sorprendió leer antes mi mensaje de WhatsApp. No pude verle la cara mientras lo leía, pero mucho mejor así, también te digo. No sé si hubiese sido capaz de haber hecho tales confesiones en persona. Cara a cara. Sin embargo, por escrito me resultaba más fácil (ya sabes, como en mi libretita del escupitajo). Siempre había sido así, desde pequeña. Recuerdo que una vez dejé a un novio por carta y casi me mata. El pobre mío se quedó alelado. «¡Me has dejado por carta, Lucía! ¡Por carta!», me decía disgustadísimo. A lo que le respondí: «Es mejor para los dos». Claro, era mejor porque de otra manera me resultaba inviable. Las palabras nunca me salían por la boca cuando se trataba de emociones intensas. Se me quedaban enganchadas en la garganta como garrapatas. Y, claro, luego me salían placas de la impotencia. Por eso te digo que lo de las cartas yo lo hacía por salud, por mera supervivencia humana.

En fin, que le escribí a Julieta un señor tocho durante el vuelo y se lo envié aunque tuviese el «modo avión» activado para que lo recibiera lo antes posible. Ya estaba hecho.

Ju
Hoy

Querida Ju.
Prepárate y coge asiento, que se viene un señor tocho…
Supongo que no eres consciente de lo que supuso para mí que ayer me contestaras al teléfono (a pesar de que fueran las cuatro de la mañana en España y lleváramos meses sin hablar), pero te quiero dar las gracias de corazón. Y no solo por eso, sino por todo lo que me has aportado desde que nos conocimos.

Gracias por ser como eres, por ser inspiración, por atreverte a decirme lo que tanto me estaba costando decirme a mí misma.

Sé que tus intentos por ayudarme han sido siempre sinceros. No hace falta ser un iluminado para ver que no buscas más compensación que la de mi sinceridad, pero una no puede dar a los demás lo que no es capaz de darse a sí misma. Por eso, ahora que estoy dispuesta a dar, este mensaje es tanto para ti como para mí.

Perdóname por no haber sabido hacerlo mejor.

Perdóname por cada una de mis mentiras, por mis silencios cobardes, por esta vergüenza que siento dentro y que me fustiga. Si algo siento dentro de mí es vergüenza.

Vergüenza porque me estoy convirtiendo en una mujer a la que no admiro. Sé que he conseguido muchos logros y me siento orgullosa de mi progreso, pero ¿dónde están mis valores? ¿Dónde está Lucía? Mi honestidad para dejar de esconderme. Mi coraje para atreverme a seguir mi intuición.

Ya sabes, tú misma me lo dijiste: «El cómo es lo que marca la diferencia...». Mi «cómo» está lleno de culpa y miedo.

Me siento culpable por ser partícipe de una industria que fomenta las inseguridades de las mujeres y no hace nada para cambiarlo. Me siento culpable porque, con cada publicación que hago en Instagram, hay miles de chicas que se comparan con una imagen irreal, porque eso es solo lo que yo muestro y ellas ven; una milésima parte de la realidad. Y por mucho que me quiera convencer y te diga con seguridad (como en aquella conversación que tuvimos en la cama el día del karaoke) que las redes sociales forman parte de mi trabajo y que no puedo tirarme piedras sobre mi tejado..., mi verdad no es esa. No la es, porque cada «me gusta» se ha convertido en un punzón que se me clava en el pecho. No la es, porque me mueve el miedo a que me descubran, a que me echen de las agencias, a no ser suficiente, a morir en vida.

Una verdad solo puede salir del corazón.

Me culpo también por los abusos sexuales que he vivido (ya te contaré sobre esto otro día, aún no puedo...). Me culpo por mis trastornos alimentarios, por levantarme cada mañana con un pánico terrible a que la comida me pueda y engordar, a no poder controlar esta necesidad de llenar el vacío que tengo y seguir haciéndome daño. Me culpo por mirarme al espejo y despreciarme, aun sabiendo que tengo un cuerpo que me permite estar viva.

Ya ves, me culpo hasta por lo que no debería. Y sé que no soy culpable de los problemas de los demás, pero no puedo evitar sentirme así. Te juro que es una emoción que me destroza por dentro. Por eso creo que necesito ayuda (ya me pasarás el contacto de tu terapeuta y de tu maestro espiritual... de todos, porfi).

Con respecto a lo que pasó el último día en el baño..., cuando te fuiste..., creo que pocas veces en mi vida he sentido tanto dolor. Fue como si me agujerearan el corazón. Uno de esos momentos en los que solo deseas desaparecer. Y ya sé que mi reacción fue mostrar frialdad e indiferencia, pero todo era un escudo para protegerme, me dolió tanto que te evité. Me dolió tanto que te odié. Sí, te odié por abandonarme. Te odié por no entenderme.

Y ahora puedo ver que en realidad solo me estaba odiando a mí misma.

Lo siento. Nunca quise mentirte y más sabiendo lo que habías pasado con tu hermana Zoe. Lo siento. Lo hice lo mejor que pude.

Otra de mis verdades es que siento envidia. Yo no me atrevo a vivir como tú lo haces. Yo temo, me justifico, me invalido… Me quejo porque los demás no me valoran.

Pero ¿yo? ¿Cómo me valoro yo?

Tú me has mirado como nunca antes lo habían hecho. Y eso es algo que me da esperanza, me revela que hay una parte de mí (aunque muy escondida aún) que es capaz de mirarse así. Y supongo que a veces lo hace. Sí. Hay ratitos en los que me sé ver. Estoy segura de que son esos momentos los que me dan la fuerza que necesito para dejar atrás todo lo que ya no quiero ser. Aún no sé muy bien cómo hacerlo, pero he cogido un vuelo de vuelta a Madrid (sé que lo necesito) y estoy dispuesta a probar lo que sea para sentirme bien, incluso a meditar como siempre me aconsejas y nunca hago.

Toda mi vida ha sido un cuestionamiento constante, pero hay algo que tengo claro: este no es mi camino.

Recuerdo que el primer día que nos conocimos, me hiciste una pregunta que nunca te llegué a contestar: «¿Qué te alimenta el alma, Lucía?».

Aún me cuesta tener una respuesta clara, pero sí que he llegado a una pequeña conclusión: da igual lo que haga, a qué profesión me dedique o cuánto dinero tenga en el banco. Es imposible alimentarme el alma si no escucho a mi intuición. Es imposible si sigo buscando fuera lo que solo puedo encontrar dentro.

Ya… Ya sé que suena muy poético. Bueno, más que poético, a típica frase de Instagram. Pero es de las pocas cosas que son verdad en esta vida.

Quiero descubrirme. Quiero sanar. Quiero sentirme con poder y confianza. Ese es mi mayor propósito en la vida.

Y sé que la moda me ha aportado vivencias y oportunidades maravillosas que han contribuido a ello.

Me siento agradecida a pesar de la parte negativa, pero no puedo continuar así.

Por cierto, me acuerdo mucho de tu tatuaje en el brazo. Ahora mismo me estoy imaginando que lo toco… Me ayuda a confiar, me da fe… ¿Y sabes qué? Que acabo de decidir, mientras te escribo, que ya está bien de tantas tonterías, que me voy a hacer un tatuaje como siempre he querido. No. Uno no. Me voy a hacer cuatro. Cuatro putos tatuajes. ¡A tomar por culo! Ja, ja, ja.

Bueno, Ju. Va siendo hora de que me despida por aquí para saludarte por allí (me muero de ganas).

P. D.: Que sepas que tu lista de Spotify, «Yoga Indian Instrumental», ha estado de fondo inspirándome para escribir. (Sé que te encantan estos detalles). ¿Y sabes qué? Que te voy a hacer caso de una vez por todas y voy a empezar a practicar yoga también. Hasta ahora he estado obsesionada con quemar calorías y no me lo permitía…

P. D. 2: ¿Sabías que «Blackbird» de los Beatles es mi canción favorita? Nunca te lo había dicho… Bueno, es que básicamente lo acabo de descubrir ahora. Supongo que hasta las canciones llegan cuando tienen que llegar.

P. D. 3: Hay un chico sentado a mi lado en el avión. Se llama Hernán y es actor, igual lo conoces. Moreno, pelo rizado, ojos verdes… Hemos estado hablando un ratito y me ha contado que estudió interpretación con Benjamín Luna (como tú). También que acaba de empezar su primer libro de poesía y que está buscando a una ilustradora con la idea de hacer algo con mariposas. Increíble, vamos. Cuando ha dicho mariposas, casi me atraganto con mi propia saliva. Pero no he sido capaz de decirle nada. Joder. Soy tonta, de verdad. Y mira que lo tengo aquí al lado. Lo tengo a huevo, Ju… ¿Pero qué le digo? «Hernán, yo dibujo obsesivamente mariposas desde los ocho años. Esto es una señal, querido. ¡Yo te hago esa portada!». Ay, si es que no termino de creérmelo… Pero bueno, me gusta sentir que esto no es ninguna casualidad, al menos, y como dices tú siempre: «Todo pasa por algo en este universo infinito».

Sinceramente, no me siento aún fuerte para tomar decisiones ni afrontar nuevos proyectos, y por primera vez quiero darle espacio a esta debilidad. Sé que es eso lo que verdaderamente necesito: descansar, hacer terapia, cuidarme, pasar tiempo con mis amigas, con mis padres, con Coco…, asentar todo lo que he vivido. No es momento. No puedo ahora, pero quiero confiar en que seré capaz de atreverme más adelante. Quizá también compartir con el mundo mi libretita del escupitajo y hablar de lo que he vivido en la industria de la moda. No sé. Hay algo que me empuja a hacerlo, aunque no sé cómo. No me atrevo y… bueno, solo te pido que me recuerdes este mensaje si pasa un tiempo considerable y no lo he hecho.

P. D. 4: Me he puesto el peto negro que llevaba el día de mi cumpleaños. Me quedé con muchas ganas de que me lo arrancaras… Pero, si te soy sincera, te apetezca o no hacerlo, creo que ha sido una idea de mierda, me estoy cagando de frío. ¿Por qué? ¿Por qué siempre siento tanto frío en los vuelos? ¿Será mi resistencia a volar?

Para finalizar

Para escribir esta novela me he basado en experiencias de algunas de mis compañeras modelos y en las mías propias. Desgraciadamente, todos los sucesos de abusos que narro son reales, así como las exigencias por parte de la industria. Pero no deja de ser ficción y ni por asomo lo que cuento es una generalidad, y esta es una de las cosas en las que me gustaría hacer especial hincapié.

La industria de la moda es un reflejo de la sociedad en la que actualmente vivimos y considero que debería tener la valentía suficiente para dejar de aprovecharse de las carencias que tenemos las personas (sobre todo, mujeres) con el objetivo de alcanzar riqueza o poder. No obstante, no todas las marcas y agencias actúan así. De hecho, se está viendo un gran avance en los últimos años que es de admirar, aunque aún nos queda mucho trabajo de concienciación.

Actualmente, hay más de cuatrocientos mil casos diagnosticados con TCA en España. Si tenemos en cuenta los estigmas que tienen estos trastornos y la vergüenza que supone reconocerlos para las personas que los padecen, no me cabe duda de que la cifra es mucho mayor.

Cuando hablamos de anorexia, nos imaginamos a una chica extremadamente delgada, a punto de ingresar y con problemas manifestados o que tiene una distorsión tipo paranoia al mirarse al espejo, pero no hace falta llegar a esos extremos para que suponga un verdadero sufrimiento.

Agradecimientos

A Mayte, mi madre, por todos sus masajes de pies para calmar mi estrés. Por estar siempre, sin importar cuándo o cómo, dispuesta a escucharme cuando lo necesito. Por apoyar mis decisiones. Por ser una mujer admirable.

A Josemi, mi padre. Por su humor. Por ser tan risueño, tan emocional, tan vivo. Admiro que a sus sesenta y dos años se atreva a reconocer sus errores del pasado, sin culpa ni excusas, y que siga deconstruyéndose para ser cada día más auténtico.

A David, mi pareja, mi compañero de vida, mi equipo. Por su paciencia. Por todos los desayunos con tostadas, cafelito y *brainstorming*. Por los paseos mañaneros para soltar las pesadillas. Por ser ejemplo de atrevimiento. Por darme alas en los momentos que he dudado de mí misma (han sido unos cuantos…). Por este espacio que hemos creado para comunicarnos. Por hacerme entrar en trance desde el más puro amor.

A mis Pepinos: Nere, Ángela, Carmen y Gabi. Por estos más de veinte años de amistad de la buena. La vida nos unió un día y hemos sabido cuidarnos para seguir creciendo de la mano.

A Mariángeles, por las infinitas charlas telefónicas cuando más lejos he estado y más sola me he sentido. Por ser escucha y comprensión sin juicio.

A Lourdes, por ser la flor Coterón más bella y uno de los regalos más grandes que me ha dado la moda y la vida. Porque, cada año que pasa, la siento más cerca.

A Raquel, mi compañera de ataques de risa, por seguir mostrándome lo que es el amor a través de los años.

A mis hermanos, Alejandro (Upi) y Josemi, porque, aunque ya no compartamos nombre en el buzón, son más hogar que nunca. A Bo y Claudia, mis cuñadas. A mis abuelos. A toda la familia Fernández Pozuelo y a la García Rodríguez. A Chonco, el perro que murió. Y a Pipo, el que vive, por ser mi mayor ejemplo de alegría y amor incondicional.

A Vivian, mi *parallel soul*, mi maritrini, por ver belleza cuando yo veía vergüenza y enseñarme que un mundo más libre es posible.

A Clare, lo más parecido a una hermana. Hay vínculos que no se pueden explicar.

A Moyu, por estar y acogerme siempre en su hogar cuando vivía viajando de aquí p'allá con una maleta vieja.

A Adriana, mi descubrimiento de 2020, mi personita agradable, por enseñarme a ver lo bello de las cicatrices e impulsarme a ser la mejor versión de mí misma.

A Ali y Gode, por ser un ejemplo claro de valerse de la moda para la libertad de expresión, el cambio social y la diversión.

A Dani, por ser sostén durante mis primeros años en la moda, por respetarme tan bonito.

A Sergio Lardiez, por su arte y sensibilidad. Todas las sesiones de fotografía con él son magia e inspiración.

A Gonzalo. Recuerdo perfectamente el día que envié por primera vez la propuesta de este libro a la editorial. Los nervios y la incertidumbre que tenía esperando su respuesta… Gonzalo decidió creer en mí y darme esta oportunidad. No puedo sentirme más agradecida.

A Ana, mi editora. Por empatizar con esta historia y cuidarla con tanto mimo. Por sus palabras tan de verdad en las reuniones.

A todo el equipo de Penguin Random House, por hacer posible este proyecto.

A Saray, mi terapeuta y amiga. Por su sabiduría y valentía. Por el *tapping* de los cojones (lo amo). Porque sin ella yo no estaría hoy aquí y este libro no habría sido posible.

A Jonathan, por todos los abrazos sinceros y todas las charlas en los retiros. A José Molinero, acupuntor y amigo, porque su sabiduría y entrega me han ayudado a ver la luz en los momentos oscuros. A Mariano, mi quiropráctico, por aliviar las contracturas de cuello que he tenido por tantas horas de ordenador.

A Juan Montalbán, por nuestras charlas intensas de aceptar los procesos. A Pablo y Bego Nienito, por el tatuaje del triángulo que nunca nos hicimos. A Pablo P., Tadashi y Guada, por esa libretita rosa que me regalaron para animarme a seguir escribiendo. A Jenniqui, Manu, Jaime (Axo), Parragoni, Julieta, Fer, Carmen Legros, Jess.

A Irene Lucas, por su tiempo en leer lo que al principio tan solo eran ideas desordenadas e impulsarme a hacer una novela.

A Ferry, mi *booker*. Por demostrarme que se puede trabajar en la moda de otra manera; una más humana, amable y considerada. A Reinaldo y María Hidalgo, por apoyar mis iniciativas de cambio. Y a todos los *bookers*, marcas, fotógrafos, maquilladores, peluqueros, estilistas, asistentes y directores que han sabido mostrarse respetuosos e íntegros, y semejantes a la visión que yo tengo de cómo debería funcionar esta industria.

A todos mis amigos modelos, porque han sido siempre ayuda y humildad, y nunca competencia: Juan Betancourt, Martín Arrarte, Alosian, María Hermoso, Yana, Lourdes Fernández, Morcillademalta, Mariela, Aida Artiles, Pablo Marques, Manuel Alves, Dani Suñé, Oliver, Ninjus, Desiré Cordero, Bianca Susana, Paloma de Sagún, María Martí, Lauryn, Ángela Vargas, Paula Boluda, Bego, Almu, Rosalía, Sandra, Emilio Flores, Xavi, Ana, Irina, Celia, Jábel, Sara San Martín, Elena Santamatilde, Alazne.

A todos los que me siguen en redes sociales, por leer mis escritos y compartir sus reflexiones.

A la moda, porque cada suceso me ha traído hasta aquí y me ha dado la oportunidad de ser la mujer que soy hoy, más libre, más compasiva, más yo.

A la literatura, por ser mi refugio.

A la escritura, por ser mi salvación.

A ti, por leerme y dejarme entrar. Ojalá este libro te haya abrazado tanto como a mí. Ya es tuyo.

Este libro
se terminó de imprimir en España
en el mes de febrero de 2023

«Para viajar lejos no hay mejor nave que un libro».

Emily Dickinson

Gracias por tu lectura de este libro.

En **penguinlibros.club** encontrarás las mejores
recomendaciones de lectura.

Únete a nuestra comunidad y viaja con nosotros.

penguinlibros.club